Personen und Handlung dieses Romans basieren auf Charakteren und Motiven des Romans „Der Fall Maurizius“ von Jakob Wassermann und sind darüber hinaus frei erfunden.
Insbesondere die Darstellung von Justiz und Polizei folgt literarischen Vorbildern und hat mit der Realität nichts zu tun.

Josef Rauch

# Der tiefe Fall

Kriminalroman

vmn
Verlag M. Naumann

Verlag M. Naumann, vmn, Hanau, 2011
Druck: Aalexx Buchproduktion GmbH, Großburgwedel

ISBN 978-3-940168-92-4

1. Auflage 2011

Titelbild: Höllensturz der Verdammten, Peter Paul Rubens

**Bibliografische Information der Deutschen Nationalbibliothek**
Die Deutsche Nationalibliothek verzeichnet diese Publikation in der Deutschen Nationalbibliografie; detaillierte bibliografische Daten sind im Internet über http://dnb.ddb.de abrufbar.

»Wir sind allzumal jämmerliche Kreaturen, alle aus dem nämlichen Holz geschnitzt, alle für den Wurmfraß gerade gut genug. Triste Erkenntnis. Tristes Finale.«

*Aus »Der Fall Maurizius«*
*von Jakob Wassermann*

# I.

Es war einer jener trostlosen Novembertage, an denen Tiefdruckgebiete wie feindliche Aggressoren über das Land herfallen und es in einer Art Blitzkrieg flächendeckend mit Regen, Nebel und Kälte überziehen. Es war einer dieser Tage, an denen es überhaupt nie richtig hell wird, weder physisch noch psychisch. Es war einer dieser Tage, an denen sich Depressionen epidemieartig verbreiten und innerhalb kürzester Zeit die halbe Bevölkerung infizieren. An solchen Tagen passiert nur Ungemach: Fußballvereine entlassen ihre Trainer nach der ersten Saisonniederlage, Börsenkurse setzen zur Schussfahrt ins Tal an, Fundamentalisten brüten über neuen Terroranschlägen. Es war einer dieser Tage, an denen man beim Spazierengehen garantiert in Hundekacke tritt, beim Autofahren garantiert geblitzt wird und in der U-Bahn garantiert von alkoholisierten Halbstarken verprügelt wird. Es war einer dieser Tage, an denen Privatdetektive garantiert nur von Katastrophen-Klienten engagiert werden und garantiert nur Aufträge erhalten, bei deren Erledigung sie schneller bis zum Hals in der Scheiße stecken, als sie ›Piep‹ sagen können.

Ja, es war genau so ein Tag.

Ich saß in meinem Privatdetektiv-Büro, das sich hinter einer schäbigen Tür am Ende eines schmutzigen Korridors im ersten Stock über einer schmuddeligen Spelunke, in der Fürther Blumenstraße befand und dessen Mobiliar aus der Gerümpelkammer der Arche Noah zu stammen schien, und war schwer beschäftigt mit der intensiven Lektüre des ›Kicker‹.

Am Nachmittag fanden die Achtelfinalspiele um den DFB-Pokal statt, und der Fußballgott wollte offenbar mal wieder ein bisschen Spaß haben und hatte bei der Auslosung ein Lokalderby zwischen der Spielvereinigung und dem Club inszeniert. Ich hatte mir eine Karte für die Begegnung besorgt, nachdem sich die Fürther dafür entschieden hatten, das Spiel im heimischen Ronhof auszutragen und nicht, wie schon des öfteren bei diesem Städteduell, um der Einnahmen willen ins wesentlich größere Nürnberger Stadion umzuziehen. Die jahrtausendealte Feindschaft zwischen beiden Vereinen war bekannt, aber in diesem Spiel würde noch mehr Brisanz als üblich liegen, da es ein K.O.-Spiel war, in dem es kein Unentschieden geben konnte und in dem auf jeden Fall der eine der beiden Traditionsclubs aus dem Pokalwettbewerb fliegen und der andere ins lukrative Viertelfinale einziehen würde.

Nachdem ich den Vorbericht auf diese Partie studiert und die geplanten Aufstellungen auswendig gelernt hatte, warf ich den ›Kicker‹ beiseite und ließ den Blick ziellos durch mein Büro schweifen. Ich sah nichts, was dazu beigetragen hätte, meine Stimmung aus ihrem tiefen Kellerloch zu locken: einen alten Teppich, einen leeren Schrank, einen kaputten Schreibtisch und eine kahle Wand. Mein Blick blieb am Wandkalender hängen, den ich irgendwo als Werbegeschenk bekommen hatte und der für den einzigen Farbklecks in meinem tristen grauen Büro sorgte.

Es war ein Bilderkalender mit biblischen Motiven, und unter dem Gemälde, das auf dem Novemberblatt abgebildet war, stand als Text: *Der heilige Michael vertreibt die gefallenen Engel aus dem Himmel*. Das obere Drittel des Bildes strahlte nur so vor hellem, gleißendem gelben Licht, und vor einer riesigen Sonnenscheibe hatte es sich der obligatorische alte Mann mit dem langen weißen Bart auf einer kuscheligen Kumuluswolke gemütlich gemacht und sah sich halb interessiert, halb gelangweilt an, was im mittleren Drittel so geboten wurde. Dort schwebte im Vordergrund der heilige Michael, der mich mit seiner langen blonden Lockenpracht, seinem himmelblauen Gewand und seinen breiten goldenen Flügeln frappierend an das Nürnberger Christkind erinnerte, umgeben von seinen etwas kleiner dargestellten, milde lächelnden Engelskumpeln. Die ganze holde Jungmännerschar war bis an die Zähne bewaffnet mit Schwertern und Lanzen, die sie dazu benutzen, den Typen im unteren Drittel des Bildes Beine zu machen.

Dieses untere Drittel war ganz in dunklen, düsteren, dreckigen Braun-, Grau- und Schwarztönen gehalten, passend zu den finsteren Gestalten, die sich dort tummelten. Es waren offenkundig die gefallenen Engel, die dort dargestellt waren, aber sie hatten keinerlei Ähnlichkeit mehr mit ihren ehemaligen Kollegen: Ihre Körper waren nackt und behaart, statt Flügel hatten sie Schwänze, Krallen, Hörner und Hufe, und aus ihren wohlgeformten Antlitzen waren grotesk verzerrte, hässliche Fratzen geworden, die weniger den Gesichtern von Menschen glichen als vielmehr denen von Reptilien und Dämonen.

Ich betrachtete das Bild eine Weile und fragte mich, ob es wohl einen tieferen Fall geben konnte als den von einem reinen Engel im Himmel zu einem sündigen Teufel in der Hölle. Mir fiel keiner ein.

Ich wandte meinen Blick vom Wandkalender auf meine Armbanduhr. Bis zum Anpfiff im Stadion waren es noch ein paar Stunden, und Kundschaft war weit und breit keine in Sicht – wie schon seit Wochen. Also beschloss ich, bis zum Spielbeginn weiter in meinem momentanen Schmöker zu lesen. Ich holte das Buch aus der Schreibtischschublade. Es war ein dickleibiger Roman über den Trojanischen Krieg. Hauptperson der Handlung war Helena, die schönste Frau Griechenlands, wenn nicht der Welt. Sie war verheiratet mit dem König von Sparta, Menelaos, verliebte sich aber in den hübschen Jüngling Paris, Sohn des trojanischen Königs Priamos, ließ sich willig von ihm nach Troja entführen und vermählte sich dort mit ihm. Menelaos und sein Bruder Agamemnon, König von Mykene, trommelten daraufhin sämtliche griechischen Könige, Fürsten und Helden zusammen und segelten mit einer gewaltigen Streitmacht nach Troja, um Helena zurückzuholen. Ich kannte die Sage und wusste, dass die Geschichte übel ausgehen und die Bilanz desaströs sein würde. Der Trojanische Krieg würde zehn Jahre dauern, und am Ende würden die blühende Stadt Troja vom Erdboden verschwunden und fast alle Protagonisten tot sein, darunter auch die trojanischen Superhelden Paris und Hektor und die griechischen Superhelden Ajax und Achilles.

Und das alles nur, weil sich zwei Männer um eine schöne, aber charakterlose Frau stritten.

Der Roman war als klassischer Sex-and-Crime-Schinken geschrieben, und der Stoff bot ja genug Material: eine attraktive und egoistische Femme fatale (Helena), einen gutaussehenden jugendlichen Liebhaber (Paris), einen gehörnten und rachsüchtigen Ehemann (Menelaos), eine geheimnisvolle Seherin (Paris' Schwester Kassandra), jede Menge hartgesottene, rauflustige Burschen (Achilles & Co.), einen erbitterten und mit allen Schikanen geführten Bandenkrieg (Griechen gegen Trojaner), zum Schluss einen genialen Coup (Odysseus' hölzernes Pferd) und als Finale ein riesiges Inferno, ein brutales Blutbad, eine monströse Gewaltorgie – die Abfackelung einer kompletten Stadt (Zerstörung Trojas). Es fehlten natürlich auch nicht die üblichen Zutaten, und die Handlung wechselte zwischen actionreichen Gemetzel-Kampf-Szenen und saftigen Bett-Erotik-Szenen.

Ich befand mich gerade im Schlafgemach des Paris und erwartete das Objekt der Begierde, um meinen Pflichten als frischgebackener Ehemann nachzukommen, als es an der Tür klopfte. Die Person, die anschließend mein Büro betrat, war aber leider nicht die schöne Helena, sondern ein Mann.

Dieser sah dafür durchaus wie ein Hektor oder Achilles aus, allerdings nicht wie der junge, strahlende, vor Kraft strotzende Held zu Beginn des Krieges, sondern eher wie der gealterte, müde, zermürbte, körperlich und seelisch traumatisierte Kriegsheimkehrer zehn verlorene Jahre später. Ein fleckiger, zerknitterter grauer Anzug, der offenbar gerade noch einmal dem Kleidertod von der Schippe gesprungen und von seinem Träger in letzter Minute wieder aus dem Altkleiderspendesack gezogen worden war, schlotterte um knochige Arme und Beine. Die dürre Gestalt wirkte wie eine wandelnde Vogelscheuche oder ein bekleidetes Gerippe, und auch ihr Kopf hatte eine verblüffende Ähnlichkeit mit einem Totenschädel: tief in die Höhlen zurückgekrochene Augen, eingefallene Wangen, kalkig-bleiche Gesichtsfarbe und eine hohe Stirn, in die wirr und ungekämmt einige bereits grau gewordene dünne Haare fielen. Aus seinen Ohren wucherte eine flauschige weiße Masse, und auf seiner Nase thronte eine dunkle Heino-Gedächtnis-Sonnenbrille. Sein Gesicht war unrasiert und von Bartstoppeln überwuchert, seine Miene starr, ernst, streng, fast finster, die Mundwinkel waren freudlos nach unten gezogen. Der ganze Kopf glich einer gruseligen Maske, mit der man an Halloween kleine Kinder erschrecken konnte. Insgesamt sah der Mann aus wie ein verarmter und abgehalfterter Aristokrat – aber eben doch wie ein Aristokrat, denn trotz aller Schmuddeligkeit, Ungepflegtheit und offenkundiger Verbittertheit in der Mimik hatte er immer noch edle Züge, und man konnte sich durchaus vorstellen und erahnen, dass dieser heruntergekommene Typ vielleicht zu seinen besten Zeiten ein gutaussehender und eleganter Herr gewesen sein mochte.

Er schloss die Tür hinter sich und schlurfte in ausgetretenen Halbschuhen, die sich einen Dreck um modische Trends scherten, auf meinen Schreibtisch zu. Auf halbem Weg blieb er stehen und glotzte mich fragend an.

»Sind Sie der Privatdetektiv?«

Ich nickte.

Er schien darauf gefasst zu sein, steuerte den Klientensessel an und ließ sich darin nieder. Sein Blick schweifte einmal durch mein Büro, fand offenbar nichts, was eine längere Betrachtung gerechtfertigt hätte, und blieb schließlich auf meinem Gesicht ruhen. Seine Stimme klang blechern und unsicher, als hätte er sie lange Zeit nicht benutzt.

»Mein Name ist Maurizius. Leonhart Maurizius.« Er sagte das im Stile von ›Mein Name ist Bond. James Bond‹ – also so, als wäre es völlig klar, dass mindestens 98 Prozent der Weltbevölkerung diesen Namen kannten und eine Menge mit ihm verbanden. Offenbar gehörte ich zu den restlichen 2 Prozent, denen Leonhart Maurizius kein Begriff war.

»Und mein Name ist Marlein. Philipp Marlein. Was kann ich für Sie tun, Herr Maurizius?«

Ein leichtes Lächeln umspielte seine Lippen, aber es war kein fröhliches Lächeln, sondern vielmehr das typische resignierte Lächeln des Verlierers nach einer bitteren Niederlage.

»Sie wissen nicht, wer ich bin, nicht wahr? Verständlich. Natürlich. Wie töricht von mir zu glauben, dass mich überhaupt noch irgendjemand kennen könnte. Die ganze Geschichte ist ja schon viel zu lange her. Es ist nur, weil es doch damals Stadtgespräch war in Fürth und alle Zeitungen voll waren davon und alle Medien ausführlich über den Prozess berichtet haben. Aber heute interessiert das Ganze wahrscheinlich keinen Menschen mehr. Wieso sollten also gerade Sie sich an mich erinnern?«

»Ich habe zwar keine Ahnung, wovon Sie da gerade faseln, aber ich bin erst vor ein paar Jahren nach Fürth gekommen. Vielleicht erklärt das ja meine Unkenntnis Ihrer Person.«

Er lehnte sich zurück, und sein Blick schien in die Ferne gerichtet zu sein. »Achtzehn Jahre.«

Ich runzelte die Stirn. »Hm. Ich hätte Sie ehrlich gesagt älter geschätzt.«

Er schüttelte leicht indigniert den Kopf. »Vor achtzehn Jahren geschah all das.«

»Geschah was?«

Leonhart Maurizius machte eine Schluckbewegung, als würde ihm etwas Übles aufstoßen, und befummelte mein Büro mit seinen Augen, als würde er etwas Bestimmtes darin suchen.

»Meine Kehle ist so trocken wie die Sahara. Hätten Sie vielleicht ein Glas Wasser für mich da?«

»Ja, allerdings nur Feuerwasser.«

»Umso besser.«

Ich öffnete die Schreibtischschublade und zog zwei Gläser und die Whiskeypulle heraus. Ich hatte sie dort für genau diesen Notfall deponiert: dass nämlich ein Klient einen akuten Durstanfall erlitt und nur mit Hochprozentigem wiederbelebt werden konnte. Das kam zwar praktisch nie vor, aber man muss für alle Eventualitäten gewappnet sein, und deshalb prüfte ich täglich im Selbstversuch, ob der Inhalt der Flasche auch noch genießbar war.

Ich füllte beide Gläser zur Hälfte. Als höflicher Gastgeber wollte ich meinem Klienten nicht zumuten, alleine trinken zu müssen.

Er nahm sein Glas und führte es zum Mund. Als er es ansetzte, klapperte es gegen seine Zähne. Als er es in einem Zug leerte, gab er hingegen keinen Mucks von sich. Er stellte sein leeres Glas hin und nestelte nervös mit den Fingern herum. Ich bemerkte, dass seine Fingernägel zerbissen waren.

»Könnte ich auch eine Zigarette bekommen?«

Ja, vom Zigarettenautomat in der Wirtschaft, die sich direkt unter meinem Büro im Erdgeschoss des Hauses befindet und meiner Vermieterin gehört, war ich geneigt zu sagen. Aber ich ließ es bleiben. Ich wollte meinen ersten Klienten seit Wochen nicht gleich wieder vergraulen, auch wenn er bisher nur durch Schnorren glänzte. Wenn er tatsächlich einen Auftrag für mich hatte, würde eben einfach die Spesenrechnung entsprechend höher ausfallen.

Also grapschte ich erneut in der Schreibtischschublade herum, förderte ein frisches Päckchen Ziggis und ein Feuerzeug zutage und warf ihm beides vor den Latz. Maurizius riss die Packung mit gieriger Eile auf, zog mit zitternden Fingern einen Sargnagel aus der Packung, rammte ihn zwischen seine rauen, aufgesprungenen Lippen und zündete ihn an. Er saugte an der Zigarette wie ein hungriger Säugling an der Brustwarze seiner Mutter, blies eine Rauchwolke gegen die Decke und starrte ihr eine Weile hinterher, als könnte er darin die Zukunft lesen. Dann schloss er seine Lider.

»Vor achtzehn Jahren wurde ich, Leonhart Maurizius, wegen Mordes an meiner Ehegattin Elli zu einer lebenslangen Freiheitsstrafe verurteilt.«

Ich zuckte unwillkürlich ein bisschen zusammen.

Leonhart Maurizius bemerkte es aber nicht, denn er sprach weiter mit geschlossenen Augen, wie jemand, der im Schlaf redet. »Ich habe die letzten achtzehn Jahre meines Lebens als Mörder hinter Gittern verbracht, und erst vor vier Wochen wurde ich begnadigt und aus dem Gefängnis freigelassen.«

Er hob ganz langsam seine Augenlider, als wären es schwere Hanteln, die er hochstemmen musste. Sein Blick fiel auf die Whiskeypulle und blieb daran kleben. »Noch ein Schlückchen von dem Balkenbrand da würde mir nicht schaden.«

Ich goss ihm drei Fingerbreit ein. »Und warum haben Sie Ihre Frau damals getötet?«

Diesmal kippte er sich nicht gleich den ganzen Fusel hinter die Binde, sondern schwenkte den Inhalt des Glases erst unter der Nase hin und her und nippte dann nur ein bisschen daran.

»Das ist das Problem an der ganzen Geschichte: Ich habe Elli gar nicht getötet. Ich habe achtzehn Jahre lang im Gefängnis gesessen für ein Verbrechen, das ich gar nicht begangen habe.« Jetzt nahm er sich einen kräftigen Schluck Whiskey zur Brust. »Können Sie sich das vorstellen? Achtzehn Jahre unschuldig im Knast zu sitzen? Nein, können Sie natürlich nicht. Wie sollten Sie auch!«

Er zog an seinem Glimmstängel. Graue Rauchschwaden tröpfelten aus seinen Mundwinkeln.

»Achtzehn Jahre. Und mir kommt es vor, als wären es achtzehn Jahrhunderte gewesen. Achtzehn Jahre voller Demütigungen und Erniedrigungen und Schikanen. Es fing schon damals bei der Verhaftung in Hamburg an. Noch heute sehe ich das Bulldoggengesicht des Polizeibeamten vor mir, der mich verhaftete, der mich gewaltsam aus dem Hotelbett riss und mich nackt im Zimmer stehen ließ, während er meine Sachen durchwühlte. Noch heute sehe ich den Neid in seiner Kleinbürgervisage beim Betrachten meiner edlen und teuren Klamotten und die rachsüchtige Befriedigung darüber, mir das Anziehen so lange wie möglich zu verweigern. Noch heute erinnere ich mich an die Untersuchungshaft, als ich bereits hundertprozentig als Mörder abgestempelt war, an die Fangfragen, an die primitiven Spielchen mit dem bösen, gewaltbereit wirkenden Cop, der dich einschüchtert, gefolgt vom guten, sanftmütig und verständnisvoll wirkenden Cop, dem du dann dein Herz auszuschütten geneigt bist, an die endlosen Verhöre, die über mehrere Schichten gehen und so lange dauern, bis dein Hirn nur noch aus einem pampigen Brei besteht, bis du so erschöpft und zermürbt und gleichgültig bist, dass du ihnen alles erzählt, was sie hören wollen, nur um endlich erlöst zu werden, um endlich Ruhe zu haben, um endlich keine bohrenden Fragen, keine offenen Anschuldigungen, keine subtilen Drohungen mehr anhören zu müssen.

Und so ging es später im Gefängnis weiter. Ich war achtzehn Jahre lang der Fußabstreifer des Wachpersonals, musste für all ihre Unzulänglichkeiten, für ihre beruflichen und privaten Probleme büßen. Sie reagierten all ihre Verbitterungen und all ihren Frust an mir ab, sei es wegen ihrer schlechten Bezahlung, sei es wegen der zeternden Alten und der rotzfrechen Bälger zuhause, sei es wegen eines verlorenen Fußballspiels, sei es wegen ihrer gescheiterten Träume oder einfach nur wegen ihres ganzen beschissenen, verpfuschten Lebens. Ich will nicht pauschalisieren, es gab natürlich auch viele, die menschlich geblieben waren und einfach nur anständig ihren Job machen wollten, aber eben auch einige ausgesprochene Sadisten, verkrachte Existenzen, die innerlich total verroht und abgestumpft waren und ihr Minderwertigkeitsgefühl nur dadurch erhöhen konnten, dass sie die ihnen ausgelieferten Schutzbefohlenen erniedrigten, peinigten, demütigten und quälten. Und das waren nur die Schikanen derjenigen, zu deren Aufgaben es eigentlich auch gehört, die Häftlinge vor Schikanen zu schützen. Von meinen Mithäftlingen will ich gar nicht groß erzählen; Sie können sich denken, was ein Intellektueller und ein ›feiner Pinkel‹, als der ich galt, von grobschlächtigen und ungebildeten Schlägern, Vergewaltigern, Drogenhändlern und Kinderschändern zu erwarten hatte.«

Ich fragte mich, ob ich ihm eröffnen sollte, dass er sich in der Institution geirrt hatte und dass das hier nicht das Büro der Ortsgruppe von ›amnesty international‹ war, doch ich ließ es bleiben.

»Nun, Herr Maurizius, das ist ja alles sehr interessant, was Sie mir da erzählen, aber so langsam wüsste ich doch gerne, was Sie eigentlich von mir wollen. Und wenn's geht, bitte kurz und schmerzlos. Ich habe nicht die Zeit abzuwarten, bis Sie's mir mit der Tropfenpipette eingeflößt haben.«

»Kein Problem. Ich möchte, dass Sie meine Unschuld beweisen und den wahren Mörder meiner Frau finden.«

Mein Kinn klappte mir runter bis unter die Gürtellinie. Ich nahm es und schob es langsam wieder hoch. »Das soll ein Witz sein, nicht wahr?«

Ein Blick traf mich, in dem sich Traurigkeit und Aggressivität zu einem eigentümlichen Gebräu vermischt hatten.

»Sie können versichert sein, Herr Marlein, dass mir für den Rest meines Lebens nicht mehr nach Witzen zumute ist.«

»Aber das kann trotzdem nicht Ihr Ernst sein. Sie können nicht ernsthaft erwarten, dass ich in einem Fall, der sich vor fast zwanzig Jahren ereignet hat und damals offenbar komplett aufgeklärt wurde, nach so langer Zeit noch irgend etwas Neues zutage fördere. Das ist ungefähr so, wie wenn ein Neandertaler zu mir kommen und mich beauftragen würde, seine Unschuld am Aussterben der Dinosaurier zu beweisen. Das ist ein Ding der Unmöglichkeit.«

»Nein, ganz im Gegenteil. Die Neandertaler können gar nicht Schuld sein am Aussterben der

Dinosaurier, weil sie zu diesem Zeitpunkt noch gar nicht existierten, und es ist heutzutage kein Problem, das nachzuweisen. Und genauso kann ich meine Frau damals gar nicht erschossen haben, weil ich beispielsweise gar keine Waffe besessen habe.«

Er drückte seine Zigarette, die er gerade mal zur Hälfte geraucht hatte, in den gläsernen Aschenbecher mit der aufgedruckten Bierwerbung, den ich aus der Wirtschaft meiner Vermieterin hatte mitgehen lassen.

»Ich bin natürlich nicht zufällig gerade zu Ihnen gekommen, sondern habe Sie explizit ausgewählt, weil ich in der Zeitung über den Fall Urbas gelesen habe. Da haben Polizei, Justiz und Öffentlichkeit auch einen ganz anderen für den Mörder gehalten, ehe Sie den wahren Mörder ermittelt haben. Ich denke, dass Sie ein guter Detektiv sind, und deshalb glaube ich auch, dass es Ihnen gelingen könnte zu beweisen, dass ich Opfer eines kapitalen Justizirrtums geworden bin.«

Ich betrachtete meinen Besucher, sah, wie er die Armlehnen des Klientensessels umklammerte, sah, wie sich die Haut über den Knöcheln seiner Hände spannte und weiß wurde. Ich wusste, das würde einer dieser Aufträge werden, die mir jede Menge Sisyphusarbeit einbringen würden, aber nicht einmal genug Geld, um mir auch nur ein gebrauchtes Gebiss kaufen zu können. Darauf hatte ich nun wirklich keinen Bock – Auftragsflaute hin oder her.

»Ich hoffe auch, dass ich ein guter Detektiv bin, aber bedauerlicherweise werde ich es Ihnen nicht beweisen können. Ich muss Ihren Auftrag ablehnen. Nehmen Sie's nicht persönlich. Es ist nur so, dass ich langsam gebrechlich werde und nicht mehr gerne ins Freie gehe.«

Herr Maurizius schien meine Gedanken erraten zu haben, denn er griff in die Tasche seiner Anzugjacke, zog einen Packen Geldscheine heraus und warf ihn auf meinen Schreibtisch. »Das ist mein gesamtes Barvermögen. Ich denke, es dürfte ausreichen, um Ihre Honoraransprüche für die Ermittlung des Mörders meiner Frau zu erfüllen.«

Ich betrachtete das Geldpäckchen stirnrunzelnd. Bares auf meinem Schreibtisch war kein Anblick, der den Augen wehtat, vor allem angesichts der Tatsache, dass sich mein Kontostand auf einer Höhe bewegte, auf der er den Regenwürmern die Hand schütteln konnte, ohne sich bücken zu müssen.

»Woher haben Sie so viel Schotter? Ich denke, Sie haben achtzehn Jahre gesessen? Und versuchen Sie nicht, mir weismachen zu wollen, dass Sie das alles im Knast mit Körbeflechten oder Tütenkleben verdient haben.«

»Ich habe es von meinem alten Herrn bekommen. Er hat es sich in den letzten achtzehn Jahren vom Munde abgespart. Als Startkapital für mich für die Zeit nach meiner Entlassung.«

Ich nahm das Geldbündel und blätterte die Scheine durch. Es war auf jeden Fall mindestens ein hoher fünfstelliger, vielleicht sogar ein sechsstelliger Betrag. Das Päckchen lag gut in meiner Hand. Es schien sich durchaus wohl darin zu fühlen. Wir genossen beide den kurzen intimen

Moment, den wir zusammen hatten, bevor ich es zurück auf den Schreibtisch warf.

Ich musterte meinen Besucher. »Wie alt sind Sie, Herr Maurizius?«

»Fünfundvierzig.«

Fünfundvierzig. Heiliger Strohsack! Der Typ wäre auch als fünfundsechzig durchgegangen, so kaputt, wie er aussah.

»Fünfundvierzig. Okay. Das heißt, Sie können noch dreißig gute Jahre haben. Es werden aber keine guten Jahre werden, wenn sie Ihre Zeit damit vergeuden, weiterhin in der Vergangenheit zu leben, und Ihr Geld dafür verschleudern, völlig sinn- und aussichtslose Ermittlungen anstellen zu lassen. Versuchen Sie nicht, ändern zu wollen, was nicht mehr zu ändern ist. Schließen Sie ab mit Ihrer Vergangenheit und beginnen Sie ein neues Leben. Fangen Sie nochmal von vorne an und bauen Sie sich eine neue Existenz auf. Dafür ist das Geld Ihres Vaters gedacht, und dafür sollten Sie es auch verwenden. Ich werde auf jeden Fall weder Ihren Auftrag noch Ihr Geld annehmen. Ich wünsche Ihnen noch einen schönen Tag und alles Gute für die Zukunft.«

Wenn ich anfangs gedacht hatte, das Gesicht meines Besuchers könnte nicht weißer werden, als es sowieso schon war, wurde ich jetzt eines besseren belehrt. Es war jetzt buchstäblich totenbleich, und zwei menschliche Grundbefindlichkeiten – Zorn und Angst – spiegelten sich darin. Maurizius zog seine Augenbrauen so weit hoch, dass sie eine tiefe Kerbe in seine Stirn gruben. »Sie haben mich nicht verstanden. Für mich gibt es keine Zukunft.«

Ich machte eine wegwerfende Handbewegung. »Quatsch. Wieso sollte es keine Zukunft für Sie geben? Schauen Sie *mich* an: Mein Konto ist so leer wie der interstellare Raum. Sie sind im Vergleich zu mir ein reicher Mann. Wo ist also das Problem?«

»Das Problem ist nicht das Finanzielle und nicht das Materielle. Das Problem ist, dass ich in der Freiheit nicht mehr zurechtkomme.«

»Kapier ich nicht. Was soll das heißen, Sie kommen nicht zurecht?«

»Wissen Sie, was Platzangst ist?«

»Ja, wenn sich jemand davor fürchtet, in einem engen Raum eingeschlossen zu sein.«

»Falsch. Ich leide nicht unter Klaustrophobie – ganz im Gegenteil: Mir macht die Weite des Raumes Angst, der freie Platz, der scheinbar unbegrenzt ist. Ich fürchte mich davor, die Sicherheit eines Zimmers zu verlassen, in dem ich von Boden, Decke und vier Wänden schützend umgeben bin. Denn wenn ich es verlasse, fühle ich mich wie ein Astronaut, der sein Raumschiff verlässt und der weiß, wenn die Leine reißen sollte, durch die er mit ihm verbunden bleibt, würde er hilflos und verloren hinaustreiben in die unendliche Weite des Weltalls. Draußen ist mir alles zu laut, obwohl ich Wattebäusche in meine Gehörgänge gesteckt habe; draußen ist mir alles zu hell, obwohl ich mir eine Sonnenbrille aufgesetzt habe. Die Menschen, die Sprache, die Plätze, die Gewohnheiten – alles ist mir fremd geworden, alles fühlt sich so fremd an, selbst die nagelneuen Kleidungsstücke, die mein Vater nach meiner Entlassung für mich gekauft hatte; ich habe sie auch angezogen, aber schon nach kurzer Zeit habe ich sie mir regelrecht vom Leib gerissen und stattdessen meine alten Klamotten, die ich aus dem Gefängnis mitgebracht hatte, wieder angelegt. Ich fühlte mich fremd in den ungewohnten Stoffen, und ich fühle mich insgesamt wie ein Fremder in einem fremden Land, in einer fremden Welt, in einem fremden Universum. Ist das nicht pervers? Da ist man achtzehn Jahre lang in eine kleine enge Zelle eingesperrt, da träumt man achtzehn Jahre lang von der Freiheit, und wenn man sich dann endlich in der so lange ersehnten Freiheit befindet, ängstigt sie einen zu Tode!«

Er trank aus, griff sich die Pulle, füllte sein Glas wieder voll, nahm einen Schluck Whiskey, rollte ihn auf der Zunge hin und her, schluckte ihn hinunter und schickte dann dieser Portion gleich noch eine weitere hinterher.

»Ja, ich weiß, was Sie jetzt denken: dass ich verrückt bin, dass mich mein Gefängnisaufenthalt wahnsinnig gemacht hat, dass ich lieber einen Psychiater als einen Privatdetektiv hätte aufsuchen sollen, dass ich in die Klapsmühle eingewiesen gehöre. Und wissen Sie was? Sie haben vollkommen Recht damit. Die achtzehn Jahre im Knast haben aus mir einen geistigen Krüppel gemacht, der völlig unbeholfen ist und unfähig, in die normale Welt zurückzukehren und sich in ihr wieder zurechtzufinden.«

Ich schüttelte den Kopf. »Nein, ich denke keineswegs, dass Sie verrückt sind. Ich denke, dass das, was Sie momentan empfinden, völlig normal ist, wenn man so lange weggesperrt war.

Bald werden Sie sich umgewöhnt haben und Ihre Freiheit in vollen Zügen genießen können.«

Er klopfte sich eine neue Zigarette aus der Packung, drehte sie ein paar Momente lang zwischen den Fingern, steckte sie schließlich in den Mund, gab sich Feuer, inhalierte tief und stieß den restlichen Rauch durch die Nasenlöcher wieder aus.

»Nein, werde ich nicht. Ich kann nämlich rein gar nichts mehr genießen, abgesehen vielleicht von dem Fusel und dem Dunst, den ich gerade konsumiere. Ich habe während meiner Haft offenbar komplett die Fähigkeit verloren, mich über irgendetwas freuen zu können. Ich hätte mich freuen müssen, als ich entlassen wurde; ich hätte mich freuen müssen, als ich meinen Vater nach meiner Entlassung besucht habe; ich hätte mich freuen müssen, als er mir seine Ersparnisse übergeben hat, aber was ich in Wirklichkeit empfand, war – nichts. Ich habe Wanderungen unternommen, um mich an der Natur zu erfreuen, an der Farbe der Blumen, am Duft der Wiesen, an der Luft des Waldes, aber ich empfand die Farben hässlich, den Duft stinkend, die Luft stickig. Ich habe Ausstellungen besucht, um mir die Kunstwerke anzusehen, die mich früher so begeistert haben, aber all diese Gemälde erschienen mir nur noch als unästhetisches und unbedeutendes Geschmiere und Gekritzel. Gebäude, die mich einst faszinierten, sind nur noch tote Steinhaufen für mich; Musikstücke, die ich liebte, krankmachender Lärm. Ich bin frei, ich habe Geld – und ich bin todunglücklich. Ich bin ein Monster geworden, ein Zombie, ein lebendiger Toter, ein Wesen, das nur noch aus einem Körper besteht, aus dem jede Lebensfreunde verschwunden ist.«

Er nagte mit seinen kleinen verstümmelten Mäusezähnen an seiner Unterlippe herum. Sein Gebiss war auf jeden Fall marode genug, um als das eines Zombies durchgehen zu können.

»Und selbst mein Körper ist kaputt und degeneriert. Zumindest ein nicht unbedeutender Teil meines Körpers. Ich bin schließlich auch nur ein Mann. Ich war ja früher auch kein Kostverächter, vor der Ehe mit Elli sowieso nicht, und währenddessen bedauerlicherweise auch nicht immer, und nach so langer Zeit ohne Frau hatte ich doch ein gewisses Bedürfnis. Also habe ich mir etwas von dem Geld meines Vaters genommen und bin in ein Puff gegangen. Ich hatte sogar Glück: Die Nutte, die ich mir ausgesucht hatte, war nicht nur optisch durchaus ansprechend, sie war sogar einfühlsam, hat sich Zeit gelassen, hat Zärtlichkeiten zugelassen. Eine nette, attraktive Frau, die jeder Mann gerne ficken würde, und ich hatte die Gelegenheit dazu. Sie tat freundlicherweise sogar so, als wollte sie, dass ich sie ficke, und ich habe versucht, sie zu ficken, aber, verdammte Scheiße, ich hab's nicht geschafft. Können Sie sich das vorstellen? Da wartet man achtzehn Jahre darauf, sich nicht nur wie sonst immer selber einen runterzuholen, sondern endlich mal wieder mit einer echten Frau zu schlafen, und wenn man dann endlich, nach achtzehn Jahren, wieder Gelegenheit dazu hat, muss man feststellen, dass es nicht mehr funktioniert. Können Sie sich das vorstellen?«

Ich sagte ihm, dass ich es mir nicht vorstellen könne. Ich versuchte, irgendetwas Aufmunterndes aus der Floskelkiste zu kramen: »Sie sind einfach außer Übung. Auch ein Sportler, der achtzehn Jahre lang keinen Wettkampf bestritten hat, wird bei einem Comeback ohne vorheriges Aufbautraining schnell schlappmachen. Beim nächsten Mal wird's sicher wieder klappen.«

»Es wird kein nächstes Mal geben, und das Problem ist auch nicht die fehlende Praxis. Das Problem liegt viel tiefer. Das Problem ist, dass mich Menschen eigentlich nur noch abstoßen, ja dass ich mich regelrecht vor ihnen ekle. Die Frau war nett zu mir, und trotzdem habe ich mich innerlich vor ihr geekelt. Wie soll man denn mit jemandem Liebe machen können, wenn man sich vor ihm ekelt?«

Ich griff zum ersten Mal zu meinem Glas und schlürfe ein bisschen Whiskey. Er schmeckte irgendwie eklig. Dieser Typ verleidete mir noch meine letzten verbliebenen Freuden. »Und warum ekeln Sie sich vor den Menschen?«

»Können Sie sich das nicht denken? Ich hatte damals, in meinem früheren, so lange zurückliegenden Leben, haufenweise Freunde; ich glaubte zumindest, es seien Freunde, aber kaum war Anklage gegen mich erhoben worden, waren sie plötzlich wie vom Winde verweht. Und ausgerechnet der Freund, den ich für den besten hielt, hat ja durch seine Aussage, die nichts anderes als eine infame Lüge und eine perfide Verleumdung war, überhaupt erst für die Verurteilung und die Haftstrafe gesorgt.

Aber auch alle anderen sogenannten Freunde

haben sich von mir abgewandt; von heute auf morgen wollte plötzlich niemand mehr irgendetwas mit mir zu tun haben oder auch nur zu tun gehabt haben, obwohl noch lange kein Schuldspruch gegen mich ergangen war. Es ist eine bittere Erkenntnis, wenn man feststellen muss, dass man ausschließlich – wirklich ausschließlich! – falsche Freunde hatte.

Der einzige Mensch, der immer an meine Unschuld geglaubt und immer zu mir gehalten hat, ist mein Vater, aber das zählt eigentlich gar nicht, das liegt in der Natur der Sache begründet. Denn welcher Vater hätte schon gerne einen Mörder als Sohn? Alle anderen Menschen haben mich seit dem Beginn des Prozesses wie einen Aussätzigen behandelt, und kein Mensch außer meinem Vater hat mich während meiner Haftzeit besucht oder hat versucht, Kontakt mit mir aufzunehmen. Und nach meiner Entlassung hatte ich auch kein Bedürfnis, mit irgendjemandem Kontakt aufzunehmen. Ich bin froh, wenn ich keinen Menschen sehen muss.«

Er wollte etwas Asche von seiner Zigarette in den Aschenbecher klopfen, doch weil er dabei zitterte, landete ein Teil der Krümel daneben. Er beugte sich ein Stück nach vorne und pustete sie weg.

»Wobei – eine Ausnahme gab es. Bei einem Menschen verspürte ich tatsächlich das Bedürfnis, ihn wiedersehen zu wollen. Ich habe vor einigen Tagen Anna angerufen, die jüngere Schwester meiner verstorbenen Frau. Sie hat ja damals im Prozess eine nicht unwesentliche Rolle gespielt, sie hat auch in meinem damaligen Leben eine nicht unwesentliche Rolle gespielt. Ich hatte ihr in der Anfangszeit meiner Haft noch einige Briefe geschrieben – ich weiß nicht, ob sie sie überhaupt jemals erhalten hat. Aber wie auch immer, ich habe auch von ihr in den vergangenen achtzehn Jahren weder einen Brief noch einen Besuch bekommen. Ich habe mir versucht einzureden, dass das darin begründet liegen würde, dass Sie mich ja für den Mörder ihrer Schwester halten musste und mich deshalb verachten würde. Und trotzdem, ich konnte nicht anders, ich musste sie wiedersehen, unbedingt! Denn schließlich war sie die erste und einzige Frau in meinem Leben, in die ich mich wahrhaftig verliebt habe, alle anderen Frauen davor waren nur Bettgeschichten, nur Frischfleisch für meine überschäumende Libido, und ihre Schwester hatte ich ja, wenn ich ehrlich sein soll, nicht einmal wegen einer körperlichen, sondern nur wegen ihrer wirtschaftlichen Attraktivität geheiratet.

Ich gab mich der Illusion hin, dass das, was Anna und mich damals vor achtzehn Jahren verbunden hatte, immer noch irgendwo da wäre, dass unsere Gefühle die lange Zeit irgendwo im Verborgenen unbeschadet überstanden hätten und wieder aus der Versenkung auftauchen würden, wenn wir uns nur erst wiederbegegnen und wiedersehen würden. Mein Vater hatte ihren weiteren Lebensweg im Auge behalten, er konnte mir auch ihre Telefonnummer sagen, und so rief ich sie also an. Sie war offenkundig entsetzt über meinen Anruf, war äußerst kurz angebunden am Telefon. Wir vereinbarten schließlich, uns an einer abgelegenen Stelle im Fürther Stadtpark zu treffen; es schien ihr wichtig zu sein, von niemandem mit mir gesehen zu werden.«

Ich hatte keine Ahnung, warum er mir diese Story erzählte und worauf diese Unterhaltung noch hinauslaufen sollte, beschloss aber, ein bisschen Interesse zu heucheln. »Und wie verlief dieses Treffen?«

»Es war ein Fiasko und schon wieder vorbei, kaum dass es begonnen hatte. Anna hatte es sehr eilig und teilte mir nur in dürren und unpersönlichen Worten mit, dass sie damals durch den Tod ihrer Schwester in tiefe Depressionen und eine schwere Lebenskrise gestürzt worden sei, dass sie lange gebraucht habe, um sich wieder davon zu erholen, und es überhaupt nur mit ärztlicher Hilfe geschafft habe. Mittlerweile habe sie die Vergangenheit überwunden, sie sei glücklich verheiratet, und sie werde nicht zulassen, dass ich nach dem Leben ihrer Schwester nun auch ihres zerstöre. Sie bitte mich also, sie in Zukunft nicht mehr zu belästigen. Falls ich es doch tun sollte, werde sie die Polizei einschalten und dafür sorgen, dass ich wieder dahin zurückgebracht werde, wo ich gerade herkomme; ihr Mann sei sehr einflussreich und habe die nötigen Mittel und Beziehungen, um dafür sorgen zu können. Und mit diese Worten hat sie mich einfach stehenlassen wie einen kleinen Schuljungen.«

Er stockte kurz und schnaufte wie ein asthmatisches Nilpferd. Seine Stimme wurde immer leiser und drohte langsam, aber sicher zu versickern wie ein Bächlein in der Wüste, und das viele Sprechen schien ihm große Mühe zu bereiten, aber er kämpfte sich trotzdem unbeirrt weiter durch den Dschungel seiner Erinnerungen.

»Ich hatte achtzehn Jahre lang auf dieses Gespräch gewartet, hatte achtzehn Jahre lang darauf hingefiebert, ihr persönlich zu beschwören, dass ich den Mord an Elli überhaupt nicht begangen habe, und dann lässt sie mich noch nicht einmal richtig zu Wort kommen. Und was noch viel schlimmer ist: Ich hatte Anna Jahn auch achtzehn Jahre lang als eine Person in Erinnerung, die aufrichtige, tiefe, unzerstörbare Gefühle für mich hegte, so wie ich sie ja auch für sie hatte, und ich hatte Anna Jahn achtzehn Jahre lang nicht nur als eine wunderschöne, sondern auch als eine intelligente, warmherzige, liebevolle, feinfühlige und hochsensible Frau in Erinnerung.

Und was tritt mir da im Stadtpark gegenüber? Zwar immer noch eine Schönheit, aber nur äußerlich; innerlich ein dummes, böses, kaltes, giftiges, berechnendes, hartherziges und völlig unsensibles Weib, dass wahrscheinlich für jeden Autoreifen mehr empfindet als für mich. All ihre Vorzüge, all ihre Wesensmerkmale, all ihre Beteuerungen waren offenbar nur schöner Schein, nur begnadete Schauspielerei, nur attraktive Fassade, nur aufgepinselte Farbe, nur glänzende und blendende Verpackung für wertlosen Inhalt.

Ich habe in grenzenloser Naivität tatsächlich geglaubt, dass mir Anna bei unserem Treffen wie ein Engel in einem weißen Brautkleid mit wehendem Schleier und ausgestreckten Armen entgegenschweben und in die Arme fallen wird, überwältigt von der Freude über unsere langersehnte Wiedervereinigung – eine Szene wie aus einer schnulzigen Hollywood-Kitschversion von ›Romeo und Julia‹, mit garantiertem Happyend. Ich habe achtzehn Jahre an eine lächerliche Illusion geglaubt. Ich habe mir achtzehn Jahre lang einen völlig unwahrscheinlichen und völlig wirklichkeitsfremden Traum zusammengedichtet, ein einfältiges, absurdes Hirngespinst, das dann innerhalb weniger Minuten geplatzt ist wie eine Seifenblase und zusammengefallen ist wie ein Kartenhaus.«

Er leerte sein drittes Glas Whiskey und schien wegen eines vierten mit sich zu Rate zu gehen, stellte aber dann sein Glas ab, ohne es erneut zu füllen.

»Ich habe mir achtzehn Jahre lang fälschlicherweise vorgegaukelt, dass es da draußen jemanden gibt, der sich nach mir sehnt, der auf mich wartet, für den sich all die verlorenen Jahre lohnen, für den der ganze Unsinn meines Schicksals doch noch einen Sinn ergibt.«

Er ließ seine diesmal fast zu Ende gerauchte Zigarette in den Aschenbecher fallen und dort weiterkokeln. Ich griff nach einem Bleistift und stieß mit seinem Ende so lange auf die glühende Zigarette, bis sie zu qualmen aufhörte.

Maurizius' Schläfen waren mit kleinen Schweißperlen bedeckt. Er zog mit seinem Zeigefinger den Hemdkragen nach vorne, als schnüre er ihm die Luft zum Atmen ab.

»Wie lautet also das Fazit nach vier Wochen in

Freiheit? Das Fazit lautet: Leonhart Maurizius ist nur noch ein lebensunfähiges Wrack, unfähig zur Freiheit, unfähig zur Freude, unfähig zum Sex, unfähig zu sozialen Kontakten, ein überflüssiges, störendes, belästigendes Element auf dieser Welt, von keinem Menschen gewollt, von keinem Menschen geliebt, von keinem Menschen beachtet.

Dabei war das einmal alles ganz anders! Man hat mich um mein Leben betrogen. Ich war eine richtig große Nummer, damals, vor dem Prozess, hatte eine große Karriere vor mir, war der Star der Kulturszene und der Liebling der feinen Gesellschaft. Man hat alles, was ich mir damals aufgebaut hatte, wieder zerstört! Man hat mir alles, was ich mir erarbeitet hatte, wieder weggenommen. Und ich habe in den vier Wochen, in denen ich mich nun wieder in Freiheit befinde, festgestellt, dass ich nicht mehr die Kraft habe, noch einmal ein neues, ein zweites Leben zu beginnen. Ich kann also mit dem vielen Geld meines Vaters gar nichts anfangen.

Das einzige, wozu es noch nützlich sein kann, ist die Erbringung des Beweises meiner Unschuld. Ich habe mir achtzehn Jahre lang den Kopf zermartert, was damals eigentlich wirklich passiert ist, aber ich bin zu keinem Ergebnis gekommen. Das einzige, wessen ich mir sicher bin, ist, dass der Mörder nicht nur meine Frau, sondern auch – und vielleicht sogar in erster Linie – mich aus dem Weg räumen wollte. Irgendjemand hat damals eine mörderische Intrige gesponnen, die bis heute niemand durchschaut hat. Dass Sie diesen Jemand finden, der meine

Frau sofort und mich auf Raten getötet hat, das ist der einzige Wunsch, den ich in diesem Leben noch habe.«

Maurizius verstummte, ließ die Ellbogen auf die Knie sinken und vergrub sein Gesicht in seinen Händen. Es schien, als hätten ihn seine langen Monologe zu Tode erschöpft und seine letzten Energiereserven aufgebraucht. Er blieb eine Weile in dieser Stellung sitzen, und als ich schon damit rechnete, dass er gleich bewusstlos zu Boden sinken würde, fuhr ein krampfartiger Ruck durch seinen Körper, und er richtete sich wieder auf. Wider Erwarten lächelte er sogar, zum zweiten und letzten Mal, seit er mein Büro betreten hatte, aber auch jetzt war es kein echtes, kein richtiges Lächeln, sondern nur eine schale und fahle Grimasse. Er versuchte mir einen klaren Blick zuzuwerfen, aber seine Augen waren so leer, als sei alles Licht in ihnen erloschen. In seiner Stimme lag keinerlei Empfindung, sie klang leblos, wie ausgeblutet.

»Vielen Dank für das Nikotin und den Alkohol. So hatte ich wenigstens noch so etwas Ähnliches wie eine Henkersmahlzeit.«

Dann griff Leonhart Maurizius mit der rechten Hand in die Innentasche seiner Anzugjacke, zog eine Pistole hervor, drückte sie an seine Stirn – und pustete sich das Gehirn aus dem Kopf.

## II.

Zunächst hatte ich den großen schwarzen Punkt an der Decke für einen Fleck oder für Fliegendreck gehalten und ihm wenig Beachtung geschenkt – bis er angefangen hatte, sich zu bewegen. Der große schwarze Punkt stellte sich als Spinne heraus. Ein Tier an diesem Ort – das fand ich doch erstaunlich.

Die Spinne hier sah nicht anders aus als die meisten anderen Spinnen auch: ein eiförmiges, zweiteiliges, haariges schwarzes Körperknäuel mit vier langen borstigen Beinpaaren dran. Mit diesen flitzte das kleine Wesen nun unvermittelt über die Decke, als sei es auf der Flucht vor oder auf der Jagd nach etwas. An einem bestimmten Punkt blieb es ebenso unvermittelt stehen, und dann geschah das, was uns an Spinnen so fasziniert (wenn wir nicht gerade zu den 20 Prozent der männlichen oder den 80 Prozent der weiblichen Bevölkerung gehören, die allein beim bloßen Anblick einer Spinne von panischer Angst erfasst werden): Sie schwebte langsam, wie auf einer unsichtbaren Zauberhand sitzend, in Wirklichkeit aber an einem kaum wahrnehmbaren Faden hängend, den sie irgendwie aus ihrem eigenen Körper herausproduzierte, nach unten, in Richtung Tischplatte. Da ich an der Decke nichts erspähen konnte, vor dem sie hätte flüchten müssen, kam ich zu dem Schluss, dass sie auf der Jagd war, auf der Jagd nach Beute. Ich wusste, dass Spinnen reine Fleischfresser sind und sich ausschließlich von Beutetieren ernähren, und da es in dem Zimmer, in dem wir uns befanden, im Moment außer uns beiden keine weiteren Lebewesen gab, kam ich außerdem zu dem Schluss, dass sie sich wohl mich als Beutetier ausgeguckt hatte und mich nun in ein Netz einweben wollte.

Allerdings war sie – wie sich schon bald herausstellen sollte – aktuell beileibe nicht das einzige Wesen, das den Wunsch hegte, mich einzusperren, und sie würde sich schon verdammt sputen müssen, wenn sie nicht wollte, dass andere ihr zuvorkamen.

Das Zimmer, in dem wir uns befanden, war ein Verhörraum in der Polizeidirektion Fürth. Ich saß auf einem der Plastikstühle, die um einen Plastiktisch herum gruppiert waren, auf dem nichts stand außer ein paar leeren Kaffee-Plastikbechern und einem Aschenbecher mit ausgedrückten Kippen (der Aschenbecher war erstaunlicherweise nicht aus Plastik, sondern aus Glas). Das Zimmer hatte einen Boden aus irgendeinem krebserregenden Kunststoffbelag, eine breite Fensterfront, von der aus man den Verkehr auf der Kapellenstraße hätte beobachten können – wenn nicht die heruntergezogenen Lamellenjalousien, die zwar noch genug Licht herein ließen, dass es nicht stockdunkel war, aber nicht genug, dass man nach draußen gucken konnte, dies verhindert hätten –, und an der Decke eine Lichtschale, die von einer dicken Staubschicht überzogen war. Ansonsten befand sich absolut nichts in diesem Raum, von einer hungrigen Spinne und einem frustrierten Privatdetektiv abgesehen.

Dabei war das bis vor kurzem noch ganz anders gewesen: Das Zimmer hatte nur so gewimmelt vor Polizeibeamten, denen ich immer wieder dieselbe Geschichte vom Selbstmord des Leonhart Maurizius in meinem Büro erzählen musste. Ich hatte natürlich sofort, nachdem sich mein Klient die Birne weggeblasen und eine ordentliche Sauerei angerichtet hatte, die Polizei verständigt, und sie waren mit einem Großaufgebot angerückt, hatten mein Büro auf den Kopf gestellt, die Leiche in die Rechtsmedizin schaffen lassen und mich mit in ihr Hauptquartier geschleift.

Ich war mehrfach verhört worden, aber jetzt saß ich schon eine Weile ganz alleine hier herum, vertrieb mir die Zeit damit, den Alltag von Spinnentieren im Polizeidienst zu studieren, und wartete darauf, was noch kommen würde. Die Bullen, die mich verhört hatten, waren zwar nett und freundlich gewesen, hatten sich aber irgendwie ziemlich seltsam benommen und mir ganz komische Fragen gestellt, und so rechnete ich damit, dass jeden Moment ein zehnköpfiges Sondereinsatzkommando hereingestürmt kam, mich überwältigte, mir Handschellen und Beißschutz anlegte, mich abführte und in eine Isolierzelle steckte. Dabei hatte ich keine Ahnung, warum sie so komisch waren; ich hatte keine Ahnung, warum sie mich mit in die Direktion genommen hatten, und ich konnte noch nicht einmal verstehen, warum ich verhört wurde; schließlich hatte ich ja kein Verbrechen begangen, sondern nur einen Unglücksfall gemeldet.

Was dann tatsächlich kam, als die Tür aufging,

war kein Sondereinsatzkommando, sondern etwas viel Schlimmeres. Was da zur Tür hereinkam, war Kommissar Diesterweg.

Und plötzlich hatte ich jede Menge Ahnung und konnte alles verstehen.

Diesterweg hatte durchaus eine gewisse Ähnlichkeit mit der Spinne, zumindest hinsichtlich des kugelrunden Körperbaus (er war klein und ziemlich fett), der schwarzen Körperfarbe (er hatte einen dunklen Anzug an), der borstigen Behaarung (er trug einen Bürsten-Kurzhaarschnitt auf dem Kopf und einen stoppeligen Dreitagebart im Gesicht) und vor allem des Begehrens, meinen Aggregatzustand von lebendig in tot zu verwandeln (er hatte nämlich eine stark ausgeprägte Allergie gegen Privatdetektive im Allgemeinen und gegen mich im Besonderen).

Beim Erscheinen Diesterwegs musste ich unwillkürlich sofort an die Bad-cops-good-cops-Nummer denken, von der mir Leonhart Maurizius erzählt hatte. Nun erging es mir genauso, nur umgekehrt. Hier war es nicht so, dass mich zuerst die ›bad cops‹ in die Mangel genommen hatten und jetzt der vermeintlich rettende ›good cop‹ auftauchte: Vielmehr hatte ich bisher das Vergnügen mit den ›good cops‹ gehabt, doch jetzt würde der ›bad cop‹ Schluss mit lustig machen.

Kommissar Diesterweg hielt in der einen Hand ein paar zusammengeklammerte Blätter Papier und in der anderen einen gefüllten, dampfenden Kaffee-Plastikbecher. Er ließ sich auf einen der Stühle plumpsen und grinste mich mit unverhohlener Schadenfreude an.

»Sieh mal an! Philipp Marlein, der Rächer der blondierten Witwen, der Robin Hood für Arme, der Lancelot aus dem Ramschladen-Sortiment. Tja, Marlein, diesmal sitzen Sie ganz schön in der Scheiße.«

Ich erwiderte sein Grinsen. »Wenn das hier Ihr Büro sein sollte, muss ich Ihnen uneingeschränkt Recht geben.«

Er presste die Lippen zusammen, als hätte ihm gerade jemand ein Darmrohr eingeführt. Ich redete weiter, bevor er sie wieder auseinanderbekam.

»Ich hab mich schon gefragt, warum man mich wohl so lange hier in diesem Loch festhält. Aber jetzt, da Sie auftauchen, wundert es mich nicht mehr, warum ich hier behandelt werde, als hätte ich gerade ein Säureattentat auf den Papst verübt. Eigentlich hätte ich mir denken können, dass Sie hinter der ganzen Sache stecken. Aber man kann ja nicht damit rechnen, dass sich der Leiter der Mordkommission in eine Angelegenheit einmischt, die eigentlich gar nicht unter seine Zuständigkeit fällt. Oder haben Sie das Ressort gewechselt?«

Diesterweg betrachtete mich mit dem Blick eines Bestattungsunternehmers, der die Maße für den Sarg nahm.

»Immer noch die alte Großklappe, was, Marlein? Aber Ihre Respektlosigkeiten werden Ihnen schon noch vergehen. Was Ihre Bedenken bezüglich meiner Zuständigkeit betrifft, möchte ich Ihnen drei Dinge sagen. Erstens: Sich in Angelegenheiten einzumischen, die einen nichts angehen, ist nicht mein Spezialität, sondern Ihre.

Schließlich lebt ihr Schnüffler doch davon, nicht wahr? Zweitens: Auch ein Selbstmord ist, wie der Name schon sagt, ein Mord, und fällt damit natürlich in meine Zuständigkeit. Und drittens besteht ein durchaus begründeter Anfangsverdacht, dass es sich bei dieser Geschichte mit der Leiche in Ihrem Büro um einen echten Mordfall handeln könnte.«

Die Spinne hatte mittlerweile eine saubere, butterweiche Landung auf dem Tisch hingelegt, und ich beobachtete, wie sie jetzt in kurzen, stakkatoartigen Bewegungen ein Stück über die Tischoberfläche huschte, abrupt stehenblieb, eine Weile reglos verharrte und dann wieder losflitzte. Diese Spielchen wiederholte sie immer wieder, wobei sie sich kreuz und quer über den Tisch bewegte, als hätte sie die Orientierung verloren und wüsste nicht, wo es lang ging.

Ich hingegen war jetzt vollkommen orientiert. »Ah – so läuft der Hase also. Ich verstehe langsam. Sie wollen also allen Ernstes behaupten, ich hätte diesen Typen umgelegt? Sie wollen mir also allen Ernstes einen Mord anhängen? Ich weiß, dass Sie keine besonders hohe Meinung von mir haben, aber für so doof, dass ich einen wildfremden Menschen in meinem Büro ermorde und dann selbst die Polizei rufe, werden Sie mich ja wohl doch nicht halten.«

»Und gerade deshalb könnten Sie's genau so gemacht haben: weil jeder denkt, dass Sie's genau so nie machen würden.«

»Dann bin ich aber mal auf Ihre Tatrekonstruktion gespannt. Ich freue mich schon auf die Pressekonferenz, bei der Sie genau darlegen werden, warum Leonhart Maurizius in Wirklichkeit doch von mir ermordet wurde, obwohl sämtliche Fingerabdrücke, Haarproben, Tatwaffenuntersuchungen, Wundinspektionen, Laboranalysen, Obduktionsergebnisse, Lügendetektortests und Sachverständigengutachten eindeutig für einen Selbstmord sprechen. Die Pressefritzen werden einen Riesenspaß haben und Sie in ihren Artikeln genüsslich in der Luft zerreißen. Aber wenn Sie sich partout lächerlich machen wollen? Nur zu!«

»Ich will nicht bestreiten, dass die wahrscheinlichste Variante für das Ableben des Herrn Maurizius in Ihrem Büro die ist, dass er sich selbst umgebracht hat. Aber andererseits gibt es da doch auch ein paar Ungereimtheiten, die mich an dieser Theorie zweifeln lassen.«

»Welche Ungereimtheiten denn?«

Diesterweg trank mit einem lauten Schlürfen einen Schluck aus dem Becher und leckte sich anschließend mit seiner rosigen Schweinchenzunge den Kaffee von den Mundrändern.

»Versuchen Sie doch einfach mal, Ihre zwei noch nicht kaputtgesoffenen Gehirnzellen ein bisschen zum Tätigwerden zu animieren. Wir waren bisher zweimal in Ihrem stinkenden Büro, und jedesmal mussten wir eine Leiche abtransportieren. Frau Urbas war Ihre Klientin, und sie starb in Ihrem Büro. Herr Maurizius war Ihr Klient, und er starb in Ihrem Büro. Es wäre schön, wenn hin und wieder mal ein Klient Ihr Büro lebend verlassen würde. Der Ort mit der höchsten Sterblichkeitsrate in Fürth ist nicht das Klinikum oder irgendein Altenheim, sondern Ihr

Büro. Gibt Ihnen das nicht zu denken, Marlein?«

Ich zuckte mit den Schultern. »Die Wege des Herrn sind unergründlich. Steht schon in der Bibel.«

»Dass Sie plötzlich bibelfest geworden sind, nimmt Ihnen niemand ab, Marlein, also versuchen Sie erst gar nicht, sich einen Heiligenschein aufzusetzen, Sie sind nämlich das genaue Gegenteil eines Heiligen. Und es ist nicht nur so, dass Sie Leichen am Fließband produzieren, diesmal sind auch die Umstände mehr als mysteriös. Sie wollen uns also ernsthaft weismachen, dass ein Häftling, der achtzehn Jahre auf seine Freilassung gewartet hat und dann, als es endlich so weit ist, nichts anderes zu tun hat, als einen schmierigen Privatschnüffler aufzusuchen und sich bei ihm umzubringen? Man stelle sich das einmal vor: Da übersteht ein Mann achtzehn ultraharte Jahre im Knast, und kaum sitzt er ein Viertelstündchen in Ihrem Büro, jagt er sich eine Kugel in den Kopf. Finden Sie das alles nicht auch ein bisschen seltsam und unglaubwürdig, Marlein?«

»Vielleicht ist er nur wegen des Whiskeys und der Zigaretten zu mir gekommen. Der Schweinehund hat doch tatsächlich bei mir seine Henkersmahlzeit eingenommen. Er hat genau gewusst, dass er sich am Ende unseres Gesprächs erschießen würde.«

»Klar, er ist zu Ihnen gekommen, um sich Drinks und Kippen zu schnorren. Er hatte ja kein Geld, um sich so was selbst zu kaufen.«

Er stellte den Kaffeebecher auf den Tisch, griff in seine Jackentasche und zog eine durchsichtige Tüte heraus, in der sich Maurizius' Geldpäckchen befand. Ich hatte es den eintreffenden Beamten übergeben. Diesterweg warf die Tüte auf den Tisch.

»Ja, ja, der schnöde Mammon. Bei so viel Kohle ist schon manch einer schwach geworden und hat den Pfad der Tugend verlassen. Obwohl es ja da bei Ihnen nicht viel zu verlassen gibt.«

»Die Kohle hat mir der Typ als Honorar dafür gezahlt, dass ich seinen Fall noch einmal von vorne aufrolle.«

Diesterweg lachte ein hartes, gekünsteltes Lachen. »Soso, das ist also Ihr Honorar. Wenn das so ist, quittiere ich sofort den Dienst und eröffne ebenfalls ein Privatdetektivbüro. Das scheint ja ein goldenes Gewerbe zu sein, wenn man bei jedem Auftrag ein kleines Vermögen einstreicht. Sie müssen im Geld nur so schwimmen. Komisch, dass man es Ihnen gar nicht ansieht. Aber vermutlich sind Sie einfach nur bescheiden geblieben – oder aber Sie sind ein reicher Geizhals wie Dagobert Duck.«

»Sie wissen so gut wie ich, dass das natürlich ein absolut unüblich hoher Betrag ist. Aber seine Selbstmordabsicht erklärt das doch. Er hatte keine andere Verwendung mehr für seinen Schotter. Ich habe Ihren Jungs diesen ganzen Müll doch schon dreimal runterbeten müssen – beim ersten Mal, damit sie einen groben Überblick bekommen haben, was überhaupt abgelaufen ist, beim zweiten Mal, damit sie die Einzelheiten kapiert haben, und beim dritten Mal, damit sie überprüfen konnten, ob ich immer noch dasselbe erzähle wie beim ersten

Mal. Wieso lesen Sie den Wisch, den Sie da in Händen haben und auf dem das doch sicher alles draufsteht, nicht einfach durch, statt mir die ganze verdammte Story zum vierten Mal aus der Nase zu ziehen?«

Er blickte versonnen auf die Blätter, die er immer noch in der anderen Hand hielt. »Weil ich's von Ihnen persönlich hören will.«

Die Spinne war bei ihrem Zickzackkurs über den Tisch an Diesterwegs Kaffeebecher gestoßen, hatte ihn erklommen und balancierte nun am Rand des Bechers entlang. Ich hoffte, sie hatte nicht vor, sich in den Kaffee zu stürzen und sich zu ertränken. Noch einen Selbstmord an diesem Tag hätte ich nicht verkraftet, selbst wenn es nur der einer Spinne gewesen wäre.

»Also gut, Diesterweg, wenn Sie das aufgeilt, dann singe ich mein Liedchen nochmal nur für Sie ganz alleine. Es war einmal ein Mann namens Leonhart Maurizius, der saß wegen des Mordes an seiner Frau achtzehn Jahre lang im Gefängnis. Als er dann entlassen wurde, kam er in der Freiheit nicht mehr zurecht und beschloss, sich das Leben zu nehmen. Aber er hatte noch einen letzten Wunsch, der darin bestand, dass seine Unschuld bewiesen werden sollte, und erfüllen sollte ihm diesen letzten Willen ein armer kleiner Privatdetektiv namens Philipp Marlein. Also marschierte er in dessen Büro und erzählte ihm sein Leben. Und wenn er sich nicht inzwischen die Birne zu Brei geschossen hätte, würde er jetzt immer noch dort sitzen und labern.« Ich verschränkte die Arme. »So einfach ist das Ganze.«

»Genau. So einfach, dass es stinkt.«

Diesterweg griff nach seinem Kaffeebecher, ohne die darauf sitzende Spinne zu bemerken. Diese warf sofort ihren Seidenfadenproduktionsmotor an und seilte sich mit einem waghalsigen Hechtsprung ab. Gerade noch rechtzeitig, sonst wäre sie eines unschönen Säuretodes in Diesterwegs Magen gestorben, denn dieser schüttete sich den gesamten restlichen Becherinhalt in den Schlund, bevor er weiterredete.

»Immerhin haben Sie es jetzt genau so erzählt, wie es klingt: wie ein Märchen. Sie können doch nicht ernsthaft von mir erwarten, dass ich diese Geschichte einfach so schlucke, ohne sie zu hinterfragen. Und jetzt mal Hand aufs Herz, Marlein: Wenn Ihnen jemand diese Geschichte erzählen würde, würden Sie sie dann nicht auch für unglaubwürdiger halten als das Gestöhne einer Nutte?«

»Dazu müsste ich überhaupt erstmal die ganze Geschichte kennen.«

»Was zum Teufel sollten Sie denn an der Geschichte nicht kennen? Sie waren doch von Anfang bis Ende live dabei.«

»Ich kenne die ganze Vorgeschichte nicht, die vor achtzehn Jahren zu der Mordanklage geführt hat. Diesbezüglich hat Herr Maurizius leider nur einige vage Andeutungen gemacht.«

»Und was hat er angedeutet?«

»Dass er wohl ein Verhältnis mit der Schwester seiner Frau hatte. Und dass es nur wegen einer belastenden Aussage seines besten Freundes zu dem Schuldspruch gekommen sei.«

Ich bemerkte, dass Diesterweg gedankenversunken auf den Grund seines Kaffeebechers starrte.

»Haben Sie diesen Maurizius und seinen Fall gekannt?« Diesterweg sah von seinem Becher auf und wandte den Blick in Richtung Fenster. »Welcher Idiot macht denn eigentlich hier am hellichten Tage die Schotten dicht?« Diesterweg stellte den Becher auf den Tisch, stand auf, ging zum Fenster, öffnete die Jalousien und verschränkte die Arme hinter dem Rücken. Er sprach nicht mit mir, sondern mit der Fensterscheibe. »Ja. Aber ich hatte nicht viel mit dieser Geschichte zu tun. Ich war damals nur ein kleiner Streifenpolizist. Ich wurde lediglich bei der Suche nach dem flüchtigen Täter eingesetzt.«

»Das heißt, bei der Suche nach Maurizius?«

»Ja. Es gab eine große Fahndung in ganz Franken nach ihm, denn er hatte sich aus dem Staub gemacht, nachdem er seine Frau erschossen hatte. Aber wir haben ihn zunächst nicht erwischt, er quartierte sich unter falschem Namen in Gasthöfen ein und floh über Frankfurt und Kassel nach Hamburg, wo er schließlich fünf Tage später in einem Hotel festgenommen wurde.«

»Und dann bestritt er, die Tat begangen zu haben?«

»Ja. Seine Flucht war zwar eigentlich schon Schuldeingeständnis genug, aber vielleicht wäre er trotzdem mangels Beweisen ungeschoren davongekommen, denn die Tatwaffe wurde nie gefunden, und zunächst sah es auch so aus, als gäbe es keinen Augenzeugen. Aber während des Prozesses gelang es Staatsanwalt Andergast, Gregor Waremme – den besten Freund von Leonhart Maurizius, der sich zwar in der Nähe des Tatorts aufgehalten hatte, aber anfangs stets behauptet hatte, er habe die Tat selbst nicht beobachtet –, in einem brillanten Verhör so in die Enge zu treiben und so sehr in Widersprüche zu verwickeln, dass ihm schließlich nichts anderes übrigblieb, als mit der Wahrheit herauszurücken: dass er nämlich gesehen hatte, dass Leonhart Maurizius selbst den tödlichen Schuss auf seine Frau Elli abgegeben hatte.«

»Und Maurizius hatte tatsächlich ein Verhältnis mit der Schwester seiner Frau?«

»Ja. Maurizius' Mordmotive waren die beiden klassischen Todsünden Habgier und Wollust. Habgier, weil er nach dem Tod seiner Frau ihr gesamtes Vermögen geerbt hätte. Und Wollust, weil Anna, die Schwester seiner Frau, knackige zwanzig Jahre alt war und die wahrscheinlich schönste und attraktivste Frau, die Fürth jemals gesehen hat, während Elli mit ihren vierzig Jahren doch nicht mehr ganz so taufrisch war wie ihre halb so alte Schwester.«

»Maurizius muss damals Siebenundzwanzig gewesen sein. Er hatte also eine dreizehn Jahre ältere Frau geheiratet?«

»Leonhart Maurizius war zu jener Zeit ein stadtbekannter Luftikus, der zwei Leidenschaften frönte: den Weibern und dem Zocken. Die alternde Fabrikantentochter Elli hat er natürlich nur aus finanziellen Gründen geheiratet; er hatte Spielschulden bis über beide Ohren, und sein Vater, der bis dahin sein Lotterleben finanziert hatte, hatte nicht mehr genug Kohle, um sie begleichen zu können. Die Ehe ging sogar eine Weile gut, aber als dann Ellis attraktive Schwester nach Fürth zog, wurde er seiner Alten schnell überdrüssig. Sie war nur noch ein Hindernis, das einer Beziehung mit der appetitlichen Anna im Weg stand, und dann hat er dieses Hindernis eben auf die grobe Art beseitigt.«

»Aber ein Mord vor einem Zeugen und eine Flucht alleine nach Hamburg passen doch überhaupt nicht zu dem angeblichen Plan von Maurizius, seine Frau zu beerben und mit seiner Schwägerin ein neues Leben zu beginnen, oder?«

»Nun reicht es aber, Marlein! Mir scheint, Sie verwechseln da etwas: Nicht Sie haben mich zu verhören, sondern ich Sie. Falls es Ihnen schon wieder entfallen sein sollte: Leonhart Maurizius ist in Ihrem Büro eines unnatürlichen Todes gestorben – wie unnatürlich, versuchen wir gerade zu ermitteln. Und deshalb werden Sie von mir jetzt auch keine weiteren Informationen über diesen Mann bekommen.«

»Na gut, dann eben nicht. Dann machen wir aber jetzt auch Schluss mit dieser Sitzung. Ich habe alles gesagt, was ich zu sagen habe, und keine Lust, noch länger in diesem Drecksloch hier zu vergammeln. Entweder Sie halten mir jetzt einen Haftbefehl unter die Nase und zeigen mir meine Zelle, oder Sie gehen mir aus der Sonne und lassen mich den Abflug machen.«

»Ich habe bedauerlicherweise zu wenig in der Hand, um Sie einzubuchten, was ich – nebenbei bemerkt – mit dem größten Vergnügen tun würde. Wie gesagt, Selbstmord ist die wahrscheinlichste, aber beileibe nicht die einzige Variante in diesem Fall. Wir ermitteln in alle Richtungen.«

»Und Ihre Hauptrichtung bin ich.«

»Sie sagen es. Halten Sie sich also zu unserer Verfügung.«

»Wo wir jetzt schon mal so intim beisammen sind, Diesterweg, so ganz in trauter Zweisamkeit, könnten Sie mir doch einmal eine indiskrete Frage beantworten: Warum wollen Sie mir eigentlich ständig krampfhaft was anhängen? Was haben Sie gegen mich? Ich bin doch eigentlich ein ganz nettes und umgängliches Kerlchen!«

Diesterweg verzog das Gesicht, als hätte er in eine saure Zitrone gebissen. »Ums frei heraus zu sagen, Marlein: Wir wollen Sie hier nicht. Fürth braucht keinen Privatschnüffler. Zumindest keinen, der sich dauernd in unsere Arbeit einmischt. Wir haben Fürth zur sichersten Großstadt in Deutschland gemacht, aber seit Sie hier Ihr Unwesen treiben, ist die Mordrate sprunghaft in die Höhe geschnellt. Sie üben einen schlechten Einfluss auf unsere Stadt aus, Marlein. Sie sorgen nur für Ärger. Fürth ist ein sauberes Städtchen, aber Typen wie Sie, die das gesellschaftliche Ansehen und das soziale Gewissen einer Küchenschabe haben, ziehen das Unheil an wie ein Scheißhaufen die Schmeißfliegen. Fürth braucht kein Gesocks wie Sie, Marlein.«

»Stimmt. Fürth braucht keinen Privatdetektiv. Fürth braucht auch keine erstklassige Fußballmannschaft. Fürth braucht erst recht kein großes Versandhaus und keinen großen Elektronikkonzern. Alles, was Fürth braucht, sind Hunderte von Ein-Euro-Ausschussware-und-Restposten-

Läden, ein schlechtes Image als graue Maus und als Nürnbergs missratene kleine Schwester. Und einen unter psychosozialem Minderwuchs leidenden Kommissar namens Diesterweg, der sofort das Feuer mit seiner Dienstpistole eröffnen würde, wenn er einen Privatdetektiv auf der Straße dabei erwischen würde, wie er einen Kaugummi in einen Gully spuckt – dabei aber leider nicht den Privatdetektiv treffen würde, sondern Passanten: eine Verkäuferin, die gerade ein Schaufenster putzt, und eine komplette Kindergartengruppe inklusive Erzieherinnen, die auf dem Weg zu einer Geburtstagsfeier in einem Fastfood-Restaurant sind.«

Diesterweg nahm den leeren Kaffeebecher und zerdrückte ihn in seiner sich schließenden Faust, bis nur noch ein zerknülltes, zerbrochenes Häufchen davon übrigblieb, das er achtlos fallen ließ. Eine klassische Projektionshandlung, die kaum Zweifel daran aufkommen ließ, was (beziehungsweise wen) er eigentlich gerne in seiner Hand zerquetscht hätte.

»Es reicht, Marlein!« Er warf die Blätter auf den Tisch und einen Stift, den er aus seiner Jackentasche fischte. »Unterschreiben Sie das Protokoll. Und dann sollten Sie besser verschwinden!«

»Nichts lieber als das.«

Ich überflog das Papier, ob auch wenigstens ansatzweise das darauf stand, was ich ausgesagt hatte, und kritzelte meine Unterschrift auf das letzte Blatt.

Dann stand ich auf und bewegte mich in Richtung Tür. Ein Gegenstand traf mich im Rücken. Ich drehte mich um. Auf dem Boden lag die Tüte mit Maurizius' Geldpacken. Diesterweg hatte sie mir nachgeworfen.

»Vergessen Sie Ihr Honorar nicht, Marlein. Da klebt zwar Blut dran, aber das dürfte Leuten Ihrer Zunft ja nicht viel ausmachen. Falls die Geschichte, die Sie uns hier aufgetischt haben, stimmen sollte, hat Herr Maurizius Ihnen das Geld zu Lebzeiten aus freiem Willen ausgehändigt. Also gehört die Kohle rechtmäßig Ihnen.« Er kniff die Augen zusammen. »*Falls* Ihre Geschichte stimmen sollte.«

Ich bückte mich und hob die Tüte auf. Dabei entdeckte ich die Spinne wieder. Sie hatte sich mittlerweile auch vom Tisch abgeseilt, krabbelte im Schneckentempo über den Boden und schien nicht so recht zu wissen, wohin sie sich wenden sollte. Diesterweg stemmte seine kurzen Arme in seine speckigen Hüften. »Na los! Machen Sie, dass Sie hier rauskommen!«

»Einen Moment noch.« Ich deutete auf die Spinne. »Da hat sich neben mir noch ein anderes lebendes und unschuldiges Wesen in Ihren Bunker verirrt. Wenn's Ihnen recht ist, nehm' ich das Tierchen mit raus und setze es in Ihren Grünanlagen ab. Oder werten Sie das dann als Fluchthilfe für Verhaftete?«

Diesterweg folgte mit seinem Blick meinem Finger und erspähte die Spinne. Er betrachtete sie kurz, dann hob er seinen Fuß und trat mit dem Absatz auf das Tierchen. Als er den Schuh wieder wegnahm, befand sich auf dem Boden ein rundlicher schwarzer Flecken Matsch.

Diesterweg grinste mich dreckig an. »Spinne am Morgen bringt Kummer und Sorgen.«

Ich ging zur Tür hinaus, ohne ihn noch einmal anzusehen, und verließ das Gebäude wie in Trance. Ich war ja nicht gerade ein weicheiiger Warmduscher und konnte einiges vertragen, aber gleichzeitig ein Selbstmord in meinem Büro und ein Mordverdacht gegen mich waren selbst für einen Privatdetektiv, der Kummer gewohnt ist und dessen Geschäft Schwierigkeiten sind, ein bisschen heftig. Diese Geschichte ging mir mehr an die Nieren, als mir lieb war. Ich war deprimiert: von dem Ärger mit Diesterweg, vor allem aber auch von der Tatsache, dass sich in meinem Büro ein Mensch das Leben genommen hatte. Man hatte mir bei den Verhören allerlei Fragen technischer Art gestellt, wer wann was getan und gesagt hatte, aber wie es mir jetzt ging, und ob es mich vielleicht bedrückte, dass ich den brutalen Tod eines Menschen miterleben musste, danach hatte mich niemand gefragt; aber wahrscheinlich hielt man einen hartgesottenen Schnüffler keiner Gefühle für fähig, zumal einen, der – was Diesterweg seinen Jungs offenbar eingeimpft hatte – vielleicht sogar selbst den Tod dieses Menschen verursacht hatte.

Es war ungemütlich draußen, kalt und neblig und wolkenverhangen, aber zumindest regnete es nicht. Dafür schüttete es in meinem Gehirn wie in Strömen. Ich musste jetzt erstmal den Kopf freibekommen. Ich brauchte Bewegung, frische Luft und einen Ort, an dem sich möglichst keine Menschen aufhielten, denn die Menschheit schien mir an diesem Tag generell feindlich gesonnen zu sein. Einen Ort, an dem mir kein durchgeknallter Ex-Knacki seine Hirnmasse um die Ohren ballern konnte und an dem mir kein übelwollender Bulle aus reiner Boshaftigkeit völlig absurde und an den Haaren herbeigezogene Straftaten andichten konnte.

Ich ging über den Parkplatz der Polizeidirektion zur Kapellenstraße. Dort stand direkt an der Einfahrt zum Parkplatz eine Fußgängerampel, die ich bei Rot überquerte, und es grenzte an ein Wunder, dass ich nicht von den von rechts und von links heranrollenden Blechkarawanen plattgefahren wurde. Auf der gegenüberliegenden Straßenseite führte ein Fußweg über den Wiesengrund. Ich folgte ihm und kam vorbei am von einer Gruppe wuchtiger alter Eichen eingerahmten Martinsdenkmal.

Der Sage nach hatte Karl der Große im Jahr Siebenhundertirgendwas hier sein Lager aufgeschlagen. In einem der aufgebauten Zelte wurde ein Stück des Mantels von Sankt Martin, dem Schutzpatron der Franken, aufbewahrt, und genau an der Stelle, an der dieses Zelt stand, ließ Karl eine Kapelle zu Ehren des Heiligen, der laut einer Legende seinen Mantel mit einem Bettler geteilt hatte und deshalb im Fränkischen ›Pelzmärtel‹ genannt wird, errichten. Die Kapelle wurde dann später im Dreißigjährigen Krieg zerstört. Das Denkmal, das am Ende des Zweiten Weltkriegs ebenfalls zerstört und in den Achtzigern vom Lions Club der Stadt Fürth erneuert worden war, sollte an diese Fürther Urkirche erinnern. Es sah aus wie eine abgebrochene Säule auf einem Steinpodest, und das passte zu meiner seelischen Verfassung wie die Faust aufs Auge, denn ich fühlte mich auch wie abgebrochen.

Ich bog nach rechts ab, überquerte auf dem Käppnersteg die Rednitz, bog nach links ab und ging neben dem Flussufer so lange geradeaus, bis ich nicht mehr weiterkonnte: Ich hatte die berühmte Stelle erreicht, an der sich die Rednitz und die Pegnitz vereinigen, um dann unter dem neuen Namen Regnitz weiter Richtung Norden zu fließen.

Ich stapfte bis an die vorderste Spitze dieser klassischen Landzunge, bis mich der nächste Schritt ins Wasser der direkt vor mir zusammenlaufenden Flüsse geführt hätte. Aber ich hatte keine Lust, es Leonhart Maurizius nachzumachen; Ertrinken verursachte zwar weniger Schweinerei als ein Schuss in den Schädel, dauerte aber wesentlich länger, und als Wasserleiche war man auch nicht gerade ein Anblick für Ästheten. Außerdem konnten mich die momentanen Scherereien dann doch nicht so sehr nach unten ziehen, dass ich diese schöne Welt schon hätte verlassen wollen, und schon gleich gar nicht so kurz vor einem Lokalderby zwischen der Spielvereinigung und dem Club.

Und so blieb ich auf dem Quadratmeter Fürther Boden, der die Spitze des Flussdreiecks Rednitz-Pegnitz-Regnitz bildete, stehen, setzte mich dann auf einen am Ufer herumliegenden großen Steinquader, auf dem wahrscheinlich an lauen Sommerabenden jugendliche Liebespaare romantische Stunden miteinander verbrachten und ihren hormonellen Wallungen durch den Austausch von Keimen der Mundflora Tribut zollten, starrte in die mich umgebenden Wassermassen und räsonierte, wo denn nun eigentlich welcher Fluss endete beziehungsweise wo welcher anfing.

Vor allem aber räsonierte und reflektierte ich über die aktuellen Ereignisse.

Ich hatte also jetzt einen Fall am Hals. Einen Fall, den ich überhaupt nicht gewollt und in den ich, ohne selbst etwas dazu beigetragen zu haben, hineingeraten war. Vordergründig betrachtet wäre Leonhart Maurizius eigentlich der ideale Klient gewesen: Er hatte das komplette Honorar im Voraus und in bar gezahlt und sich anschließend gleich ins Jenseits befördert, ohne die Erfüllung der Leistung, für die er bezahlt hatte, abzuwarten und zu kontrollieren. Der Traumkunde jedes Versicherungsvertreters.

In Wirklichkeit war Maurizius aber der absolute Albtraumklient: Er hatte mir nämlich praktisch einen Auftrag aufgezwungen, den ich sonst nie im Leben angenommen hätte. Indem er sich umgebracht hatte, hatte er mir die Möglichkeit genommen, seinen Fall und sein Geld endgültig abzulehnen. Und weil er sich ausgerechnet vor mir umgebracht hatte, fühlte ich mich, unabhängig von der Kohle, die er mir hinterlassen hatte, auch noch moralisch verpflichtet, seinen letzten Wunsch zu erfüllen.

Dabei hätte ich Leonhart Maurizius am liebsten eigenhändig erschossen, wenn er das nicht zuvor schon selbst erledigt hätte, denn er hatte mir tatsächlich nichts als einen Haufen Ärger eingebrockt. Dadurch, dass er mein Büro zum Schauplatz seines Ablebens erkoren hatte, hatte er mir Diesterweg auf den Hals gehetzt, und ich konnte jetzt zusehen, wie ich mich von dessen

Verdächtigungen wieder reinwaschen konnte. Und eine große Hilfe war mir Herr Maurizius auch nicht gewesen: Er hatte mich zwar beauftragt, seinen Fall neu aufzurollen, hatte mir aber praktisch nichts über diesen Fall erzählt. Stattdessen hatte er nur über unsensible Justizvollzugsbeamte, falsche Freunde und seine erektile Dysfunktion lamentiert und sich in Weltschmerz und Selbstmitleid gesuhlt.

Und auch mein Freund Diesterweg hatte mir sicherlich weniger über den Fall Maurizius berichtet, als er eigentlich darüber wusste. Aber immerhin hatte er mir einen Namen genannt, nämlich den des damaligen Staatsanwalts: Andergast. Der würde höchstwahrscheinlich am besten über den Fall Bescheid wissen und mir am meisten darüber erzählen können, wenn ich ihn denn aufstöbern könnte. Und ich würde auf jeden Fall versuchen, ihn aufzustöbern!

Denn ich hatte zwar nicht gerade viel über den Fall Maurizius erfahren, aber in dem bisschen, was ich erfahren hatte, steckten doch genügend Ungereimtheiten, um eine erneute Überprüfung dessen, was damals eigentlich passiert war, nicht gänzlich sinnfrei erscheinen zu lassen. Allerdings hoffte ich regelrecht, dass meine Ermittlungen die Schuld des Leonhart Maurizius bestätigen würden. Denn ein Beweis seiner Unschuld würde seinen Selbstmord noch tragischer und sinnloser machen, als er sowieso schon war.

## III.

Ich fuhr, wie vorgeschrieben, mit Tempo 30 die Straße entlang. Nicht etwa, weil ich ein so strenger Verfechter und gesetzestreuer Anhänger der Straßenverkehrsordnung gewesen wäre, aber so konnte ich in Ruhe all die tollen Häuser betrachten, in denen ich nie wohnen würde.

Ich befand mich in der Westvorstadt von Fürth, und dort in jener als ›Villenkolonie‹ bekannten Zone zwischen Park-, Linden-, Uhland- und Hardenbergstraße, deren Name selbsterklärend war. In diesem großen, parkähnlichen Areal standen praktisch ausschließlich imposante Herrenhäuser, die meisten vor den Weltkriegen erbaut, aber auch einige moderne Architektenbunker hatten sich dazugesellt. Die üblichen mickrigen, schnörkellosen, funktionalen Einfamilienhäuser hingegen suchte man hier definitiv vergebens; hier wurde geklotzt statt gekleckert. Es wimmelte nur so vor architektonischem Schnickschnack wie Türmen, Giebeln, Erkern, Säulen, Balustraden, Skulpturen und Ornamenten. Allerdings blieben viele dieser Meisterwerke der Baukunst den Blicken verborgen, und besonders die Villa, vor der ich meinen Wagen abstellte, lag regelrecht versteckt hinter hohen Steinmauern, dichten Hecken und mächtigen Laub- und Nadelbäumen. Es wirkte wie eine Festung, das Domizil von Herrn Andergast.

Ich war vom Flussdreieck zu Fuß in mein Büro zurückgekehrt und hatte von dort aus ein paar Anrufe getätigt, bis ich herausgefunden hatte, dass die von Diesterweg erwähnte Person noch immer im Dienst der Justiz tätig war, mittlerweile in der absoluten Führungsposition des Leiters der Oberstaatsanwaltschaft. Ich hatte es sogar geschafft, seine Privatnummer herauszubekommen, hatte ihn angerufen und ihm mein Anliegen geschildert, und er hatte mir seine Hilfe zugesagt und mich eingeladen, zu ihm nach Hause zu kommen, um mir in einem persönlichen Gespräch das zu erzählen, was ich über den Fall Maurizius wissen wollte. Er hatte mir seine Adresse genannt, und ich hatte mich sofort auf den Weg in die Westvorstadt gemacht.

Ich stieg aus meinem Auto, schritt durch ein überdimensionales gusseisernes Tor, wanderte auf einem mit Steinplatten belegten Weg durch einen labyrinthisch angelegten Garten, der nur geringfügig größer war als die Schweiz, kam an einer hallenartigen Garage vorbei, in der ein netter kleiner Fuhrpark von schlachtschiffähnlichen Wagen untergebracht war, überquerte eine Terrasse, auf der man ein Formel-1-Rennen hätte veranstalten können, stieg eine vielstufige Marmortreppe hoch und drückte auf einen pizzablechgroßen goldenen Klingelknopf, in den der Name »Wolf Andergast« eingraviert war. An dem Klingelknopf befestigt war ein Gebäude, das zwar nicht ganz so groß war wie der Buckingham Palace, in dem man aber sicher auch keine Klaustrophobie entwickeln würde. Es war eine nette kleine Residenz, wie geschaffen für Leute, die am Ostersonntag die Stadt und den Erdkreis segneten, in der Champions League Tore am Fließband schossen, zum Arbeiten in das Oval

Office gingen – oder eben in Fürth und Nürnberg im Auftrag des Staates das Verbrechen bekämpften.

Die Tür wurde geöffnet, und vor mir stand eine junge Frau, vielleicht Anfang zwanzig. Sie trug über einem adretten Kleidchen eine Küchenschürze, und ihre Hände steckten in Gummihandschuhen. Der Herr Oberstaatsanwalt hielt sich also auch Hauspersonal.

Die junge Frau blickte mich mit großen blauen Augen an. »Ja bitte?«

»Philipp Marlein, Privatdetektiv. Ich habe einen Termin bei Herrn Andergast.«

»Ah, ja. Kommen Sie doch rein.«

Ich kam rein, und sie schloss die Tür hinter mir. Sie führte mich einen Kilometer Flur entlang, und schließlich landeten wir in einem Raum von der Größe einer Flughafenabfertigungshalle, der sich als Wohnzimmer entpuppte.

Sie deutete auf einen wuchtigen Ledersessel. »Nehmen Sie doch Platz.«

Ich ließ mich in den Sessel plumpsen und sah mich um. Es standen noch mehrere weitere Clubsessel herum, dazu ein riesiges Polstersofa und ein monumentaler schwarzer Schreibtisch, auf dem sich dickleibige Aktenordner stapelten, mit einem hochlehnigen Stuhl dahinter. Der Boden war ausgelegt mit einem kunstvollen Perserteppich, der sich über den gesamten Raum erstreckte. An einer Wand hingen alte Ölgemälde mit Porträts ernst und wichtig dreinblickender Damen und Herren in mittelalterlichen Roben, an einer anderen stand ein hohes Bücherregal, vollgestellt mit großformatigen gebundenen Wälzern. Die Fenster wurden umrahmt von langen gewellten Vorhängen aus Seide. Von der Decke baumelte ein glitzernder Kronleuchter. Und natürlich gab es auch einen prachtvollen offenen Kamin, vor dem ein Bärenfell lag.

Noch prachtvoller und wesentlich interessanter als die ganze verdammte Inneneinrichtung fand ich jedoch das Dienstmädchen. Sie war klein und zierlich, hatte ein hübsches, offenes, freundliches Gesicht, volle, dezent karminrot geschminkte Lippen über makellosen, werbefernsehweiß strahlenden Zähnen, sehr helle, zarte, weiche Haut, weizenblondes Haar, zartgliedrige Hände und wohlgeformte schlanke Beine, und ihre Rundungen saßen an genau den richtigen Stellen. Ein klassisches Sahneschnittchen, für das selbst der Papst die Sixtinische Kapelle verhökert hätte.

Ich fasste mir ein Herz und beschloss, die kurze Zeit zu nutzen, die mir blieb, bis ihr Dienstherr auftauchen und sie wieder aus meinem Leben verschwinden würde.

»Sagen Sie mal, Fräulein – was machen Sie denn eigentlich so am Feierabend, wenn Sie mit Ihrem Dienst hier fertig sind?«

Ein Ausdruck von überraschter Fassungslosigkeit erschien auf ihrem Gesicht, und sie starrte mich einige Momente mit offenem Mund an, ehe das Erstaunen abgelöst wurde von einer Amüsiertheit, die von einem spöttischen Lächeln untermalt wurde.

»Ihre Frage beinhaltet leider einige formale Fehler, Herr Marlein. Zum einen bin ich seit zwei Monaten kein Fräulein mehr, sondern eine Frau

– nämlich Frau Viola Andergast. Und zum anderen empfinde ich es eigentlich nicht als ›Dienst‹, wenn ich für mich und meinen Mann eine Mahlzeit zubereite. Aber um Ihre Frage nach meinen Feierabendaktivitäten trotzdem zu beantworten: Meistens sitzen Wolf und ich abends hier in diesem Raum und genießen bei einem Glas Wein eine gute Musik-CD oder einen schönen Spielfilm.«

Okay, Marlein. Wenn noch irgendwelche Zweifel daran bestanden hatten, dass dies ein ausgesprochener Scheißtag werden würde, waren sie hiermit endgültig ausgeräumt. Offenbar war es an diesem Tag völlig egal, was ich anfasste, denn es wurde garantiert immer ein zielsicherer Griff ins Klo daraus. Die Frau von Oberstaatsanwalt Andergast als seine Bedienstete anzusprechen – und anzumachen! –, war nicht nur ein klassischer peinlicher Fauxpas, sondern der größte anzunehmende Unfall in Sachen Höflichkeit und ein Tritt nicht nur in ein Fettnäpfchen, sondern in einen ganzen Fettbottich. Ich stand auf und setzte – wenig Hoffnung hegend, damit durchzukommen und nicht unverrichteter Dinge wieder nach draußen komplimentiert zu werden – an, eine halbherzige Entschuldigung zu stammeln, doch Frau Andergast unterbrach mich mit dem schlichten Heben einer Hand.

»Sie können sich Ihren verbalen Kniefall sparen, Herr Marlein, wir sind Derartiges gewöhnt. Ich werde oft genug für die Tochter meines Mannes gehalten. Aber damit muss man rechnen bei mehreren Jahrzehnten Altersunterschied.« Sie strich sich mit einer koketten Handbewegung eine Strähne ihres weizenblonden Haars aus dem Gesicht. »Und ohne überheblich wirken zu wollen: Ich bekomme oft genug eindeutige Angebote von jüngeren Männern; Ihr Versuch muss Ihnen also nicht peinlich sein. Allerdings – so früh am Tag sind wenige so draufgängerisch wie Sie.«

»Wenn Sie glauben, das eben war draufgängerisch, dann sollten Sie mich mal am Abend erleben!«

»Aber auch da hätten Sie bedauerlicherweise keinerlei Erfolgsaussichten. Ich bin nämlich gänzlich unempfänglich für so etwas. Männer in meinem Alter und auch Männer in Ihrem Alter interessieren mich nicht im Geringsten. Ich bevorzuge einen Partner mit großer Lebenserfahrung. Ältere Männer sind jüngeren in jeglicher Hinsicht überlegen.«

Dass sie mir meine misslungene Anmache so direkt unter die Nase rieb und mir ihre Abfuhr so provokant erteilte, nervte mich nun doch. Statt mich zu entschuldigen, fuhr ich eine Retourkutsche auf.

»Ja, vor allem in finanzieller. Aber wenn Sie in einigen Jahren Ihren Mann im Rollstuhl durch den Park fahren und unterwegs seinen Urinbeutel ausleeren müssen, werden Sie das vielleicht etwas anders sehen.«

Das kam bösartiger aus meinem Mund, als ich es beabsichtigt hatte, doch Viola Andergast nahm es zum Glück nicht von der ernsten, sondern von der humorigen Seite, und quittierte meine Bemerkung mit einem Lachen.

»Sie malen mir ja schöne Zukunftsaussichten! Aber über so was mache ich mir jetzt keine Gedanken. Im Moment genieße ich das Zusammensein mit meinem Mann in vollen Zügen.«

Dass sie meine knallharten Argumente gegen die Beziehung einer jungen Frau mit einem alten Sack einfach ignorierte und ihr eheliches Glück so demonstrativ zur Schau stellte, ärgerte mich auch irgendwie. Deshalb konnte ich mir eine weitere kleine Spitze nicht verkneifen.

»Und der eheliche Frieden wird auch von Frau Andergast Nummer eins nicht gestört?«

Schwer zu sagen, ob ihr Lächeln jetzt immer noch amüsiert-nachsichtig oder doch schon leicht pikiert-vorwurfsvoll war. »Frau Andergast Nummer eins? Wer soll das sein?«

»Ihre Vorgängerin. Ihr Mann war doch sicherlich in jüngeren Jahren schon einmal verheiratet. Ex-Ehefrauen neigen bekanntermaßen dazu, der neuen jungen Geliebten ihres Ex-Ehemannes das Leben mit überzogenen Unterhaltsforderungen und anderen Schikanen nach Kräften vermiesen und zur Hölle machen zu wollen.«

»Auch in dieser Hinsicht muss ich Sie leider enttäuschen. *Ich* bin Frau Andergast Nummer eins. Wolf war zuvor sein Leben lang eiserner Junggeselle.«

»Ungewöhnlich, dass er dann doch noch den Hafen der Ehe angesteuert hat. Aber wenn man Sie sieht, kann man ihn verstehen.« Ein vielleicht etwas durchsichtiger Versuch, wieder Punkte bei ihr gutzumachen.

Sie sprang aber nicht so recht darauf an, ihre Mundwinkel gingen nur ganz kurz nach oben.

»Danke für die Blumen. Im Übrigen aber gar nicht ungewöhnlich, wenn man Wolfs Charakter kennt. Er hat nur deshalb so lange keine Frau geheiratet, weil er mit etwas anderem verheiratet war – nämlich mit seiner Arbeit. Sein Beruf ist für Wolf so etwas wie eine religiöse Mission. Er hat Jahrzehnte lang nur für das Gericht gelebt, hat gearbeitet bis zur völligen Überlastung, ist nie ausgegangen, hat nie Feste oder Feiern besucht, hat kaum gesellschaftlichen Verkehr gepflegt, hat sein Privatleben bis zur Selbstaufgabe seinem Amt untergeordnet. Wie hätte er da eine Frau finden sollen?«

»Und wie hat er dann Sie gefunden? Haben Sie als Zeugin vor Gericht ausgesagt? Oder standen Sie vielleicht gar als Angeklagte vor ihm?«

Ihre Miene war nun eindeutig angesäuert. Ich bewies mal wieder großes Talent und Geschick darin, es mir mit allen zu verscherzen.

»Das geht Sie zwar eigentlich nichts an, aber wir haben uns über einen Amtskollegen kennengelernt, bei dem ich als Sekretärin gearbeitet habe.«

»Sie haben vollkommen Recht damit, dass mich das nichts angeht. Aber Sie haben damit angefangen, sich vor mir für Ihre Ehe mit einem älteren Mann zu rechtfertigen.«

»Ich muss mich für gar nichts rechtfertigen. Ich wollte nur zum Ausdruck bringen, dass für mich nicht das Alter oder das Aussehen eines Menschen wichtig ist, sondern sein Charakter. Wolf ist einer der wenigen Menschen heutzutage, die noch ihre Grundsätze haben, die noch von tiefem Pflichtbewusstsein erfüllt sind, die noch an

Dinge wie Recht und Gerechtigkeit glauben, und das ist es, was ich so sehr an ihm schätze.«

Von seinem gut gefüllten Bankkonto ganz zu schweigen, wollte ich hinzufügen, verkniff es mir aber. Unsere anfangs so locker-flockige Unterhaltung hatte mittlerweile einen eindeutig aggressiven Unterton angenommen, und wenn ich nicht doch noch rausgeschmissen werden wollte, musste ich langsam mal die Kurve kriegen. Im Prinzip war es mir ja auch scheißegal, ob Frau Andergast ihren Mann wegen seines liebreizenden Wesens, seines ausgeprägten Gerechtigkeitssinns oder seiner dicken Brieftasche geheiratet hatte, und dass sie kein Dienstmädchen und außerdem schon vergeben war und ganz abgesehen davon nicht das geringste Interesse an einem heruntergekommenen Schnüffler hatte, hatte sie mir mittlerweile ja hinlänglich zu verstehen gegeben. Also fraß ich Kreide und versuchte, auf Kuschelkurs zu gehen, wobei mir keine noch so phrasenhafte Floskel zu schade sein sollte.

»Ja, ich habe schon gehört, dass Oberstaatsanwalt Andergast dafür bekannt ist, Licht in die dunkelsten Rechtsfälle zu bringen und Justitia zu wahren Triumphen zu verhelfen.«

»Wer erzählt denn solche Märchen?«

Diese Worte kamen allerdings nicht aus dem Mund der jungen Frau, sondern wurden von einer männlichen Person gebrummt, die in meinem Rücken das Wohnzimmer betreten hatte. Ich drehte mich um und stand einem schlanken, hochgewachsenen Mann gegenüber. Er hatte einen klassischen länglich-ovalen Eierkopf mit sehr hoher Stirn und spitz zulaufendem, wie poliert glänzendem Schädeldach. Auf dem Gipfel hatten sich die Haare offenbar schon lange verabschiedet, lediglich über den Ohren leistete ein schmaler, schon ergrauter, bis auf einige Millimeter kurzgeschorener Haarkranz der drohenden Vollglatze erbitterten Widerstand. Unterstützt wurde er von einem ebenfalls schon ergrauten, sorgsam gepflegten, altmodisch wirkenden Spitzbart. Seine Augen waren ungewöhnlich veilchenblau und sandten einen stechenden und durchdringenden Blick aus.

Der Mann streckte mir seine Hand entgegen. »Herr Marlein, nehme ich an? Ich bin Wolf Andergast.«

Ich nickte bestätigend und schlug ein. Andergast bedeutete mir, Platz zu nehmen, was ich auch erneut tat, und wandte sich dann an seine Frau.

»Schatz, ich denke, du kannst uns alleine lassen. Wir werden keine Dummheiten machen.«

Schatzilein nickte ergeben und machte sich vom Acker, ohne mich noch eines Blickes zu würdigen. Ich hegte nun doch gewisse Zweifel, ob sie meine Zukunftspläne für uns beide mittragen und jetzt spontan ihre Koffer packen würde, um ihren Mann für mich zu verlassen.

Andergast ließ sich in einen Ledersessel fallen, der identisch war mit dem, in dem ich saß, und schräg gegenüber stand. Er hatte eine sehr tiefe Bassstimme und sprach ziemlich langsam und deutlich, was ein bisschen nach Pedanterie und Selbstgefälligkeit klang, aber wahrscheinlich dem beruflich geprägten Bedürfnis entsprang, sich möglichst prägnant und verständlich auszudrücken.

»Nun, Herr Marlein, Sie haben am Telefon erwähnt, dass Sie von mir gerne ein paar Auskünfte über den Fall Maurizius erhalten würden. Diesem Wunsch werde ich gern nachkommen, aber erlauben Sie mir, Sie zu fragen, warum Sie sich für diese so lange zurückliegende Angelegenheit interessieren.«

»Weil die so lange zurückliegende Angelegenheit heute eine überraschende Aktualisierung erfahren hat. Leonhart Maurizius, der vor kurzem aus der Haft entlassen worden war, ist heute in meinem Büro erschienen und hat mich beauftragt, Beweise für seine Unschuld zu finden. Und um diesem Auftrag auch den entsprechenden Nachdruck zu verleihen, hat er sich eine ganz besondere Pointe ausgedacht: Er hat sich vor meinen Augen eine Kugel in den Kopf gejagt.«

Kein Muskelzucken in Andergasts Gesicht, keine geringfügige Änderung in seiner Mimik zeigte an, ob ihn diese Nachricht schockierte oder erfreute oder ganz einfach völlig kalt ließ. Ganz der souveräne, abgebrühte Oberstaatsanwalt, den er sicherlich auch vor Gericht gab.

»Hat er überlebt?«

»Sein Gehirn klebte an meiner Wand, und das verteilt auf einer Fläche von ungefähr zwei mal vier Metern. Das hat meine Reanimationsbemühungen entscheidend erschwert.«

Andergast nickte. »Und jetzt möchten Sie ihm aus christlicher Nächstenliebe seinen letzten Wunsch erfüllen.«

»So würde ich's gerne verkaufen, wenn ich mal

dereinst vor den großen himmlischen Türsteher hintrete und ein paar gute Taten vorweisen muss, um eingelassen zu werden. In Wirklichkeit sieht's eher so aus, dass ich, kurz bevor er das Zeitliche gesegnet hat, ein völlig überhöhtes Wucherhonorar von ihm kassiert habe, und vor allem dass ich mich von unberechtigten Schuldvorwürfen seitens der Bullen reinwaschen muss.«

»Verstehe.« Er zwirbelte seinen Spitzbart, als wolle er damit ein Zöpfchen flechten. »Soso, Leonhart Maurizius ist also tot. Selbstmord kurz nach Entlassung aus achtzehnjähriger Gefängnishaft. Was für eine Tragik. Aber das passt zu ihm wie die sprichwörtliche Faust aufs Auge. Leonhart Maurizius ist das absolute Musterbeispiel eines gefallenen Engels. Er ist den ganz tiefen Fall gefallen, und heute ist er ganz unten aufgeschlagen.«

Hm. So hatte ich die ganze Sache noch gar nicht betrachtet. Da hatte ich ihn also – den gefallenen Engel, den ich am Morgen noch nur auf meinem Kalenderblatt betrachtet hatte. Eine klassische Ironie des Schicksals, dass er kurz darauf leibhaftig in mein Büro marschiert war.

»Können Sie sich denn noch an den Prozess damals erinnern?«

Andergast lächelte milde. Ein kleiner dummer Junge hatte ihm eine besonders alberne und abwegige Frage gestellt.

»Wie sollte ich diesen Prozess jemals vergessen? Wenn man zynisch wäre, könnte man glatt konstatieren, dass das Verbrechen des Leonhart Maurizius zum Sprungbrett für die Karriere des Wolf Andergast wurde. Ich war damals nur ein kleiner Staatsanwalt, jung, dynamisch und erfolglos, aber voller Ehrgeiz und Tatendrang, und dieser Prozess war eine unerwartete Chance, mich zu profilieren und mich für höhere Aufgaben zu empfehlen. Dabei wäre dieser Fall um ein Haar zum Bumerang für mich geworden, denn lange Zeit sah es so aus, als ob in diesem reinen Indizienprozess überhaupt niemals die letzte Wahrheit zu Tage gefördert werden könnte und als ob der Tod von Elli Maurizius für immer ungesühnt bleiben würde, was natürlich nicht gerade für mein Talent als gerichtlicher Strafermittler gesprochen hätte. Aber zum Glück ist meine Beharrlichkeit dann schließlich doch belohnt worden.«

»Hat der Prozess damals tatsächlich so großes Aufsehen erregt?«

»Großes Aufsehen ist gar kein Ausdruck und reichlich untertrieben. Wenn ich mich an jene Tage erinnere, kommt es mir so vor, als hätten die Fürther – und auch die Nürnberger, eigentlich das ganze Frankenland – damals wochenlang von nichts anderem mehr gesprochen. Natürlich nicht zuletzt deswegen, weil sich die Boulevardpresse auf die Geschichte wie die Aasgeier auf einen Kadaver gestürzt und sie Tag für Tag genüsslich in allen Details ausgeschlachtet hat.«

»Und warum dieser ganze Wirbel? Mordprozesse gibt's doch beinahe täglich.«

»Aber keine, in denen ein junger, attraktiver, aufstrebender Künstler, ein VIP der örtlichen Promi-Szene und ein Liebling der lokalen Klatschspalten, verdächtigt wird, seine Ehefrau kaltblütig über den Haufen geschossen zu haben, weil er lieber nur noch mit seiner Schwägerin ins Bett steigen wollte. Und wenn dieser Angeklagte dann auch noch Stein und Bein schwört, dass er unschuldig sei und nicht das Geringste mit der Ermordung seiner Frau zu tun habe, dann haben Sie eine Story beisammen, die niemanden, der davon erfährt, kalt lässt. Aber gerade wegen dieser hartnäckigen Unschuldsbeteuerung des Angeklagten, und da es zunächst den Anschein hatte, dass es keine Zeugen gebe, drohte der Prozess ergebnislos – sprich: mit einem Freispruch für den einzigen Tatverdächtigen – zu enden und die Ermordung von Elli Maurizius für immer ungeklärt zu bleiben. Aber, wie gesagt, ich war damals noch relativ jung und extrem ehrgeizig und wollte in diesem Fall unbedingt die Wahrheit ans Licht bringen. Es war nur ein Mordfall von vielen, aber für mich ging es um mehr; es war eine Prinzipienfrage. Es ging, überspitzt ausgedrückt, um den Kampf zwischen Gut und Böse, es ging in letzter Konsequenz darum, dass Genusssucht, Frivolität, Verantwortungslosigkeit, Gier und Treulosigkeit – denn all dies repräsentierte Leonhart Maurizius – nicht über Verantwortungsbewusstsein, Gewissen, Disziplin, Rechtschaffenheit und Gerechtigkeit triumphieren durften.

Und am Ende ist es mir tatsächlich gelungen, eine lückenlose Indizienkette zu präsentieren, inklusive eines Tatzeugen, und damit der Sittlichkeit und der Moral doch noch zum Sieg zu verhelfen. Ich habe in den beiden Jahrzehnten danach viele schwierige und verworrene Fälle erfolgreich zum Abschluss gebracht, aber wenn ich eine Bilanz ziehen sollte, komme ich zum Ergebnis, dass der ›Fall Maurizius‹ wohl immer mein größter Coup geblieben ist. Er war mein juristisches Meisterwerk, das durch nichts mehr getoppt werden konnte.«

»Denken Sie, Sie könnten diese lückenlose Indizienkette noch einmal vor mir ausbreiten? Ich kenne bisher nur Bruchstücke der ganzen Geschichte. Oder können Sie sich nach der langen Zeit nicht mehr an die Details erinnern?«

»Im Gegenteil. Mir kommt es vor, als wären das Urteil und die Urteilsbegründung erst gestern verlesen worden.«

Er faltete die Hände, lehnte sich zurück und ließ den Blick in die Ferne schweifen. Godfather würde am Tag des Jüngsten Gerichts wie ein billiger Abklatsch wirken.

»Damit Sie die ganze Dimension des Falles und die Hintergründe der Tat überhaupt verstehen können, muss ich etwas weiter ausholen und mit der Lebensgeschichte des Täters beginnen. Leonhart Maurizius war vor gut zwanzig Jahren der Shootingstar der hiesigen Kunstszene. Er war vielseitig begabt, war gleichzeitig als Schriftsteller, Schauspieler, Musiker und Maler tätig. Er hatte großes Talent in jeder dieser vier Disziplinen und sicherlich eine erfolgreiche, wenn nicht grandiose Zukunft vor sich. Aber er stand erst am Anfang seiner Karriere, und wie das mit der Kunst nun mal so ist, ist sie besonders zu diesem Zeitpunkt oft sprichwörtlich brotlos. Leonhart Maurizius erntete damals zwar viel Ruhm und Ehre, strich aber noch wenig Zählbares ein, oder grob ausgedrückt: Er machte kaum Kohle.

Trotzdem lebte er bereits auf großem Fuß und pflegte den Lebenswandel eines Superstars, mit den entsprechenden Ausgaben. Leonhart Maurizius war einerseits sicherlich ein hochintelligenter Mann und ein begnadeter Künstler, andererseits aber auch ein ausgesprochener Bruder Leichtfuß, der allen bekannten und unbekannten Lastern frönte und sich dabei besonders als notorischer Schürzenjäger und passionierter Glücksspieler hervortat, und diese beiden Untugenden sollten ihm letztendlich ja dann auch zum Verhängnis werden.

Leisten konnte er sich sein Lotterleben natürlich nur, weil sein Vater, ein wohlhabender Fabrikant, ihm seinen ausschweifenden Lebensstil stets finanzierte und all seine Rechnungen bezahlte. Die Tragödie nahm ihren schicksalshaften Lauf, als der alte Maurizius mit seiner Firma in finanzielle Schwierigkeiten geriet und kurz vor dem Konkurs stand. Als Papa Maurizius seinem Filius, der gerade wieder einen Haufen Spielschulden angehäuft hatte und diese beglichen haben wollte, eröffnen musste, dass die scheinbar unbegrenzt sprudelnde Geldquelle erst einmal versiegt war und er ihm auf unabsehbare Zeit keine finanzielle Unterstützung mehr gewähren konnte, brach für den Lebemann Leonhart eine Welt zusammen. Charakterlich missraten, wie er nun mal war, machte er seinem Vater schwere Verwürfe dafür, dass er ihm sein Luxusleben nicht mehr ermöglichen konnte.

Verzichten wollte er aber auf keinen Fall darauf, und so machte er sich umgehend auf die

Suche nach einem neuen solventen Sponsor. Dabei stand er auch unter Zeitdruck, denn seine Spielschulden-Gläubiger waren zwielichtige, halbseidene, gewaltbereite Typen aus der Unterwelt, die nicht mit sich spaßen ließen und Bares sehen wollten; sie hatten Leonhart unzweideutig zu verstehen gegeben, dass er mit einem Betonsockel an den Füßen auf dem Grund der Pegnitz enden würde, wenn er nicht bald seine Schulden bezahlen würde.

Also ging er auf Betteltour bei Buchverlegern und Musik- und Filmproduzenten, mit denen er Kontakt hatte, und bat sie um Vorschüsse, doch sie ließen ihn allesamt abblitzen. Doch schließlich wurde er bei seiner händeringenden Suche nach einer neuen Geldquelle doch noch fündig – bei Elli Hensolt. Sie war die reiche und kinderlose Witwe eines früh verstorbenen Unternehmers, der ein Freund seines Vaters gewesen war und die er einige Wochen zuvor bei einem Festakt, zu dem er seinen Vater begleitet hatte, kennengelernt hatte. Sie war zu jenem Zeitpunkt achtunddreißig Jahre alt, also ganze dreizehn Jahre älter als der fünfundzwanzigjährige Leonhart.

Elli war weder jung noch schlank noch hübsch und hat eigentlich so gar nicht in Leonharts Beuteschema gepasst, der auf blutjunge, gertenschlanke und wie gemalt aussehende Lolitas mit starker erotischer Anziehungskraft fixiert war. Doch ihr ererbter Reichtum verlieh ihr in Leonharts verfahrener Situation plötzlich eine ungeahnte Attraktivität, und es fiel ihm nicht schwer, ihr mit seinem meisterhaft eingesetzten Charme den Kopf zu verdrehen. Zwei Monate, nachdem er begonnen hatte, um sie zu werben, verlobten sie sich, und sechs Wochen später fand die Hochzeit statt.

Im Übrigen gegen den ausdrücklichen Willen von Maurizius senior, der natürlich begriffen hatte, dass Leonhart Elli nicht liebte und sie aus rein wirtschaftlichen Gründen ehelichen wollte. In weiser Voraussicht, dass sich sein Sohn mit diesem Schritt nur ins Unglück stürzen würde, versucht er zunächst mit Überredungskünsten, dann mit Drohungen, später sogar mit gezielten Verleumdungen Ellis, diese Heirat und diese Ehe zu verhindern. Das führte aber nur dazu, dass Leonhart, der sich seinen vermeintlich genialen Schachzug nicht verpfuschen lassen wollte, den Kontakt zu seinem Vater gänzlich abbrach.

Und die Verehelichung mit Elli schien sich zunächst tatsächlich als genialer Schachzug zu erweisen: Mit einem Schlag waren alle finanziellen Probleme gelöst, Leonhart konnte seine Schulden begleichen, konnte weiterhin seiner Spielleidenschaft frönen, konnte sich weiterhin jeden erdenklichen Luxus gönnen, konnte weiterhin wie die Made im Speck leben, weil statt dem Vater nun Elli alle Rechnungen bezahlte. Die ältere, häusliche, vernünftige, lebensweise Elli versuchte zwar, Leonhart zu zähmen, zu disziplinieren, seine überschüssige Energie von den Lastern wegzulenken und stattdessen in die künstlerische Kreativität zu kanalisieren, aber mit wenig Erfolg: Solange er materiell ausgehalten wurde und sich keine Sorgen ums täglich Brot machen musste, war Leonhart nicht motiviert, mehr zu tun als das, was ihm Spaß machte, und seine zweifellos reichlich vorhandenen Talente mit harter Arbeit endlich auch mal so ein- und umzusetzen, dass er mit seinen Künsten monetären Erfolg hatte. Aber vor den Erfolg haben die Götter bekanntermaßen den Schweiß gesetzt, und Schweiß zu vergießen war des verwöhnten Leonharts Sache nicht.

Und Elli liebte ihren müßiggängerischen, aber charismatischen Gatten so sehr, dass sie über all seine charakterlichen Schwächen hinwegsah. Nur über eine hätte sie nicht hinweggesehen, und das hatte sie ihm auch von Anfang an klar gemacht: Sie wollte ihn nicht mit anderen Frauen teilen und verlangte absolute und unbedingte Treue von ihm. Trotzdem verzichtete Leonhart auch nicht auf sein zweites Hauptlaster; auch während der Ehe mit Elli hatte er amouröse Affären und gönnte sich immer wieder mal jugendliches knackiges Frischfleisch, aber er stellte es zumindest stets so an, dass Elli nichts merkte, denn schließlich wollte er seine – zumindest vom ökonomischen Standpunkt aus gesehen – so erfolgreiche Ehe auf keinen Fall gefährden.

Doch dann, nach zwei Jahren Ehe mit Elli, trat eine Frau in Leonharts Leben, die nicht nur Frischfleisch war, nicht nur einer der üblichen One-Night-Stands, die lediglich den trostlosen Ehealltag etwas auflockern sollten und am Morgen danach schon nicht mehr interessant waren, sondern tatsächlich die ganze große Liebe, an die Leonhart Maurizius bisher nie geglaubt hatte: Anna, Ellis junge, inzwischen zwanzigjährige Schwester, die sich in den beiden Jahren seit der

Hochzeit ihrer Schwester, auf der Maurizius sie zum ersten Mal gesehen hatte, von einem noch etwas pummeligen Teenie zu einer traumhaften, mega-attraktiven Schönheit entwickelt hatte. Sie hatte bisher bei ihrer und Ellis Mutter in Köln gewohnt, doch die Mutter war gestorben, und Anna beschloss, in die Nähe ihrer Schwester und damit nach Fürth zu ziehen.

Anna ging nun fast täglich im Hause Maurizius ein und aus, und es kam, was kommen musste: Schwager und Schwägerin, die sowohl altersmäßig als auch äußerlich als auch charakterlich perfekt zueinander passten und wie füreinander geschaffen schienen, verliebten sich ineinander und hatten eine heftige Affäre, die sie zunächst vor Elli verheimlichen konnten. Maurizius, trunken vor Glück und von Leidenschaft verzehrt, wollte zukünftig weder auf seine Traumfrau noch auf sein Luxusleben verzichten. Und um sich beides zu sichern, schmiedete er schließlich den perfiden Plan, seine Gattin zu ermorden – den er dann ja auch ausführte. Und um ein Haar wäre er mit seinen teuflischen Machenschaften sogar noch ungestraft durchgekommen, wenn ich es nicht doch noch geschafft hätte, ihm seine Bluttat nachzuweisen und ihn seiner gerechten Strafe zuzuführen.«

Er hielt inne und wirkte so zufrieden wie der alte Mann mit dem langen weißen Bart, der gerade wieder einmal seinen Schäfchen erzählte, wie er damals in sechs Tagen die Welt erschaffen hatte.

Ich war nicht unerfreut über seine Plauderlust, wollte sie aber trotzdem ein bisschen auf die

Teile der Geschichte lenken, die mich besonders interessierten.

»Okay, diese ganze Story habe ich in der Kurzversion schon von Kommissar Diesterweg gehört, und die Frage, aus welchem Motiv Leonhart Maurizius seine Frau ermordet haben könnte, ist damit sicherlich hinreichend beantwortet. Aber ein theoretisches Motiv für eine bestimmte Tat gehabt zu haben heißt ja noch lange nicht, diese Tat auch praktisch begangen zu haben. Was mir bisher noch niemand erzählt hat, ist der Tathergang selbst. Vielleicht könnten Sie mich diesbezüglich mal aufklären?«

»Kein Problem. Allerdings muss ich auch hier aus Verständnisgründen ein bisschen weiter ausholen. Einige Tage vor der Tat spitzte sich die sowieso schon komplizierte und verworrene familiäre Situation für Leonhart dramatisch zu. Er verreiste für einige Tage nach Frankfurt – angeblich, um dort Lesungen abzuhalten, Ausstellungen seiner Bilder zu eröffnen, Szenen für einen Film zu drehen und Songs für eine CD aufzunehmen. In Wirklichkeit handelte es sich um einen reinen Liebesurlaub mit Anna. Doch der verlief nicht so harmonisch wie erhofft: Anna forderte von ihm, endlich mit offenen Karten zu spielen und sich von ihrer Schwester zu trennen. Sie stellte ihm das Ultimatum, sich bis zu seiner Rückkehr entweder für seine Frau oder für seine Geliebte zu entscheiden, und reiste ab.

Leonhart musste sich also die Gretchenfrage ›Geld oder Liebe‹ stellen: Er würde sich entweder von seiner Traumfrau Anna oder von seinem traumhaften Lebenswandel – den ihm Elli ermöglichte – verabschieden müssen. Zunächst suchte er offenbar noch nach friedlichen Lösungsmöglichkeiten, weder auf das eine noch auf das andere verzichten zu müssen. So rief er beispielsweise einen Tag vor seiner Rückkehr nach zwei Jahren Funkstille seinen Vater an, offenbar um abzuklären, ob der sich inzwischen vielleicht in finanzieller Hinsicht erholt hatte und seine Rolle als Sponsor wieder aufnehmen könnte. Als dies aber offenkundig nicht der Fall war, schien in ihm die Erkenntnis gereift zu sein, dass es nur eine Möglichkeit gab, den Gordischen Knoten zu lösen und sich Liebe *und* Geld zu sichern – nämlich die heimliche Ermordung Ellis. Denn damit hätte er zwei Fliegen mit einer Klappe geschlagen: Er hätte als Erbe von Ellis Vermögen wirtschaftlich ausgesorgt und wäre – nach einer gewissen Wartezeit, damit es nicht zu offenkundig gewesen wäre – frei für seine junge Geliebte gewesen. Die – unaufgeklärte – Ermordung seiner Frau hätte also für Leonhart die Lösung all seiner Probleme und die Erfüllung all seiner Wünsche bedeuten und mit sich bringen können.«

»Und wie wurde diese Ermordung durchgeführt?«

»Reichlich unspektakulär. Am Tattag klingelte es abends gegen 21 Uhr 45 an der Haustür von Elli Maurizius, sie öffnete – und wurde kaltblütig aus kurzer Distanz erschossen.«

»Und es gab mehrere Zeugen, die gesehen haben, dass Leonhart Maurizius der Todesschütze war …«

»Genau das war das große Problem des ganzen Prozesses: Es sah zunächst so aus, als gebe es überhaupt keinen direkten Tatzeugen. Aber dafür hatten wir den gesamten Tagesablauf des mutmaßlichen Täters Leonhart Maurizius rekonstruieren und mit Zeugenaussagen belegen können. Er war direkt vor der Tat mit seinem Auto – bemerkenswerterweise ohne Gepäck und ohne aus seinem Hotel ausgecheckt zu sein – von Frankfurt nach Fürth gefahren. Dort hatte er vor seinem Haus geparkt – bemerkenswerterweise nicht in seiner Garage. Direkt nach dem Schuss war er schnell zu seinem Auto gelaufen und dann zurück nach Frankfurt gerast, wo er dann überstürzt sein Hotelzimmer räumte und noch flüchten konnte, bevor die Frankfurter Kollegen ihn festnehmen konnten, nachdem sie von der Fürther Polizei den Hinweis erhalten hatten, dass sich Maurizius eventuell dort aufhielt.

Offenbar hatte Maurizius also heimlich und im Schutz der Dunkelheit nach Fürth fahren, schnell den Mord begehen und dann zurück nach Frankfurt fahren wollen, um ein Alibi – also ein ›Anderswo‹, wie es ja wörtlich heißt – zu haben. Aber das hat nicht funktioniert – er wurde beim Wegrennen nach der Tat von Nachbarn gesehen, die den Schuss gehört hatten und ans Fenster oder nach draußen geeilt waren, um nachzusehen, was denn passiert sei, und sowohl bei der Hin- als auch bei der Rückfahrt war sein markanter roter Sportwagen beobachtet und erkannt worden. Eigentlich war also alles glasklar, die Indizienkette war nahezu lückenlos. Aber ich bin mir trotzdem nicht sicher, ob der Richter aufgrund des fehlenden Geständnisses, des fehlenden Tatzeugen und der fehlenden Tatwaffe nicht doch den ehernen Rechtsgrundsatz ›In dubio pro reo‹, im Zweifel für den Angeklagten, angewandt und Leonhart Maurizius aus Mangel an eindeutigen Beweisen freigesprochen hätte. Aber das konnte zum Glück dadurch verhindert werden, dass ich noch einen heimlichen Tatzeugen enttarnen konnte.«

»Den besten Freund von Leonhart Maurizius.«

»Ja. Er hieß Gregor Waremme. Ein Zech- und Zockkumpan von Maurizius, ein Seelenverwandter von ihm, ein Lebenskünstler wie er. Ich hatte ihn eigentlich ursprünglich nur vor Gericht und in den Zeugenstand geladen, um die allgemeinen Lebensumstände des Angeklagten näher zu beleuchten. Doch bei meiner Befragung stellte sich zunächst überraschenderweise heraus, dass er sich am Tattag und zur Tatzeit in der Nähe des Tatortes aufgehalten hatte. Ich nahm ihn ins vermutlich schärfste Kreuzverhör, dem ich jemals eine Person im Gerichtssaal unterzogen habe. Waremme wurde unsicher, verstrickte sich in Widersprüche, und schließlich brach sein mentales Verteidigungsbollwerk zusammen, und er machte seine prozessentscheidende Aussage.«

»Er outete sich als Tatzeuge.«

»Nicht nur das. Er enthüllte, dass ihn Maurizius am Tattag aus Frankfurt angerufen habe und ihn um einen, wie er sich ausdrückte, ›Freundschaftsdienst‹ gebeten habe: Waremme sollte ihm für den kommenden Abend ein Alibi verschaffen, falls er eines benötigen sollte. Er wollte aber nicht sagen, wofür er dieses Alibi brauche. Waremme hatte aber nach diesem Telefonat eine dunkle Vorahnung, was passieren könnte, und machte sich am Abend auf den Weg zu Elli, um sie zu warnen. Doch als Mordverhinderer kam er leider zu spät, nur als Mordzeuge kam er rechtzeitig: Er musste von weitem mit ansehen, wie Leonhart Maurizius seine Frau erschoss.

Das brachte ihn in einen schweren Gewissenskonflikt: Einerseits wollte er nicht zum – wenn auch passiven – Komplizen eines Mörder werden, andererseits wollte er seinen besten Freund auch nicht verraten und damit ans Messer liefern. Er löste diesen Konflikt zunächst mit einem Kompromiss: Er beschloss, Maurizius zwar nicht das gewünschte Alibi zu verschaffen (und damit offen zu lügen), seine Beobachtung aber auch nicht zu melden und sie einfach zu verschweigen, solange ihn niemand explizit danach fragte. Und so hielt er es dann auch, und erst als ich ihn vor Gericht in die Mangel nahm und als Zeugen enttarnte, sah er keine andere Möglichkeit mehr, als mit der Wahrheit herauszurücken, und brach sein Schweigen.«

»Leonhart wurde also allein aufgrund der Aussage dieses Gregor Waremme verurteilt?«

»Nein, so kann man das nicht sagen. Wie gesagt, wir hatten eine fast lückenlose Indizienkette, und Waremme war nur noch das bisher fehlende Glied in dieser Kette. Mit seiner Aussage war die Kette komplett geschlossen und die Schuld des Leonhart Maurizius praktisch zu hundert Prozent erwiesen.«

»Maurizius selbst hat aber immer seine Unschuld beteuert, bis zu seinem letzten Atemzug.«

»Nun, dieses Phänomen kommt durchaus öfter vor: dass Täter so lange gebetsmühlenartig ihre Täterschaft abstreiten, bis sie – wider besseres Wissen – selbst daran glauben, dass sie unschuldig sind. Selbstbetrug war schon immer eine der größten Stärken der Menschheit, denn der gnadenloseste aller Richter war schon immer das eigene Gewissen.«

»Gab es außer Leonhart Maurizius selbst irgendjemanden, der an seiner Schuld gezweifelt hat?«

»Spätestens nach der Waremme-Aussage eigentlich niemanden mehr. Am Ende waren sich auch alle Prozessbeobachter einig, dass Leonhart Maurizius der Mörder war – mit einer Ausnahme: Sein Vater glaubte hartnäckig an die Unschuld seines Sohnes, was mir aber ebenso natürlich wie bedeutungslos zu sein scheint.«

»Lebt dieser Vater noch in Fürth?«

»Zumindest bis vor nicht allzu langer Zeit hat er es getan. Ich weiß das deswegen, weil Peter Paul Maurizius in den vergangenen achtzehn Jahren eine Art Stammkunde bei der Staatsanwaltschaft war. Er hat immer wieder versucht, Wiederaufnahmen des Prozesses, Revisionen des Urteils und eine Freilassung seines Sohnes zu erwirken, hat Eingaben gemacht, Protestbriefe wegen angeblicher Verfahrensfehler geschrieben und Begnadigungsgesuche an hochrangige Richter und Politiker gestellt. Dabei hat er all seine Schreiben offenbar stets ohne Hilfe eines Anwaltes verfasst, denn sie waren in einer laienhaften und rechthaberischen Sprache formuliert und entbehrten jeder amtlichen Form und Vorgabe.

Maurizius senior hatte sich, jenseits aller verständlichen Vaterliebe, offenbar in eine Art pseudoreligiösen Wahn verrannt, seinen Sohn zum Märtyrer eines seiner Meinung nach ungerechten Justizsystems verklärt und sich auf einen Kreuzzug zu seiner Rehabilitierung begeben, unter anderem dadurch, dass er auf eigene Faust Nachforschungen anstellte. Doch sowohl diese als auch seine Aktivitäten auf dem Bürokratie- und Behördenweg waren ausgesprochen dilettantisch und blieben ohne Erfolg.«

Ohne Erfolg – das war ein gutes Stichwort, denn auch meine Bemühungen, Beweise für die Unschuld des Leonhart Maurizius zu finden, schienen reichlich erfolglos zu verlaufen. Alles, was mir Andergast bis hierher erzählt hatte, sprach dafür, dass Leonhart Maurizius seine Frau aus – wie es Diesterweg so poetisch formuliert hatte – Habgier und Wollust ermordet hatte, und ich hatte nicht das Gefühl, dass er mir noch irgendetwas erzählen könnte, was meinen verstorbenen Klienten entlasten könnte. Also sagte ich ihm, dass ich genug erfahren hätte, und bedankte mich artig für seine erhellenden Ausführungen.

Wir erhoben uns beide aus unseren Ledersesseln.

Andergast formte mit seinen Augenbrauen zwei große Fragezeichen. »Und – ist Ihr Auftrag hiermit nun erledigt?«

»Noch nicht ganz. Ich denke, ich werde noch die restlichen Beteiligten befragen, soweit ich sie überhaupt auftreiben kann.«

Andergast legte seine Stirn in Falten. »Glauben

Sie denn ernsthaft, dass Sie nach so vielen Jahren und bei so eindeutiger Faktenlage den Verlauf dieser Geschichte noch auf den Kopf stellen können?«

»Ich glaube gar nichts. Aber Leonhart Maurizius hat mich dafür bezahlt, Beweise für seine Unschuld zu finden. Also suche ich welche.«

»Und wenn es keine gibt?«

»Dann gibt es eben keine. Aber ich will alle Möglichkeiten ausgeschöpft haben. Das bin ich meinem Auftraggeber schuldig. Er hat nämlich sehr gut bezahlt, mit viel Geld – und mit seinem Leben.«

»Aber er kann doch gar nicht mehr kontrollieren, ob Sie Ihren Auftrag ordentlich ausführen.«

»Umso mehr bin ich verpflichtet, es zu tun.«

Andergast presste die Lippen aufeinander und wackelte mit dem Kopf, was wohl bedeuten sollte, dass er beeindruckt war.

»Sie gefallen mir, Marlein. Sie sind ein Mann mit Prinzipien, ein Mann mit Ehrgefühl.«

»Das sollten Sie mal Kommissar Diesterweg erzählen. Der würde Sie für solche Äußerungen glatt verhaften lassen.«

»Diesterweg ist nur ein Beamter, der seinen Job macht, weil er ihn eben machen muss. Und es wäre völlig egal, ob er Steuererklärungen bearbeiten, Briefe stempeln oder Verbrechen aufklären soll – er würde alles mit derselben Unlust tun. Passionierte Gerechtigkeitsfanatiker, wie Sie und ich es sind, gibt es heutzutage kaum noch. Für uns ist die Wahrheitsfindung nicht nur ein Beruf, sondern eine Berufung. Wir sind Brüder im Geiste.«

Er hielt mir seine Hand hin, und ich ergriff sie. Sein Händedruck war, anders als bei der Begrüßung, jetzt so fest wie ein Schraubstock, und nachdem er wieder losgelassen hatte, spielte ich mit dem Gedanken, anschließend in die Unfallambulanz des Klinikums zu fahren und meine Hand röntgen zu lassen, um festzustellen, ob etwas gebrochen war.

»Ich wünsche Ihnen bei Ihren Ermittlungen viel Erfolg, Herr Marlein.«

Ich bedankte mich erneut und versicherte, dass ich den Weg zurück alleine finden würde. Was miese Angeberei war, denn tatsächlich hätte ich mich auf der Suche nach dem Ausgang fast in der riesigen Villa verlaufen, fand dann die Haustür aber schließlich doch.

Während des gefühlten halbstündigen Fußmarsches durch den Garten war ich jeden Moment darauf vorbereitet, dass mich Viola Andergast anspringen, ins Gebüsch zerren und mir die Worte ›Du willst es doch auch!‹ ins Ohr hauchen würde, und ich zermarterte mir das Hirn über die Frage, ob ich dann standhaft bleiben und sie empört zurückweisen sollte – schließlich war ihr Mann ja sehr nett zu mir gewesen und hatte sogar eine Geistesbruderschaft zwischen uns ausgemacht –, oder ob ich mich als skrupelloser Don Juan präsentieren und unserer wilden gierigen Leidenschaft freien Lauf lassen sollte.

Überraschenderweise blieb mir dieses moralische Dilemma erspart, denn das einzige, was mich auf dem Weg zu meinem Auto ansprang, war eine verirrte Heuschrecke, die die Abreise ins Winterquartier verpennt hatte. Offenbar hatte ich bei der jungen Dame keinen bleibenden Eindruck hinterlassen und keine verbotenen sündigen Begierden erweckt. Marlein, der große Womanizer, war also auch nicht mehr das, was er leider sowieso nie gewesen war.

Wie gesagt, es war einfach kein guter Tag.

## IV.

Ich fuhr ein bisschen im Villenviertel herum und hielt Ausschau nach einer Telefonzelle. Schließlich erspähte ich eine in einer Seitenstraße. Ich fuhr hin, hielt am Straßenrand an, stieg aus und stattete ihr einen Besuch ab. Ich betrat ein selten gewordenes historisches Relikt, denn Telefonzellen waren eine aussterbende Gattung, die seit einigen Jahren immer häufiger durch plumpe, freistehende, stählerne, einem Stehpult ähnelnde Säulen, die gerade mal mit Hörer und Wähltasten ausgestattet waren, ersetzt wurden. Wenigstens hier stand noch eines jener alten gelben Häuschen, in denen man sich, wenn es zu regnen begann, unterstellen und so tun konnte, als würde man zum ersten Mal seit dreißig Jahren wieder mit Tante Lotti telefonieren.

Villenviertel hin oder her, die Vandalen waren überall, und auch diese Kabine wies die üblichen Spuren der Verwüstung auf, derentwegen diese Einrichtungen angeblich auch abgeschafft wurden: Einige der in das gelbe Blechgehäuse eingesetzten Glasscheiben waren eingeschlagen und zerbrochen oder wiesen zumindest Löcher und Risse auf, die gesamte Rückwand der Zelle, an der der Telefonkasten hing, war übersät mit Graffiti, Telefonnummern, Fäkalausdrücken, dummen Sprüchen und obszönen Zeichnungen, die Oberfläche des klobigen Telefonkastens, in den man sogar noch Münzen einwerfen konnte, war verschmiert und zerkratzt, auf dem Boden türmten sich Dreck und Müll, und aus dem Telefonbuch, das sich in einem an einer Stange befestigten, nach unten hängenden Plastikordner befand, den man hochdrehen und dann aufklappen konnte, waren die meisten Seiten herausgerissen worden.

Immerhin, es gab überhaupt noch ein Telefonbuch – an den neumodischen Säulen undenkbar –, und ich hatte sogar Glück, denn das ›M‹ von Fürth war noch komplett vorhanden. Ich hatte nämlich beschlossen, den offenbar einzigen glühenden Anhänger der Leonhart-Maurizius-ist-unschuldig-Theorie aufzusuchen: Maurizius senior. Und ich fand tatsächlich einen Peter Paul Maurizius im Telefonbuch, mit einer Adresse am östlichen Rand von Fürth, direkt an der Stadtgrenze zu Nürnberg.

Ich verließ die Nostalgie-Telefonzelle, setzte mich ins Auto und fuhr über Parkstraße, Fuchsstraße, Kaiserstraße, Schwabacher Straße und Fronmüllerstraße zum Wohnort des Vaters meines verstorbenen Klienten, der in einer kleinen Seitenstraße lag.

Die Gegend, in der ich landete, war so ziemlich das Gegenteil von der, aus der ich gekommen war. In der Straße, an deren Ende das Ortsschild von Nürnberg gelb schimmerte, gab es mehrere qualmende Fabrikgebäude, die sich alle Mühe gaben, den Schadstoffemissionswert in die Höhe zu treiben, ein paar heruntergekommene Mietskasernen und Wohnsilos, die vor Jahrzehnten lieblos hochgezogen worden waren und auch danach kaum Zuwendung erfahren hatten, zwei oder drei Gebrauchtwagen- und

Schrotthandlungen, die nicht gerade vor Seriosität strotzten – und eine kleine verfallene Hütte, die aussah wie ein Hexenhäuschen oder wie das zum Wohnraum umfunktionierte Gartenhäuschen, das sie wahrscheinlich auch war, und zwischen all den umliegenden Blöcken und Hallen so verloren wirkte wie ein Zwergpinscher in einer Elefantenherde.

Eine größere Diskrepanz als die zwischen den Behausungen des Wolf Andergast und des Peter Paul Maurizius war schwerlich vorstellbar. Das, was dem alten Maurizius offenbar als Domizil diente, wäre beim Oberstaatsanwalt bestenfalls als Geräteschuppen oder als Hundehütte durchgegangen. Sowohl die beiden Fenster als auch die einzige Tür waren aus vermodertem dunklen Holz und viel kleiner als üblich und verliehen dem Gebäude das Flair eines etwas zu groß geratenen Puppenhauses. Seine geschwärzten Dachziegel waren sicherlich vor Generationen einmal rot gewesen, genauso wie seine graue Fassade einmal weiß gewesen war, nachdem sie zuletzt frisch gestrichen worden war – damals, kurz nachdem die ersten Affen beschlossen hatten, es spaßeshalber mal mit aufrechtem Gang zu versuchen.

Ich stellte meine Kiste neben dem Anwesen ab und stieg aus. Das Grundstück war von verrostetem Maschendrahtzaun umgeben. Um zum Hauseingang zu gelangen, musste ich ein Fleckchen Garten durchqueren, in dem die Maulwürfe vermutlich an massiver Klaustrophobie litten. Doch trotz seiner geringen Größe lebten in diesem Garten sicherlich viele seltene, im restlichen

Franken schon längst ausgestorbene Pflanzen- und Tierarten, denn die letzte Person, die an diesem Garten Hand angelegt hatte, war Gott gewesen – und zwar in der Woche, in der er die Welt erschuf. Die paradiesische Urwald-Idylle wurde allerdings leicht getrübt durch den Umstand, dass überall Sperrmüll und Haushaltsabfall herumlagen.

Neben der hölzernen Eingangstür war ein kleines Plastikgehäuse mit einem Klingelknopf und einem Namensschild angeschraubt, doch weder das eine noch das andere konnte seine Bestimmung noch erfüllen. Der Klingelknopf hing ein ganzes Stück aus dem Gehäuse heraus, nur noch gehalten von einem dünnen Drähtchen, zwei andere Verbindungen waren abgerissen. Die durchsichtige Scheibe vor dem Namensschild war zerbrochen, und der mit Tinte geschriebene Name auf dem schmalen Papierstreifen dahinter war – vermutlich durch eingedrungenes Regenwasser – so verwischt, dass man das »P. P. Maurizius«, das es wahrscheinlich heißen sollte, nur noch erahnen konnte, und das auch nur mit viel Phantasie.

In Ermangelung einer funktionierenden Klingel drückte ich versuchsweise einfach mal auf die Klinke, aber es war abgeschlossen. Also klopfte ich an die Tür. Keine Reaktion. Ich klopfte mehrmals, mit zunehmender Intensität. Nichts tat sich. Ich versuchte, durch ein Fenster direkt neben der Tür einen Blick ins Innere des Häuschens zu werfen, aber auf dem Fensterglas lag eine dicke Dreckschicht, die man nicht einmal mit dem Wasserschlauch hätte beseitigen können, sondern nur mit Hammer und Meißel. Und selbst wenn man das geschafft hätte, gab es immer noch die nicht minder dicke Staubschicht auf den Gardinen, die ein Hineingucken ebenfalls unmöglich machte.

Vielleicht war Peter Paul Maurizius ja gar nicht zu Hause. Er war inzwischen sicherlich von der Polizei über den Tod seines Sohnes informiert worden, und es war natürlich nicht ausgeschlossen, dass er sich danach gleich auf den Weg in die Rechtsmedizin oder zu einem Bestattungsunternehmen gemacht hatte.

Ich polterte ein letztes Mal gegen die Tür. Als ich gerade schon wieder weggehen wollte, hörte ich ein Geräusch, das nach sich nähernden Schritten hätte klingen können.

Und dann, durch die geschlossene Tür, eine krächzende Stimme: »Wer da?«

Ich trat ganz dicht an die Tür heran. »Mein Name ist Philipp Marlein. Ich würde gerne kurz mit Ihnen sprechen.«

»Worüber?«

»Über Ihren Sohn Leonhart.«

Pause. Schweigen. Stille.

Dann wieder die Stimme, jetzt mit eindeutig aggressiver Klangfarbe: »Verschwinden Sie!«

»Aber mir wäre wirklich daran gelegen!«

»Machen Sie, dass Sie wegkommen, oder ich hole meine Schrotflinte raus und mache Ihnen Beine!«

Ich überlegte, ob irgendwelche Tricks taktisch geschickt gewesen wären, beschloss aber dann, es einfach mit der guten alten Wahrheit zu versuchen. Scheiß auf die taktischen Tricks.

»Ich bin der Privatdetektiv, in dessen Büro sich Ihr Sohn erschossen hat.«

Längere Pause. Längeres Schweigen. Längere Stille.

Dann hörte ich, wie ein Schlüssel in einem Schloss umgedreht wurde und wie sich schlurfende Schritte entfernen. Ich wartete noch ein kurzes Weilchen, bevor ich die Klinke erneut nach unten drückte. Jetzt ließ sich die Tür öffnen.

Ich trat ein – und nicht nur in einen Wohnraum, sondern gleichzeitig in eine andere Epoche: eine längst vergangene. In diesen paar Quadratmetern schien die Zeit stehengeblieben zu sein. Der einzige Beweis, dass man sich doch nicht im 19. Jahrhundert befand, war ein Telefonapparat, der auf einer Büfettablage stand, und auch dieses Gerät hatte zumindest schon ein paar Jahrzehnte auf dem Buckel, denn es hatte noch eine dieser alten Wählscheiben, bei denen man den Finger in das Loch über der gewünschten Zahl stecken und die Scheibe bis zum Anschlag drehen musste.

Ansonsten war das gesamte Mobiliar hoffnungslos veraltet, der Raum beinhaltete nur Einrichtungsgegenstände, die man in modernen Wohnungen überhaupt nicht mehr kannte, wie einen Gasherd, einen Holzofen und einen Wasserboiler. Der Raum war Schlafzimmer, Wohnzimmer und Küche in einem, obwohl er eigentlich für jedes einzelne davon zu klein war. Daneben gab es noch eine Tür zu einer Art Verschlag, ungefähr halb so groß wie die Telefonzelle, in der ich die Adresse nachgeschlagen hatte; vermutlich war darin die Toilette untergebracht.

Ich konnte nicht genau identifizieren, um was für einen Bodenbelag es sich handelte, aber was immer für ein Material es auch war, dieses Material befand sich in einer Art Zersetzungsprozess und zeigte starke Auflösungserscheinungen. Bei jedem Schritt über den Boden blieb man ein bisschen daran kleben.

Von der Decke baumelte eine nackte Glühbirne ohne Lampenschale oder -schirm. Im Anstrich der Decke waren weitverzweigte Risse, als hätte sie Falten, und dazu passend wirkten die großflächigen Wasserflecken wie Altersflecken.

Zur Ausstattung gehörten noch ein Küchenbüfett, auf dessen Ablage neben dem Telefon eine Packung mit schimmeligem Toastbrot, faulendes Obst, mehrere angebrochene Medikamentenschachteln sowie ein aufdringlich laut tickender Wecker aus der Frühphase der Uhrmachergeschichte standen, ein winziges Spülbecken, aus dessen Wasserhahn es rhythmisch tropfte und in dem sich turmhoch schmutziges Geschirr stapelte, sowie eine abgesessene Couch, auf der es zur Biedermeierzeit wahrscheinlich noch gemütlich gewesen war; sie schien dem Alten auch als Schlafstätte zu dienen, da ein zerdrücktes Kopfkissen und eine zerknitterte Decke auf ihr lagen. Nicht vorhanden war unter anderem ein Kühlschrank, aber in der Zeitrechung dieses Zimmers musste der erst noch erfunden werden.

Und dann gab es noch in der Mitte des Raumes einen plumpen Holztisch, der von zwei ebenso plumpen ungepolsterten Holzstühlen flankiert wurde. Der Tisch war völlig überfrachtet mit mehreren leeren Bierflaschen, einem überquellenden Aschenbecher, einer Blechdose, mehreren dicken, abgegriffenen, aufeinandergetürmten Aktenordnern sowie einer stählernen Nierenschale, deren Boden von einer ekelerregenden zähflüssigen Substanz bedeckt war.

Auf einem der beiden Stühle saß ein alter Mann, der ein gerahmtes Bild anstarrte, das er in seinen klauenartigen Händen hielt.

Ich blieb neben dem alten Mann stehen, sodass er von meiner Anwesenheit Kenntnis nehmen konnte, und wartete auf ein Wort aus seinem Mund, aber er blieb stumm. Die Stille im Raum wurde lediglich gebrochen vom monotonen Ticken des Weckers und vom ebenso monotonen Tropfen des Wasserhahns. Und wenn man genau hinhörte, konnte man noch ein drittes Geräusch vernehmen: das schwere, asthmatische Schnaufen des alten Mannes.

Ich verharrte ein paar Momente stehend, dann wertete ich das Schweigen als nonverbale Einladung, ging zum zweiten Stuhl und setzte mich darauf. Ich saß Peter Paul Maurizius nun genau gegenüber und konnte ihn eingehender betrachten: ein kleines, hageres, verlebtes Männchen, dessen Aussehen etwas Gespenstisches hatte. Er war bekleidet mit einem schäbigen giftgrünen Trainingsanzug, der schon beim ›Wunder von Bern‹ antiquiert gewirkt haben musste. Seine deformierten Füße steckten in löchrigen Tennissocken und diese in verschlissenen, viel zu kleinen Frauenpantoffeln. Seine Hände schienen nur noch aus Knochen und Adern zu bestehen, und am Ende seiner langen dürren Finger schimmerten bläulich abgebrochene und eingerissene Nägel, die die Existenz von Nagelscheren für eine ebenso phantasievolle Legende wie die vom Yeti hielten.

Auf dem Kopf trug er eine speckige schwarze Kapitänsmütze, die sicherlich schon lange an dem verfilzten weißen Flaum, den sie bedeckte, angewachsen war. Der Alte hatte sehr große, abstehende Ohren, neben denen moosartige graue Backenbartkoteletten wucherten, einen eingefallenen Mund, dessen Lippen nach innen gestülpt waren – vermutlich weil es dahinter nicht mehr genug Zähne gab, die sie nach außen gedrückt hätten –, und Augen, deren Pupillen nicht schwarz, sondern milchig-grau waren. Sein ganzes verwittertes, faltendurchfurchtes, lederhäutiges Gesicht war eine einzige unbewegliche, starre, bleierne Totenmaske.

Er erinnerte mich ein bisschen an die Zombies, die Untoten, die lebendigen Mumien, die man in den unterirdisch schlechten fünftklassigen Horrorfilmen im Nachtprogramm von Bahnhofskinos oder privaten Fernsehsendern bewundern konnte. Er sah einfach aus wie jemand, der schon vor langer Zeit auf der Abholliste von Gevatter Tod gestanden hatte, dann aber aufgrund eines Logistikfehlers vergessen wurde und seitdem eben einfach weiterlebte bis zum Sankt-Nimmerleins-Tag, nicht mehr richtig lebendig, aber auch noch nicht richtig tot.

Er erinnerte mich aber auch an eine Zeile aus dem alten John-Cougar-Mellencamp-Klassiker ›Jack and Diane‹, einem meiner Lieblingssongs.

Wie hieß es da so schön? »Oh yeah, life goes on – long after the thrill of living is gone.« Das Leben geht weiter, auch wenn der Reiz des Lebens längst verlorengegangen ist. Und im Gesicht von Peter Paul Maurizius stand wie in Stein gemeißelt, dass ihm jegliche Lebenslust, jegliches Gefühl der Lebendigkeit schon lange abhanden gekommen war ... spätestens aber seit einigen Stunden – seit ihm die Polizei die Nachricht vom Selbstmord seines Sohnes überbracht haben musste.

Der Alte stellte das gerahmte Bild, das er die ganze Zeit angestarrt hatte, auf den Tisch, und zwar quer, sodass ich es auch sehen konnte. Das Bild war das Porträtfoto eines jungen Mannes. Er hatte das makellose Gesicht der Jungs, die einem immer in der Rasierwasserwerbung entgegenlächeln, und auch dieser Knabe lächelte wie ein junger Gott, wenngleich das Lächeln ein wenig stereotyp und gekünstelt wirkte, mit wohlgeformten sinnlichen Lippen, um die ihn jedes Model – auch jedes weibliche – beneidet hätte. Überhaupt lag in seinen Gesichtszügen, so männlich-markant der ganze Kopf insgesamt war, etwas feminin-weiches, das wahrscheinlich ein Ausdruck überdurchschnittlicher Empfindsamkeit und Sensibilität war. Dazu passend wurde dieses Gesicht sanft von feinlockigem kastanienbraunen Haar umspielt. Wenn ein Typ wie er an einem Mädcheninternat vorbeischlenderte, musste der Internatsleiter den Sicherheitsdienst rufen, um einen Massenausbruch zu verhindern.

Das Foto war zweifellos eine Aufnahme des

jungen Leonhart Maurizius, aber es hatte mit dem gebrochenen Mann, der sich in meinem Büro erschossen hatte, ungefähr so viel Ähnlichkeit wie ich mit der Königin von Siam.

»Er war ein hübscher Bengel, nicht wahr? Auf dem Foto war Leonhart zweiundzwanzig. Da hatte er seine ganze Zukunft noch vor sich. Und was für eine glorreiche Zukunft das hätte werden können.«

Ich wusste nicht so recht, was ich darauf erwidern sollte, und behalf mich mit einem Aphorismus. »Die Zukunft ist auch nicht mehr das, was sie mal war.«

Der alte Maurizius nickte. »Und mein Sohn hat die seine also in Ihrem Büro endgültig weggeworfen.«

Ich ließ die Worte eine Weile nachklingen, um herauszuhören, ob ein Vorwurf darin verborgen lag. Ich entschied, keinen gehört zu haben.

»Ja. Möchten Sie, dass ich Ihnen die Einzelheiten erzähle?«

Er zuckte fast ein bisschen zusammen, und auf seinem Gesicht erschien ein Anflug von Angst. Man konnte spüren, dass in seiner Brust zwei Seelen tobten – eine, die nichts von den verzweifelten letzten Minuten und dem gewaltsamen Ende des Sohnes hören wollte, und eine, die nur Frieden finden konnte, wenn sie die ganze schonungslose Wahrheit erfuhr.

Die wahrheitsliebende Seele gewann den Kampf. »Erzählen Sie.«

Also erzählte ich. Ich erzählte alles genau so, wie es sich ein paar Stunden zuvor in meinem Büro abgespielt hatte – die ganze Tragödie mit komplettem Text und kompletter Handlung. Ich erfand nichts dazu und ließ nichts weg, mit einer kleinen Ausnahme: Ich verschwieg Leonharts Bemerkung, dass er sich nicht über das Wiedersehen mit seinem Vater und über dessen erspartes Geld freuen konnte.

Nachdem ich fertig war, sagte Maurizius senior zunächst eine ganze Weile lang gar nichts. Dann griff er nach der Blechdose, öffnete sie und entnahm ihr eine abgegriffene schwarze Pfeife, eine Streichholzschachtel und eine Tabakpackung. Er öffnete die Packung, stopfte mit zwei Fingern etwas Tabak in den Pfeifenkopf, steckte sich die Pfeife in einen Mundwinkel und versucht mehrmals vergeblich, ein Zündholz am Seitenstreifen der Schachtel zu entflammen. Gerade als ich ihm anbieten wollte, ihm dabei zu helfen, gelang es ihm endlich. Er zündete das Kraut in der Pfeife an und paffte ein bisschen vor sich hin. Dann nahm er sie aus dem Mund und starrte auf die dünne Rauchfahne, die sich zur Decke hochschlängelte.

»Ich habe natürlich bemerkt, dass ihn der lange Gefängnisaufenthalt innerlich gebrochen hatte, dass er in der veränderten Welt draußen nicht richtig Fuß fassen konnte, dass ihn das Treffen mit Anna zusätzlich tief frustriert hatte. Natürlich, das alles ist mir nicht entgangen. Aber dennoch war ich zuversichtlich und hoffnungsvoll. Ich dachte, wir könnten all seine Ängste und Probleme überwinden. Ich dachte, ich hätte genug getan, ich würde genug tun, um ihm nach seiner Entlassung ein neues Leben zu ermöglichen – ein Leben, das sich zu leben lohnte.«

Er saugte noch einmal an seiner Pfeife, als sei es sein letzter Zug vor dem Abstillen, dann klopfte er den Pfeifeninhalt in den Aschenbecher und hämmerte mit der Unterseite des Pfeifenkopfs so lange auf den glimmenden Tabakfasern herum, bis er das kleine Feuerchen erstickt hatte.

»Ich habe falsch gedacht. Ich habe mich getäuscht. Ich habe es nicht geschafft, meinem Sohn eine Perspektive zu vermitteln. Ich wollte ihm seinen verbleibenden Aufenthalt in dieser Welt einigermaßen angenehm oder zumindest halbwegs erträglich gestalten, aber herausgekommen ist letzten Endes nur, dass er sie durch einen Schuss in den Kopf möglichst schnell verlassen wollte.«

Ich versuchte, möglichst viel Wärme einerseits und Überzeugungskraft andererseits in meine Stimme zu legen. »Sie müssen sich keine Vorwürfe machen. Sie haben alles Menschenmögliche getan. Aber gegen die schweren Depressionen, die Ihr Sohn sicherlich hatte, waren Sie machtlos, wäre auch jeder Arzt machtlos gewesen. Sie hätten ihm das Taj Mahal schenken können, und es hätte ihn nicht gerettet.«

Er hörte mir überhaupt nicht zu. »Und *ich* bin dafür verantwortlich, dass alles überhaupt erst soweit gekommen ist! Hätte ich mich damals nicht mit der Firma verspekuliert und falsche Investitionen getätigt, hätte ich meinen Sohn nicht in die Arme dieser verfluchten Familie und in diese unselige Ehe getrieben, wäre all das überhaupt nicht passiert! Und auch so hätte ich alles vermeiden können. Ich hätte einfach nur einen

Kredit aufnehmen müssen, um die Zeit der Krise überbrücken zu können und ihm weiterhin seine Zahlungen zukommen lassen zu können. Das Leben meines Sohnes war mir nicht einmal ein paar läppische zehntausend Kröten wert; wegen ein paar läppischer zehntausend Kröten habe ich das Leben meines Sohnes zerstört!«

»Nun hören Sie aber auf. Nur weil Sie Ihrem Sohnemann mal keinen Staubzucker in den Arsch geblasen haben, sind Sie doch nicht Schuld an seinen Verfehlungen. Er hat sich vielmehr mit seiner Anmaßung alles selbst eingebrockt. Schlimm genug, wenn er seinen eigenen Vater beschimpft, nur weil er kein asoziales Lotterleben mehr führen kann.«

Es war sinnlos. Er hielt einen Monolog, und meine Kommentare dazu interessierten ihn so viel wie die Pollenflugvorhersage für Neuseeland.

»Wir waren ja einmal eine große, sechsköpfige Familie, mit vier Kindern. Aber als Leonhart zwanzig Jahre alt war, kamen meine Frau, unsere Tochter und unsere anderen beiden Söhne bei einem Autounfall ums Leben. Seitdem habe ich versucht, Leonhart sowohl Vater als auch Mutter zu sein. Ich will nicht verschweigen, dass Leonhart auch vorher schon mein Lieblingskind war, dass ich ihn immer schon etwas bevorzugt habe, obwohl es so etwas ja eigentlich nicht geben sollte.

Aber er war eben etwas ganz Besonderes, war nicht nur der Benjamin und das Nesthäkchen, er war unbestreitbar das begabteste, talentierteste, intelligenteste und auch sensibelste unserer vier

Kinder. Und nachdem er der einzige geliebte Mensch war, der mir nach dieser Katastrophe noch geblieben war, habe ich ihn zugegebenermaßen geradezu vergöttert. Ich habe ein Genie in ihm gesehen. Ich wollte ihm die große Karriere ermöglichen, für die er prädestiniert war. Ich wollte jeden seiner Träume erfüllen und habe ihm alles Geld zukommen lassen, das ich aufbringen konnte. Ich selbst bin Schuld an dem ganzen Dilemma, denn ich selbst habe in Leonhart die Illusion erzeugt, dass wir über nahezu unbegrenzte finanzielle Mittel verfügen würden.

Umso größer war für ihn der Schock, als ich plötzlich mittellos dastand und ihm keine Reichtümer mehr zu Füßen legen konnte. Und die unselige Ehe mit dieser alten Frau, die Leonhart ja nur einging, um seinen gewohnten Lebensstandard halten zu können, war die logische Konsequenz daraus. Letztendlich war es also ich, der alles vermasselt hat.«

Er schloss die Augen, und ich sah, dass durch den Lidschluss zwei Tränen herausgedrückt wurden, die sich nun einen Weg durch die Furchen seines verwitterten Gesichts bahnten. Dann schlug er die Augen wieder auf, sehr langsam und wie in Zeitlupe, als wären seine Lider aus Blei.

»Aber ich habe zumindest versucht, alles ein wenig dadurch wieder gutzumachen, dass ich ihm nach seiner Entlassung einen Neuanfang ermöglichen konnte. Kurz nach dem Urteilsspruch hatte ich es geschafft, meine Firma wieder zu konsolidieren, und ich konnte sie zu einem guten Preis an einen großen Konkurrenten verkaufen. Das erhaltene Geld habe ich sicher angelegt, und ich habe bis auf diese Hütte hier all meinen Besitz verkauft und meine Bedürfnisse auf ein Minimum eingeschränkt, sodass ich von einem Teil der Zinsen leben konnte, während der andere Teil das angelegte Kapital stetig vermehrt hat. Auf diese Weise konnte ich Leonhart nach seiner Entlassung eine Summe überreichen, die ihm für eine ganze Weile finanzielle Unabhängigkeit und einen akzeptablen Lebensstandard gesichert und ihm so beim Aufbau einer neuen Existenz geholfen hätte.«

Er fingerte das dreckigste Stofftaschentuch, das ich jemals gesehen hatte, aus der Hosentasche, wischte sich damit die beiden Tränentropfen ab, die mittlerweile seine Kinnspitze erreicht hatten und aufs Herabfallen warteten, und schnäuzte sich mit einem lauten Trompetenstoß die Nase.

Dieser Trompetenstoß wirkte in Kombination mit dem, was er zuvor gesagt hatte, wie ein Weckruf für mich, der mir eine Tatsache ins Bewusstsein blies, die ich bisher schlicht und ergreifend ignoriert hatte: Das üppige Honorar, das Leonhart Maurizius mir so achtlos hingeschleudert hatte und das ich mittlerweile so selbstverständlich als mir gehörend betrachtete, stammte nicht irgendwo aus dem luftleeren Raum und war auch nicht als Goldtalerregen vom Himmel gefallen, sondern ein ganzes Leben hing daran, und ein ganzes Familienschicksal war damit verknüpft. Jetzt erst wurde mir in irgendeinem Hinterstübchen meiner Denkmaschinerie bewusst, dass Peter Paul Maurizius nicht deshalb in diesem abgewrackten Drecksloch hauste, weil er ein arbeitsscheuer Asozialer war, sondern weil er sich achtzehn Jahre lang für die Zukunft seines Sohnes jeden Cent buchstäblich vom Mund abgespart hatte. Für das Geld, das ich in der Schreibtischschublade meines Büros deponiert hatte und für das ich nicht mehr tat, als ein bisschen gelangweilt in der Gegend herumzufahren und hin und wieder ein paar dumme Fragen zu stellen, hatte ein alter, von Schicksalsschlägen gebeutelter Mann achtzehn Jahre lang in selbstgewählter bitterer Armut gelebt.

Mit ein paar Gehirnzellen mehr und einem etwas ausgeprägteren sozialen Gewissen als dem einer Salmonelle hätte ich eigentlich sofort drauf kommen müssen: Das Geld, das Leonhart Maurizius in meinem Büro zurückgelassen hatte, gehörte weder mir noch der Polizei, sondern natürlich seinem Vater.

»Ich habe das Geld, das mir ihr Sohn gegeben hat, nicht dabei, aber Sie bekommen es natürlich zurück. Ich werde es jetzt gleich holen und Ihnen aushändigen.«

Er knüllte das Taschentuch zusammen und stopfte es zurück in seine Hosentasche.

»Nein, ich will es nicht mehr zurück. Ich habe es meinem Sohn zur freien Verfügung übergeben, und wenn er sich entschieden hat, es ausschließlich dafür zu verwenden, seine Unschuld beweisen zu lassen, dann soll es so geschehen. Ich bestehe darauf, dass der letzte Wunsch meines Kindes erfüllt wird. Ich bitte Sie, dass Sie das Geld als Honorar behalten und dafür Leonharts Auftrag ausführen. Vielleicht hätten wir es schon viel früher so machen sollen. Sie sind schließlich

Profi, Sie haben vielleicht mehr Erfolg als ich. Ich habe mich nämlich während des Prozesses und in den Jahren danach auch als Detektiv betätigt, aber zu Leonharts Enttäuschung konnte ich den wahren Täter leider nicht überführen.« Er deutete mit seiner Hand auf die dicken Ordner, die auf dem Tisch lagen. »Hier drin ist alles gesammelt und abgeheftet, was es an schriftlichem Material über die Ermordung Ellis und die Verurteilung Leonharts gibt: alle Zeitungsartikel, alle Gutachten, alle Prozessabschriften von der Anklageerhebung bis zur Urteilsverkündung.« Er schob den Ordnerturm ein Stückchen in meine Richtung. »Sie werden dieses Material sicher studieren wollen …«

Ich betrachtete den Papierberg mit mäßiger Begeisterung. »Ja. Zu einem späteren Zeitpunkt.«

Der Alte kniff die Augen misstrauisch zusammen. »Führen Sie den Auftrag meines Sohnes auch wirklich ordentlich aus? Es ist Ihre verdammte Pflicht, das zu tun! Leonhart hat Ihnen viel Geld dafür bezahlt.«

»Das macht es auch nicht leichter, in einem seit achtzehn Jahren abgeschlossenen Fall. Aber Sie können Ihren Arsch darauf verwetten, dass Philipp Marlein sich seinen aufreißt – bei einem Fall, den er einmal angenommen hat. Ich habe auch schon mit den Ermittlungen begonnen. Aber bevor ich mich in diese verstaubten Akten vergrabe, möchte ich zunächst die Personen aufstöbern und persönlich befragen, die damals in diese Geschichte involviert waren. Papier ist geduldig, und der Inhalt Ihrer Ordner läuft mir nicht weg. Menschen vielleicht schon.«

»Haben Sie denn schon jemanden befragt?«

»Ja, Staatsanwalt Andergast.«

»Und was hat die Befragung ergeben?«

»Dasselbe wie vor achtzehn Jahren: eine fast lückenlose Indizienkette.«

Empörung schoss dem Alten ins Gesicht. Er wollte etwas erwidern, allerdings so überhastet, dass er sich verschluckte; er erlitt einen heftigen Hustenanfall, schüttelte sich, bellte wie ein Hund, lief blau im Gesicht an. Einen Moment lang dachte ich, es geht zu Ende mit ihm, doch dann ließ die Attacke langsam nach, die Hustenstöße wurden seltener. Er räusperte sich noch einmal, griff nach der Nierenschale und spuckte einen weiteren zähflüssigen Schleimbatzen hinein. Dann knallte er die Nierenschale auf den Tisch und funkelte mich mit zornigen Augen an.

»Eine lückenlose Indizienkette? Das soll wohl ein Witz sein! Diese angeblich lückenlose Indizienkette hat in Wahrheit Lücken, die so groß sind, dass ganze Elefantenhorden durchpassen würden, und diese Kette hat so viele schwache Glieder, dass sie sofort reißen würde, wenn man auch nur ganz leicht daran zieht.«

»An welche schwachen Glieder denken Sie denn konkret?«

Er zog erneut sein Taschentuch hervor, wischte sich den letzten Sabberrest vom Mund und ließ das Taschentuch wieder verschwinden.

»Punkt eins: Die fehlende Tatwaffe. Elli wurde erschossen, aber man hat nie eine Pistole bei Leonhart gefunden.«

»Na ja, das ist aber nun kein sehr schlagkräftiges Argument. Leonhart hatte auf seiner Flucht genügend Gelegenheiten, sich ihrer zur entledigen. Er könnte sie auf der ganzen Strecke zwischen Fürth und Hamburg irgendwo in irgendeinen Tümpel geworfen haben.«

»Theoretisch ja. Der Knackpunkt ist nur der, dass er überhaupt nie eine Waffe besessen hatte, die er wegwerfen, geschweige denn zuvor auf seine Ehefrau abfeuern hätte können. Woher hätte er eine Pistole haben sollen?«

»Er war in Frankfurt, und dort dürfte es sicherlich kein allzu großes Problem sein, auf dem Schwarzmarkt eine Waffe zu erwerben.«

»Das ist doch rein spekulativ. Das Gericht konnte jedenfalls niemanden präsentieren, der ausgesagt hätte, dass er meinem Sohn eine Waffe verkauft habe. Das ist doch reichlich seltsam, wenn ein Mensch wegen Mordes verurteilt wird, ohne dass man ihm nachweisen konnte, womit er den Mord überhaupt begangen haben soll.«

»Passiert aber jeden Tag in irgendeinem Gerichtssaal. – Was haben Sie sonst noch?«

»Leonharts Flucht. Wenn er die Tat angeblich vorher geplant hatte, warum hätte er dann danach plötzlich Hals über Kopf fliehen sollen? Das wäre doch völlig widersinnig!«

»Vielleicht war die Flucht eine Affekthandlung. Einen Mord zu planen ist die eine Sache, seine eigene Ehefrau dann auch wirklich einfach kaltblütig über den Haufen zu schießen eine ganz andere. Da kann jemand, der mit Mord noch keine Erfahrungen hatte, schon mal den Kopf verlieren. Oder Leonhart ist abgehauen, weil er registriert hat, dass er bei seiner Tat unerwarteterweise beobachtet wurde.«

»Unsinn. Er ist geflohen, weil er in Panik geriet, weil gerade ein Mordanschlag auf seine Frau verübt worden war und er glaubte, dass der Anschlag vielleicht auch ihm oder eventuell sogar ausschließlich ihm gegolten hatte.«

»Dann hätte man erwartet, dass er zur nächsten Polizeidienststelle flüchtet, aber nicht, dass er quer durch die Republik reist und sich unter falschem Namen in Hotels und Gasthöfen einquartiert. Ein solches Verhalten würde von jedem Gericht der Welt eher *be*lastend als *ent*lastend bewertet werden, denn ein eindeutigeres Schuldeingeständnis kann man sich schwerlich vorstellen.«

»Mag sein, dass es eine Dummheit war, einfach abzutauchen wie ein Schwerverbrecher, eine kolossale Dummheit sogar, und aus dieser Dummheit haben sie ihm vor Gericht dann ja auch den Strick gedreht. Aber es gibt noch genügend andere und vor allem plausiblere Punkte, die gegen Leonhart als Täter sprechen.

Zum Beispiel die Frage, wie und von wo der tödliche Schuss abgegeben wurde. Wenn Leonhart Elli hätte erschießen wollen, hätte er das ja wohl – als völlig ungeübter Schütze – frontal und aus nächster Nähe getan. Das rechtsmedizinische Gutachten sagte jedoch aus, dass das Geschoss seitlich und aus mehreren Metern Entfernung in das Opfer eingedrungen war. Der angebliche Tatzeuge Waremme hat das in seiner Aussage dann so zurechtgebastelt, dass Leonhart – offenbar nach dem Ende eines Gesprächs mit Elli – zunächst von der Haustüre weggegangen sei, sich dann umgedreht habe und auf die sich gerade nach innen wendende Elli geschossen habe. Natürlich: Leonhart Maurizius, der in seinem ganzen Leben noch keine Pistole benutzt hat, trifft wie ein alter Revolverheld aus dem Wilden Westen bei Dunkelheit mit einem Schuss aus der Drehung über eine beträchtliche Distanz einen Menschen mit der ersten Kugel sofort tödlich. Das ist so sehr künstlich konstruiert, dass es eigentlich nur lächerlich ist, aber das Gericht hat es widerspruchslos geschluckt.«

»Und wie lautet Leonharts Version des Tathergangs?«

»Leonhart hatte sich in Frankfurt dazu entschieden, die Forderung seiner Geliebten Anna zu erfüllen und sich von seiner Frau Elli zu trennen. Er fuhr am Tatabend deshalb nach Fürth, weil er Elli mitteilen wollte, dass er sie verlassen werde. Anschließend wollte er Anna abholen und mit ihr zurück nach Frankfurt fahren. Deshalb hatte er auch das Hotelzimmer behalten und kein Gepäck dabei.

Er kam gegen dreiviertel zehn in Fürth an und klingelte an seiner Haustür. Elli öffnete, war überrascht von seiner unangekündigten Rückkehr und wollte ihn einlassen, aber Leonhart teilte ihr mit, dass er nicht hereinkommen werde, dass er sich von ihr trennen werde und sich auch von ihr scheiden lassen wolle.

Und als er sich schon wieder zum Gehen wenden wollte, wurde Elli plötzlich von einem Schuss getroffen, der von einer für beide nicht sichtbaren Person abgegeben wurde, die offenbar in der Nähe der Haustür hinter einem der vielen Büsche des Gartens stand. Im Glauben, dass man auf ihn ebenfalls schießen würde, rannte Leonhart in Panik zu seinem Auto und raste völlig kopflos zurück nach Frankfurt. Dort hörte er dann im Radio, dass seine Frau durch den Schuss getötet worden war und dass die Polizei nach dem Ehemann suche. Diese Meldung verstärkte seine Panik nur noch. Er fühlte sich nun vom Mörder *und* von der Staatsmacht bedroht und entschloss sich zu diesem unseligen und unsinnigen Fluchtversuch.«

»Tatzeuge Waremme hat ausgesagt, dass Leonhart ihn am Tattag von Frankfurt aus angerufen und um ein Alibi gebeten habe.«

»Das ist ebenso erstunken und erlogen wie alles andere, was der angebliche Tatzeuge Waremme erzählt hat. Leonhart hat zugegeben, dass er Waremme angerufen hat, weil er – zwischen zwei Frauen und vor einer Entscheidung mit weitreichenden Konsequenzen stehend – jemanden brauchte, mit dem er über seine Probleme sprechen konnte. Und dafür geeignet hielt er seinen vermeintlich besten Freund. Er hat Waremme aber keineswegs um ein Alibi gebeten, sondern ihn nur um seinen Rat bezüglich seiner familiären Situation gefragt und ihm schließlich mitgeteilt, dass er sich gegen Elli und für Anna entscheiden werde. Und das entspricht auch genau dem, was er mir am Telefon erzählt hat.«

»Leonhart hat also tatsächlich vor dem Mord mit Ihnen telefoniert?«

»Ja, am Vortag. Es war unser erstes längeres Gespräch nach zwei Jahren relativer Funkstille. Leonhart hatte den Kontakt zu mir auf ein notwendiges Höflichkeitsminimum reduziert; er war beleidigt mit mir – zum einen, weil ich ihm eben seinen Lebensstil nicht mehr finanzieren konnte, zum anderen, weil ich ganz offen mein Missfallen über seine Heirat mit Elli bekundet habe. Mir war von Anfang an klar, dass Leonhart diesen Schritt nur aus finanziellen Motiven unternahm und dass er sich mit dieser Verehelichung ins Unglück stürzen und sein ganzes Leben verpfuschen würde. Und so ist es ja dann auch gekommen, wenn auch anders, als ich es erwartet hatte.

Ein Juwel wie Leonhart, mit so vielen Möglichkeiten, mit so viel Talent, mit so viel Zukunft, hatte etwas viel Besseres verdient! Er sollte eine standesgemäße, eine junge und attraktive Frau bekommen, die ihm auch einmal Nachwuchs schenken würde, und keine hässliche und verblühte alte Schachtel, die keine Kinder mehr bekommen und so das Aussterben des Geschlechts der Maurizius' besiegeln würde. Und nachdem Elli mitbekommen hatte, dass ich gegen ihre Verbindung mit meinem Sohn war, wiegelte sie Leonhart noch mehr gegen seinen eigenen Vater auf, sodass er sich fast völlig von mir zurückzog, mich weder besuchte noch einlud und gerade mal noch zu meinem Geburtstag und zu Weihnachten für zwei mickrige Minuten mit mir telefonierte – bis eben zum Vortag von Ellis Ermordung.

Er rief mich aus Frankfurt an, und wir sprachen zum ersten Mal seit unserem Zerwürfnis wieder ausführlich miteinander; ich glaube, das Telefonat hat über eine Stunde gedauert. Natürlich habe ich gemerkt, dass es ihm zunächst nur um

Geld ging; Leonhart hat es zwar nicht direkt ausgesprochen, aber seine Fragen zielten unverkennbar darauf ab, meine aktuelle finanzielle Situation zu ergründen. Leider konnte ich ihm diesbezüglich nur mitteilen, dass sich meine Firma zwar in der Konsolidierungsphase befand, dass wir aber noch nicht über den Berg waren und ich noch nicht über die früheren Geldbeträge verfügen konnte. Diese Auskunft schien ihn zwar sichtlich zu enttäuschen, aber er hat trotzdem nicht etwa gleich wieder das Gespräch beendet, sondern hat mir vielmehr ausführlich von seinen Zukunftsplänen erzählt.«

»Und wie sahen diese Zukunftspläne aus?«

Der alte Maurizius hielt einen Moment inne. Sein Atem ging schwer. Das viele Reden strengte ihn sichtlich an, und es war wohl schon eine ganze Weile her, dass er solch lange Monologe gehalten hatte. Ich hatte schon gewisse Befürchtungen, dass er mir schlappmachen würde, aber er schien von einem unbeugsamen Willen angetrieben zu sein, dieses Gespräch unter allen Umständen und in voller Länge und bis zum bitteren Ende durchzuziehen. Und so atmete er ein paarmal kräftig durch, bis er wieder einigermaßen bei Puste war, um mir dann zu antworten.

»Wie schon erwähnt: dass er sich von Elli trennen werde; dass er eingesehen habe, dass der Altersunterschied zu groß sei und sie nicht zusammenpassten; dass er sich unsterblich in Ellis junge Schwester Anna verliebt habe; dass er bereit sei, für sie sein komfortables Leben mit Elli aufzugeben; dass er sich von Elli scheiden lassen und Anna heiraten wolle; dass er von nun an hart und fleißig und diszipliniert an seiner Karriere arbeiten werde, um endlich richtig gutes Geld zu verdienen und Anna etwas bieten zu können. Und dass er am folgenden Tag nach Fürth fahren, Elli seinen Trennungsentschluss eröffnen und anschließend mit Anna zurück nach Frankfurt fahren werde.«

»Wie haben Sie auf diese Ankündigung reagiert?«

»Ich habe Leonhart dazu gratuliert, dass er zur Vernunft gekommen ist, und ihn zu diesem radikalen Schritt ermuntert. Ich kannte Anna nicht persönlich, hatte sie überhaupt nur einmal gesehen, aber dadurch wusste ich immerhin, dass sie durch ihre Jugend und ihr Aussehen eine wesentliche Verbesserung gegenüber Elli war, dass sie eine würdigere Partnerin für Leonhart sein würde als ihre Schwester. Ich konnte ja nicht ahnen, dass diese ganze Familie Jahn verflucht war und dass Anna eine noch viel schlimmere Hexe war.«

»Wieso ist Anna eine Hexe?«

»Anna ist das klassische Flittchen, das niemanden wirklich liebt, sondern nur nach einem Mann sucht, der möglichst viel Macht, Ansehen und vor allem Geld hat, der ihr möglichst viel Luxus und einen möglichst hohen materiellen Lebensstandard bieten kann. Sie schätzte damals ihren Schwager als einen potentiellen Kandidaten eines solchen Mannes ein und hatte deshalb keine Skrupel, ihn mit ihren Reizen zu becircen und ihn ihrer Schwester auszuspannen. Als Leonhart dann als Mörder verurteilt wurde, verlor sie, da er als Knacki nun keine Chance mehr auf

Reichtum und Ansehen hatte, sofort jegliches Interesse an ihm und ließ ihn fallen wie eine heiße Kartoffel. Nach dem Prozess ging sie angeblich in eine Kurklinik, weil sie psychisch so getroffen vom Tod ihrer Schwester war. In Wirklichkeit aber verjubelte sie das von ihrer Schwester geerbte Geld auf Luxusreisen. Und als sie pleite wieder zurückkam, angelte sie sich einen reichen Unternehmer und führt seitdem genau das Leben einer Made im Speck, das ihr immer vorgeschwebt hatte.«

»Sie sind offenbar gut informiert.«

»Leider nicht gut genug. Wie gesagt, ich habe mich detektivisch betätigt; ich weiß genau Bescheid, was die ganze Brut, die in den Fall verwickelt war, bis heute so alles getrieben hat. Aber wer damals beim Mord welche Rolle gespielt hat – das herauszufinden ist mir bedauerlicherweise nie gelungen.«

»Sie verdächtigen Anna, in die Ermordung ihrer Schwester verwickelt zu sein?«

»Leonhart war's nicht, also muss es jemand anderes gewesen sein, und so viele Leute können dafür nicht in Frage kommen. Anna hat einen grottenschlechten Charakter, und ihr Verhalten nach dem Mord macht sie auch in höchstem Maße verdächtig. Und niemand hat sich damals dafür interessiert, ob sie überhaupt ein Alibi für die Tatzeit hatte. Ja, ich halte es für möglich, dass sie irgendwie in den Mord verstrickt war. Mein Hauptverdächtiger ist aber natürlich eine andere Person.«

»Waremme.«

»Er war sogar zur Tatzeit in der Nähe des Tatortes. Und er hat mit einem Meineid Leonhart als Täter hingestellt – vielleicht, um nicht selbst als Täter überführt zu werden.«

»Aber welches Motiv für einen Mord an der Ehefrau seines besten Freundes sollte dieser Waremme gehabt haben?«

»Tja, das wenn ich nur wüsste. Ich habe leider nie herausfinden können, welche Geschichte, welche Intrige, welches Schurkenstück dahinterstecken könnte.«

»Hatte Leonhart irgendeine Vermutung, irgendeinen Verdacht, wer den Mord begangen haben könnte?«

»Eigentlich nicht, aber aufgrund seiner Lügengeschichte und seiner Beschuldigung kam auch für ihn eigentlich nur Waremme selbst in Frage, auch wenn er sich nie erklären konnte, warum sein bester Freund sowohl seine Frau als auch ihn selbst vernichten wollte.

Mir war dieser Waremme von Anfang an suspekt. Ich fand immer, dass ihm etwas Dämonisches anhaftete. Er war damals eine schillernde Figur in der fränkischen Künstlerszene. Ein intellektueller Abenteurer, ein Spieler und Schauspieler, ein ›Hansdampf in allen Gassen‹. Waremme vereint zwei Seelen in seiner Brust: Er ist gleichzeitig einerseits ein hochintelligenter Mensch, geradezu ein Universalgenie, und andererseits ein arbeitsscheuer Taugenichts, der zu keiner regelmäßigen Berufsausübung fähig ist, immer nur mal hier einen Job annimmt, mal da ein Projekt durchführt. Er ist ein klassischer Lebenskünstler, der mit geringstmöglichem Aufwand größtmöglichen Ruhm und Reichtum für sich erringen möchte. In diesen Eigenschaften ist er Leonhart durchaus nicht unähnlich.

Was Waremme von meinem Sohn allerdings dann doch fundamental unterscheidet, ist das Fehlen jeglicher Sensibilität und Moral. Waremme ist ein skrupelloser und nihilistischer Egomane, der für den eigenen Vorteil über Leichen gehen würde. Und ich bin der Überzeugung, dass er das damals auch gemacht hat, wenn ich auch nicht weiß, welchen Nutzen er aus der Sache gezogen hat. Er hatte sich sicherlich damals auch nur mit Leonhart angefreundet, weil er dessen Potentiale erkannt hatte, sich in seinem Fahrwasser Aufstiegsmöglichkeiten erhoffte und sich ein großes Stück von dem Kuchen sichern wollte, den Leonhart in nicht allzu ferner Zukunft gebacken hätte.

Leonhart seinerseits ließ sich von Waremmes künstlerischer Ader und seiner intellektuellen Brillanz blenden und sah in ihm den ersehnten Seelenverwandten und Bruder im Geiste, den er noch nicht gefunden hatte, der Waremme aber nie und nimmer war. Waremme war und ist ein begnadeter Blender, der es perfekt versteht, Leute für sich einzunehmen, um ihnen dann, während er sie umarmt, einen Dolch in den Rücken zu stoßen. So war das auch damals beim Prozess. Das Gericht war hingerissen von ihm und hing regelrecht an seinen Lippen, und niemand kam auf die Idee, seine Aussage anzuzweifeln und seine zwielichtige Persönlichkeit näher zu beleuchten.«

»Sie sagen, Waremme ›war und ist‹. Es gibt ihn also noch?«

»Natürlich, und zwar mitten im Herzen Fürths. Ich beobachte seine Wege auch heute noch. Er hat sich kein bisschen verändert, geht immer noch keiner geregelten Arbeit nach, nennt sich Privatlehrer und Berater, ohne diesen Berufsbezeichnungen allzu häufig durch entsprechende Tätigkeiten gerecht zu werden, und gebärdet sich stattdessen vor allem als großer Philosoph.«

Er befeuchtete seine ausgetrockneten und aufgesprungenen Lippen mit der Zunge.

»Vor ein paar Jahren habe ich ihn sogar einmal aufgesucht, stand vor seiner Wohnungstür, wollte ihn zur Rede stellen. Aber als er mir dann leibhaftig gegenüberstand, fehlten mir die Worte; ich wusste nicht, was ich hätte sagen sollen. Ich fühlte mich der Begegnung mit dem Menschen, der das Leben meines Sohnes zerstört hat, nicht gewachsen, und so habe ich nur gemurmelt, dass ich mich in der Tür geirrt hätte, und bin wieder abgezogen wie ein geprügelter Hund.«

»Wenn ich seine Adresse wüsste, könnte eventuell ich derjenige sein, der seine Persönlichkeit einmal näher beleuchtet.«

Maurizius fingerte nach einem abgegriffenen Bleistiftstummel, der auf dem Tisch lag, spähte nach etwas Beschreibbarem, zog schließlich ein schon halb abgelöstes Etikett von einer der leeren Bierflaschen ab und kritzelte einige krakelige Wörter darauf.

»Und Annas Anschrift haben Sie auch?«

Er fügte seinem Gekritzel ein weiteres hinzu.

»Wollen Sie Anna etwa auch befragen?«

Ich nickte.

Seine faltigen Mundwinkel wurden von etwas

gekrümmt, das vielleicht sogar ein schwaches Lächeln hätte sein können. »Sie scheinen Ihren Auftrag tatsächlich ernst zu nehmen. Leonhart hat sein Geld gut investiert.«

Ich schüttelte widerwillig den Kopf. »Wir sollten uns beide nicht in die Tasche lügen. Er hätte es viel besser investieren können, das wissen Sie genauso gut wie ich. Aber es ist nun mal so, wie es ist. Ich habe ein gewisses Problem mit diesem Geld; ich fühle mich nicht wohl dabei, es zu besitzen, ich habe es nicht verdient. Andererseits möchte ich Ihrem Wunsch und dem Ihres Sohnes nach Ermittlungen im Mordfall Elli nachkommen.

Deshalb schlage ich folgenden Deal vor: Ich werde die nächsten Tage weiter in dieser alten Geschichte herumwühlen, und die Honorierung erfolgt dann erfolgsabhängig. Sollte es mir tatsächlich gelingen, handfeste Beweise für Leonharts Unschuld zu entdecken, die dann auch zu seiner posthumen Rehabilitierung führen würden, behalte ich das Geld. Sollte es mir nicht gelingen – was ich, um ehrlich zu sein, unabhängig davon, ob Leonhart tatsächlich der Mörder war oder nicht, allein aufgrund der langen Zeit für ziemlich wahrscheinlich halte –, gebe ich Ihnen das Geld zurück.«

Er legte eine Hand an seinen Hals, als wollte er testen, ob denn überhaupt noch Blut in seinen Kopf gepumpt wurde. Ich sah den Puls an seiner dürren Kehle schlagen, aber er schlug so langsam und schwerfällig wie ein müder abgehalfterter Droschkengaul, der eine schwere Last einen steilen Berg hochziehen sollte.

»Sie werden mir das Geld nicht zurückgeben können, weil ich es nicht annehmen werde. Leonhart hat es dafür ausgegeben, dass die Welt die Wahrheit darüber erfährt, was damals wirklich passiert ist. Aber Sie sollen es auch behalten, wenn Ihre Schnüffeleien keinen Erfolg haben werden. Es wird auch ohne Detektiv der Gerechtigkeit Genüge getan werden, dafür werde ich schon sorgen.«

Er bewegte seine Finger, wie um zu beweisen, dass er sie noch bewegen konnte.

Ich zog die Stirn kraus. »Was wollen Sie damit sagen?«

»Das, was ich gesagt habe. Ich bin jetzt vierundsiebzig Jahre alt. Ich bin damals bei dem Verlust meiner Frau und dreier meiner Kinder innerlich gestorben, und ich bin bei Leonharts Verurteilung erneut innerlich gestorben. Aber ich habe mir geschworen, dass ich für meinen Sohn weiterleben und ihm eine zweite Chance schenken werde. In den letzten achtzehn Jahren hätte der Sensenmann keine Chance gehabt, mich mitzunehmen. Doch jetzt ist alles anders. Leonhart ist tot, und ich fühle, dass mein Tod, den ich im Prinzip lediglich achtzehn Jahre lang aufgeschoben habe, nun fällig ist. Ich habe jetzt nichts, aber auch gar nichts mehr zu verlieren, und ich habe auch nicht mehr viel Zeit. Das einzige, was mir jetzt noch zu tun bleibt, ist, wie gesagt, die Gerechtigkeit wiederherzustellen.«

Ich versuchte vergeblich, mit Hilfe meines Analysezentrums aus diesem kryptischen und wirren Gebrabbel eine Botschaft herauszufiltern. Und auch wenn ich den Greis noch so sehr anstarrte, gelang es mir nicht zu ergründen, was hinter seiner runzeligen und altersfleckenübersäten Stirn gedanklich vor sich ging.

»Ich weiß zwar jetzt genauso wenig wie zuvor, worauf Sie hinaus wollen, aber ich hoffe, es ist kein Unfug. Machen Sie keinen Scheiß, Maurizius. Überlassen Sie das mit der Gerechtigkeit mir. Ich bin ein Gerechtigkeitsfanatiker, und wenn es überhaupt irgendetwas Unentdecktes aufzustöbern gibt in dieser uralten Geschichte, dann werde ich es schon aufstöbern. Ich habe da so meine speziellen Methoden, Leute zum Reden zu bringen, wenn Sie wissen, was ich meine.«

Ich zwinkerte ihm verschwörerisch zu, aber er starrte jetzt apathisch vor sich hin und schenkte mir nicht mehr die geringste Aufmerksamkeit. Seine Halsschlagader pochte jetzt so verrückt wie ein Heavy-Metal-Drummer auf Speed, und in seinem Blick glomm der feurige Funke des verzweifelten letzten Aufbäumens. Ich steckte das Bierflaschenetikett mit den Adressen in meine Manteltasche, rückte mit meinem Stuhl nach hinten und erhob mich.

»Ich komme bei Gelegenheit wieder bei Ihnen vorbei und erzähle Ihnen, was meine Verhöre mit Waremme und Anna gebracht haben. Und dann wühle ich mich auch mal durch Ihre Ordner durch.«

Peter Paul Maurizius bewegte den Kopf etwa einen Millimeter nach unten. Ich interpretierte diese Mikrobewegung als Nicken, nuschelte eine Abschiedsformel und stapfte über den klebrigen Boden zur Tür.

Zurück ließ ich einen alten Mann, der inmitten einer wohlhabenden westlichen Industrienation in einer gottverdammten Slumhütte hauste und der schon mindestens zu zwei Dritteln tot war, aber noch von irgendeinem wilden letzten Willen am endgültigen Abkratzen gehindert wurde.

## V.

Fürth hat nicht gerade einen glamourösen Ruf und ist eher als graue Arbeiter- und Industriestadt verschrien, aber eine Viertelstunde später bog ich bereits in das zweite Nobelviertel an diesem Tag ein. Genauer gesagt handelte es sich nicht um ein Viertel, sondern um zwei parallel verlaufende Straßenzeilen. Allerdings lagen die Zeiten, in denen die Hornschuchpromenade und die Königswarterstraße als ›Fürther Boulevard‹ bezeichnet und sogar mit denen in Paris verglichen wurden, schon ein schlappes Jahrhundert zurück.

Heutzutage war hier nicht unbedingt mehr die bevorzugte Wohngegend der Fürther Oberschicht, die Gebäude dieses Straßenzuges dienten jetzt ganz normalen Bürgern als Wohnungen oder wurden als Geschäftsräume genutzt, vielfach beispielsweise als Anwaltskanzleien und Arztpraxen.

Nichtsdestotrotz wehte immer noch ein Hauch von Eleganz und Weltstadtflair durch diese ehemalige Vorzeige- und Prachtstraße. Die lang hingezogene geschlossene Front der prächtigen, mit künstlerisch hochwertigen Steinmetzarbeiten verzierten Sandsteinfassaden der vielen mehrgeschossigen, palastartigen und repräsentativen Bauten in historisierenden Stilen, neoklassizistisch oder neobarock gestaltet, imponierte sogar einem Kultur- und Architekturmuffel wie mir.

In der Mitte zwischen den beiden Straßen gab es zudem eine weitläufige Grünanlage mit Laubbaumalleen, Rasenflächen, Spielplätzen und Kunstskulpturen, in deren Mitte wiederum ein schnurgerader Promenadenweg verlief, und ziemlich genau entlang dieses Weges mussten früher die Gleise der Ludwigseisenbahn, der legendären ersten Bahnstrecke in Deutschland, die von Nürnberg nach Fürth führte, verlaufen sein. Durch diese Bahnlinie wurden aus wirtschaftlichen Gründen schnell auch die Grundstücke rechts und links von ihr für die damaligen reichen Fürther Geschäftsleute attraktiv, und so entstand bis zum Beginn des zwanzigsten Jahrhunderts zwischen Luisen- und Jakobinenstraße dieses Viertel, in dem die Geschäftsleute noble Stadthäuser mit dahinterliegenden Lager- und Firmengebäuden errichteten und damit private und kommerzielle Zwecke ideal kombinieren konnten. Zu diesen Investoren gehörten auch der Bankier Königswarter und der Textilfabrikant Hornschuch, nach denen die neu entstandenen Straßen zu beiden Seiten der Bahnlinie schließlich endgültig benannt wurden.

Ich hatte Glück und fand einen Parkplatz direkt vor dem Haus in der Königswarterstraße, in dem – wenn die Information auf dem Bierflaschenetikett von Peter Paul Maurizius stimmte – der ominöse Augenzeuge Gregor Waremme wohnte.

Ich stieg aus dem Auto, schloss die Tür ab und sah mich um. Ich hatte mich nämlich während der Herfahrt durch die Fronmüller-, Wald- und Ritterstraße des unbestimmten Gefühls nicht erwehren können, dass mir jemand folgte, konnte allerdings in dem dichten Verkehr keinen bestimmten Wagen ausmachen, der dieses Gefühl irgendwie bestätigt hätte.

Auch jetzt herrschte reger Betrieb sowohl in der Hornschuchpromenade als auch in der Königswarterstraße, Autos parkten ein, Autos parkten aus, Autos bogen herein oder fuhren weg, und keines davon manövrierte so auffällig, dass es einen konkreten Verdacht in mir erweckt hätte. Ich überlegte, wer denn überhaupt als Verfolger in Frage käme, und die einzige Person, die mir einfiel, war mein guter Freund Kommissar Diesterweg. Er war ja nun offenbar wild entschlossen, mir irgendeine wie auch immer geartete Mitschuld am Tod von Leonhart Maurizius anzudichten, und so war es nicht völlig ausgeschlossen, dass er mich observieren ließ, um mich bei irgendwelchen illegalen Handlungen im Zusammenhang mit dieser Geschichte in flagranti zu erwischen.

Andererseits wäre das natürlich völliger Nonsens gewesen, und die Fürther Polizei hatte sicherlich Wichtigeres zu tun, als nur so zum Spaß missliebige Privatschnüffler zu beschatten. Also kam ich zu dem Schluss, dass meine Phantasie mit mir durchgegangen war und mir meine an diesem Tag schon reichlich überstrapazierten Nerven einen Streich gespielt hatten, und warf die Verfolgungshypothese in den geistigen Mülleimer.

Das Haus, vor dem ich geparkt hatte, war eines der protzigsten und edelsten unter all den stattlichen Herrenhäusern. Entweder hatte es tatsächlich dem Nagen des Zahnes der Zeit getrotzt, oder es war schon einmal aufwendig saniert worden, denn seine Fassade wies keine sichtbaren Verschmutzungen oder Verunreinigungen auf (wie so viele andere alte rußgeschwärzte Gebäude in Fürth), von den riesigen Sandsteinblöcken war noch nichts abgebröckelt, die kunstvollen Ornamente unter und über den Fenstern und an den vielen hervorstehenden steinernen Balkonen hatten immer noch scharfe Konturen. Es hatte über dem Erdgeschoss drei Stöcke sowie ein Dachgeschoss mit Giebeln. Die Fenster waren allesamt mannshoch – und das, obwohl es vermutlich nicht einmal bodentiefe Fenster waren.

Wenn mir jetzt aus der massiven, mit eisernem Schmuckwerk verzierten und von zwei Säulen flankierten Eingangstür, durch die auch ein ausgewachsener Riese gepasst hätte, ohne den Kopf einziehen zu müssen, noch ein Typ mit Baskenmütze auf dem Kopf, einem langen Baguette unter dem Arm und einer mit Croissants gefüllten Tüte in der Hand entgegengekommen wäre, hätte ich den Paris-Vergleich vielleicht sogar durchgehen lassen.

Es kam mir aber niemand entgegen, also öffnete ich die Tür selbst und trat in das Treppenhaus. Während ich eine alte, knarrende Holztreppe in das Dachgeschoss hochstieg (Aufzug gab es keinen), in dem Waremme laut Klingelschild am Eingang residierte, tastete ich unwillkürlich nach der Knarre in meiner Manteltasche. Ja, sie war da, ich hatte sie eingesteckt, als ich nach meinem Besuch in der Polizeidirektion in meinem Büro einen Zwischenstopp eingelegt hatte. Ich mag keine Waffen und verabscheue Gewalt, aber manchmal leistet das Ding wertvolle Dienste als Argumentationshilfe bei festgefahrenen oder unfruchtbaren Diskussionen. Und ich war fest entschlossen, dem dubiosen Augenzeugen Waremme und seinen zweifelhaften Aussagen kräftig auf den Zahn zu fühlen – zur Not und wenn unvermeidlich, auch auf die harte Tour.

Im obersten Stock angekommen, schlenderte ich einen langen Korridor entlang, kam an einem großen Putzwagen vorbei, der in einer Nische stand, und erreichte schließlich die Tür, neben der ein goldfarbenes Messingschild angebracht war mit der Aufschrift »Gregor Waremme – Privatgelehrter – Unterricht • Beratung • Training – Termine nach Vereinbarung«. Ich überlegte, ob ›Privatgelehrter‹ eine geschützte Berufsbezeichnung war, kam aber zu dem Schluss, dass es nur den amtlichen Titel des ›Privatdozenten‹ gab, dass sich ›Privatgelehrter‹ aber jeder Depp schimpfen durfte – wie ›Privatdetektiv‹ im übrigen auch, zumindest in Deutschland.

Ich konnte keinen Klingelknopf neben der lackierten Holztür entdecken – wahrscheinlich gab's nur den unten an der Haustür –, also klopfte ich, und als darauf keine Reaktion erfolgte, drückte ich auf die gusseiserne Klinke und stellte fest, dass die Türe nicht abgeschlossen war und ich ungehindert Gregor Waremmes Gemächer betreten konnte. Gemächer war übrigens durchaus der passende Ausdruck, denn es handelte sich um eine ausgesprochen große und weitläufige klassische Altbauwohnung mit der üblichen Höhe von geschätzten dreieinhalb Metern vom üblichen Parkettboden bis zur üblichen Stuckdecke. Wahrscheinlich war sie zu ihrer Entstehungszeit als komfortables Heim für die vielköpfige Familie eines wohlhabenden Unternehmers angelegt worden.

Von der Diele, in der ich stand, führte ein langer Flur linkerhand und rechterhand zu verschiedenen Zimmern. Der Einfachheit halber bewegte ich mich auf den nächstgelegenen Raum zu, der schräg gegenüber des Eingangs lag, was sich als taktisch geschickt erwies, denn nachdem ich den roten Vorhang zur Seite geschoben hatte, der die Tür ersetzte, landete ich ganz offenkundig im kombinierten Wohn- und Arbeitszimmer des Herrn Waremme, in dem sich praktischerweise der Hausherr – wenn er es denn war – auch gerade aufhielt.

Der Raum musste der Gründerfamilie als Ballsaal gedient haben, so geräumig war er. Jetzt war Tanzen darin allerdings nicht mehr möglich, da nahezu die gesamte Fläche zugestellt worden war, unter anderem mit einem riesigen Wasserbett, das ein Walbaby als Spielwiese hätte nutzen können, einem Schreibtisch, so lang wie eine Stretch-Limousine, mit gleich mehreren Computern und Laptops darauf, einer auf einem Glasschrank voller CDs stehenden und von wuchtigen Lautsprechern flankierten protzigen Stereoanlage, einem gigantischen schimmelweißen Klavier sowie diversen größeren und kleineren Musikinstrumenten – um nur einen Teil des Mobiliars beziehungsweise der Einrichtungsgegenstände zu nennen.

Die lange, der Fensterfront gegenüberliegende

Wandseite, durch die ich auch den Raum betreten hatte, war fast komplett von hohen Regalen bedeckt, und diese wiederum waren komplett mit Büchern angefüllt – Tausenden von Büchern, die nicht nur in den Regalen, sondern auch in hohen Stapeln davor standen. An der rechten Wand befand sich eine gut bestückte Bar inklusive Tresen und Hockern, an der linken Wand ein massives, etwa zwei Meter breites und zweieinhalb Meter hohes Sekretär-Buffet aus Kirschbaumholz mit zahllosen Fächern, Schubladen und Schranktüren, daneben eine riesige Uhr, die er vom Hauptbahnhof einer großen Weltmetropole entwendet haben musste.

Und dann gab es noch ein künstlerisches und kunstvolles Prunkstück an der Decke: ein kreisrundes aufgemaltes Fresko von mehreren Metern Durchmesser, wie man es sonst eigentlich nur in Schlössern und vor allem Kirchen vorfinden und bewundern konnte. Und das, was das Gemälde darstellte, hätte auch hervorragend in eine Kirche gepasst, denn es war witzigerweise genau dasselbe Motiv wie auf dem Kalenderblatt in meinem Büro: ein Erzengel, der ein paar aufsässige Gesellen aus dem Himmel vertrieb und hinunter in die Hölle stürzte, wobei das Thema hier etwas anders interpretiert wurde; es dominierte fast völlig der Himmel, bevölkert von Heerscharen kleiner gutgelaunter Putten-Engel, während Bösewichte und Hölle auf verhältnismäßig wenig Platz am unteren Bildrand gedrängt waren.

Alles in diesem Raum, in dem das archetypische Kreativ-Künstler-Chaos zu regieren schien, war irgendwie überdimensional – auch und vor allem sein Bewohner. Gregor Waremme saß auf einem breiten Ledersofa, das eigentlich für mindestens drei Personen Platz geboten hätte, aber locker von ihm alleine ausgefüllt wurde. Wobei das Verb ›sitzen‹ seiner Zustandsform nicht wirklich gerecht wurde – er hatte sich vielmehr wie eine riesige Qualle auf das Sofa hingebreitet.

Kommissar Diesterweg war ja schon ein passables Dickerchen, aber gegen diesen Knaben hier war er der reinste Hungerhaken.

Gregor Waremme bestand aus zwei ziemlich wuchtigen Kugeln: einer größeren, von mehreren Quadratmetern rosa Seide umhüllten Körperkugel, und einer etwas kleineren, mit langen, zu einem Zopf zusammengebundenen Haaren verzierten Kopfkugel. Dazwischen gab es ein paar fette längliche Wülste, bei denen nicht auszumachen war, was nun noch Hals und was schon Kinn und Backen war. Er hatte ein klassisches Babyface, dessen naive und sanfte Züge allerdings von einem borstigen Zuhälter-Ziegenbärtchen und vor allem von den kalten grauen Schweinsaugen mit dem stechenden, verschlagenen, brutal wirkenden Blick verdorben wurden.

Dieser Blick war auf einen zwischen zwei Regalen an der Wand hängenden Flachbildschirmfernseher von der Größe eines Fußballtores gerichtet, ehe er zu mir schwenkte. Waremme hatte seine currywurstförmigen, mit mehreren protzigen Klunkern beringten Finger ineinander verschränkt auf seinem Bauch liegen, in dem man – wäre er eine Frau gewesen – Mehrlinge im höheren einstelligen Bereich hätte vermuten können. Und mein Eintreten beeindruckte ihn nicht genug, um seine Position auch nur um einen Mikrometer zu verändern.

Ich trat zwischen zwei voluminöse lederne Sitzpolster hindurch an das Glastischchen, das vor dem Sofa stand. Auf dem Tischchen befanden sich eine Fernbedienung, eine angebrochene Pulle edlen Rotweins, ein aufgeschlagenes Herrenmagazin mit Fotos junger Damen im Evakostüm und eine nur noch zur Hälfte gefüllte Schachtel Pralinen. Ich schnappte mir die Fernbedienung und beendete mit einem gezielten Druck auf das rote Knöpfchen die aktuelle Berichterstattung von den Aktienbörsen, die Waremme gerade verfolgt hatte. Jetzt verfolgte er interessiert, wie ich die Fernbedienung wieder zurück auf das Tischchen legte und ihm zunickte.

»Guten Tag, Herr Waremme.«

»Guten Tag.« Er schenkte mir ein freundliches Lächeln. »Ich kann mich gar nicht erinnern, dass ich für heute um diese Uhrzeit einen Termin mit jemandem vereinbart hätte.«

Ich gab ihm sein Lächeln zurück. »Ich habe auch keinen Termin.« Ich ließ meinen Blick durch den Raum schweifen. »Hübsch haben Sie's hier. Scheint zu florieren, Ihr Gewerbe. Was für Termine könnte man denn bei Ihnen vereinbaren, wenn man wöllte?«

Er ratterte das Folgende mit der gelangweilten Routine eines Versicherungsvertreters herunter. »Gregor Waremme bietet folgende Dienstleistungen an: Unterricht in verschiedensten Blas-,

Schlag-, Saiten- und Tasteninstrumenten, unter anderem Klavier, Gitarre, Geige, Trompete, Akkordeon und Saxophon, und in verschiedensten Sprachen, unter anderem Englisch, Französisch, Italienisch, Spanisch und Arabisch; Kurse im Bereich EDV, PC, Informatik, Programmierung, Multimedia und Internet; Beratungen in Rhetorik, Logistik und Marketing; Seminare in Sachen Persönlichkeitsentwicklung, Krisenintervention, Führungsstrategien und Entspannungspraktiken; Training und Coaching für die Bereiche Bewerben, Motivieren, Auftreten, Kommunizieren, Organisieren, Präsentieren, Argumentieren, Moderieren und Analysieren; sowie Vorträge zu diversen Themen aus Musik, Literatur, Malerei, Bildhauerei, Architektur und Kunstgeschichte.«

Ich schnalzte demonstrativ mit der Zunge. »Oh, sieh an, ein Universalgenie! Bis auf das Bodystyling und das Fatburning decken Sie ja nahezu jede Fortbildungskategorie ab. Bei einem so breiten Spektrum sind Sie vermutlich von morgens bis abends ausgebucht.«

»Nein, keineswegs. Ich mache immer nur eine Handvoll Termine pro Woche. Ich bin nämlich der Auffassung, dass man nur arbeiten sollte, um leben zu können, und nicht leben, nur um zu arbeiten.«

»Eine äußerst vernünftige Auffassung – wenn man sie sich leisten kann. Sie können also von ein paar Unterrichtsstunden in der Woche diese feudale Bude hier und Ihren offenkundig auch nicht gerade ärmlichen Lebensstil finanzieren?«

Er beugte sich ein Stückchen nach vorne – was bei seinen Massen mit einiger Anstrengung verbunden war – und schnappte sich die Pralinenschachtel. »Sieht ganz so aus.«

Ich schritt langsam durch das Wohnzimmer. »Vielleicht haben Sie ja noch andere Einnahmequellen. Privatlehrer ist doch wohl nicht Ihr einziger Job, oder?«

Er stopfte sich eine Praline in den Mund und zerkaute sie schmatzend. »Sie haben auffallend Recht. In der Tat ist das nur mein Nebenberuf. Hauptberuflich bin ich nämlich Philosoph. Mein Lebenswerk besteht darin, die alte Lehre des Hedonismus in Theorie und vor allem Praxis zu erforschen und daraus eine neue Philosophie zu kreieren.

Der Hedonismus ist, wie Sie sicherlich nicht wissen, eine philosophische Strömung, die die Befriedigung der eigenen Lüste und das egoistische Streben nach materiellen Genüssen als Bedingung für ein glückliches Leben ansieht. Der Hedonismus wurde in der Antike von dem Philosophen Aristipp von Kyrene begründet, der als erster erkannte, dass die körperlichen Vergnügen der eigentliche Sinn des Lebens sind und dass das Glück in der Schmerzminimierung und der Lustmaximierung zu finden ist. Die Lehre wurde im Mittelalter von dem Literaten Marquis de Sade radikalisiert, der propagierte, dass jegliche Moral unnatürlich und repressiv sei und der Mensch sich nur in der Befreiung von allen Zwängen und in der Zelebrierung tabuloser orgiastischer Ausschweifungen selbstverwirklichen könne. Der Hedonismus wurde in der Neuzeit modernisiert von den Okkultisten Aleister Crowley, der ›Tu, was du willst‹ zum Hauptgebot erklärte, und Anton Sandor LaVey, der ›Sinnesfreude statt Abstinenz‹ als Grundregel predigte. Und er wird in naher Zukunft von mir, Lebenskünstler Gregor Waremme, zu einem abgeschlossenen gedanklichen System perfektioniert werden.«

»Dass Sie den Hedonismus vor allem in der Praxis erforschen, ist Ihnen ja durchaus anzusehen. Keine schlechte Idee, seine Fressorgien als philosophische Studien zu tarnen. Und die anderen Insignien Ihrer Lehre befinden sich ja auch hier auf dem Tischchen: Fusel und Titten. Aber als innovative philosophische Weltanschauung verkaufen zu wollen, was jede schlechte Rockband schon seit fünfzig Jahren unter dem Slogan ›Sex, Drugs and Rock'n'Roll‹ praktiziert, ist doch reichlich anmaßend. Und vor allem können Sie mir nicht erzählen, Sie würden mit Ihrer albernen Herumphilosophiererei Geld machen. Das ist doch brotlose Kunst.«

Er steckte seinen Zeigefinger in den Mund und kratzte an einem Zahnzwischenraum herum, wo sich offenbar ein Nusssplitter eingeklemmt hatte. »Sie sagen es. Und genauso brotlos scheint mir unsere Unterhaltung zu sein. Ich fand sie zwar bisher zu einem gewissen Grad amüsant, aber allmählich beginnt sie mich zu langweilen. Meinen Sie nicht, Herr Wieauchimmer, dass Sie sich langsam mal vorstellen und mich über den Zweck Ihres Besuches informieren sollten?«

Ich blieb bei dem Klavier stehen und lehnte mich dagegen. »Mein Name ist Philipp Marlein. Ich bin Privatdetektiv und habe von einem gewissen Leonhart Maurizius heute Morgen den

Auftrag erhalten, ein paar Ermittlungen anzustellen. Ich gehe mal davon aus, dass Ihnen der Name Leonhart Maurizius und seine Geschichte bekannt sein dürften. Und nun bin ich hier, um mit Ihnen noch mal ein bisschen zu rekapitulieren, was sich denn da damals vor achtzehn Jahren im Hause Maurizius eigentlich genau abgespielt hat.«

Ich haute mit der Hand auf die Tasten des Klaviers. Ein schriller, disharmonischer, unmelodiöser Mehrklang ertönte. »Ach ja, fast hätt' ich's vergessen: Leonhart Maurizius hat sich als Auftragsbestätigung eine Kugel in den Kopf gejagt.«

Waremme suchte in seiner Schachtel nach einer weiteren schmackhaften Praline, als wäre das viel wichtiger als das, was ich gesagt hatte. Erst als er eine gefunden hatte, blickte er zu mir auf. »Soso, er hat sich also erschossen. Ein Schuldeingeständnis, das reichlich spät kommt. Aber besser spät als nie, nicht wahr?«

Ich ging weiter zur Bar und studierte das Sortiment, während ich redete. »Ich glaube, wir haben uns missverstanden. Leonhart Maurizius' Selbstmord war nicht Ausdruck eines Schuldeingeständnisses, sondern Ausdruck seiner Enttäuschung und Verzweiflung darüber, dass er achtzehn Jahre im Gefängnis sitzen musste und um sein Leben betrogen wurde, obwohl er den Mord an seiner Frau gar nicht begangen hatte. Und ich bin nicht hier, um mir dieselbe haarsträubende Räuberpistole auftischen zu lassen, die sie damals dem Gericht aufgetischt haben, sondern um die Wahrheit herauszufinden. Und ich bin mir ziemlich sicher, dass ich mit diesem

Anliegen bei Ihnen genau an der richtigen Adresse bin.«

Waremme biss die Praline, die er in der Hand hielt, in der Mitte durch, um zu sehen, womit sie gefüllt war. Er war offenbar mit der Füllung zufrieden, denn er warf sich die andere Hälfte ebenfalls ein. Dann leckte er seine schokoverschmierten Finger sauber.

»Warum tun Sie sich das eigentlich an?«

»Was?«

»In uralter Asche herumstochern, um nach Feuer zu suchen, wo doch längst schon alles erkaltet ist.«

»Weil ich dafür bezahlt werde.«

»Okay. Das ist ein ehrenwerter und nachvollziehbarer Grund.«

»Und weil ich's gerne habe, wenn am Ende die Gerechtigkeit siegt. Ich habe in dieser Beziehung altmodische Vorstellungen.«

Er verzog das Gesicht, als hätte er nicht in eine Süßigkeit, sondern in eine saure Gurke gebissen. »Ach, erzählen Sie doch keinen Scheiß. Diesen Zusatz hätten Sie sich wirklich sparen können. Diesen Müll mit der Gerechtigkeit nimmt Ihnen doch nicht einmal ein Kleinkind ab, das noch an den Weihnachtsmann, den Osterhasen und den Klapperstorch glaubt. Wenn Sie sich tatsächlich für den edlen weißen Ritter halten sollten, der dem bösen Drachen der Ungerechtigkeit den Garaus macht, dann muss ich Ihnen leider mitteilen, dass Sie in Wirklichkeit nur ein Ritter von der traurigen Gestalt sind, ein tragikomischer Don Quijote, der gegen Windmühlen kämpft. Sie sind ein Söldner, den man mieten kann, um seine schmutzige Wäsche waschen zu lassen, und dabei sollten Sie's auch belassen.«

»Sie scheinen ein Problem mit der Gerechtigkeit zu haben. Aber das hätte ich wohl auch, wenn ich einen Meineid geschworen und dafür gesorgt hätte, dass ein Unschuldiger achtzehn Jahre im Knast sitzt und schließlich daran zerbricht und sich das Leben nimmt. Ja, doch, da hätte ich vermutlich auch ein Problem mit der Gerechtigkeit.«

Waremme warf die Pralinenschachtel zurück auf den Tisch. »Ich habe kein Problem mit der Gerechtigkeit. Ich glaube nur nicht, dass sie existiert. Und ich werde Ihnen auch sagen, warum. Wenn Sie schon so hochtrabend von Gerechtigkeit daherlabern, müssen Sie mir auch definieren, was unter Gerechtigkeit überhaupt zu verstehen ist. Das können Sie natürlich nicht, aber ich werde Ihnen helfen:

Gerechtigkeit bedeutet, dass für alle dasselbe Recht und Gesetz gilt und auch auf alle angewandt wird. Stellt sich nur noch die Frage: Welches Recht und welches Gesetz eigentlich? Wer legt denn fest, was Recht und Gesetz ist? Gott? Bedauerlicherweise wissen wir ja nicht einmal, ob es überhaupt einen Gott gibt, und die Ansichten darüber, was Gott – so es ihn denn geben sollte – denn für gut und recht hält, gehen ja bekanntermaßen in den Hunderten von existierenden Religion sehr weit auseinander. Der Staat? Aber auch da gibt es ja, wie wir wissen, die unterschiedlichsten Auffassungen von Recht und Gesetz, und wenn wir uns darauf verständigen, dass Recht das ist, was die Mehrheit einer

Gesellschaft als solches festlegt, dann müssten wir auch das Nazi-Regime oder irgendwelche Kannibalenstämme als gerecht einstufen.

Dostojewski sagte: Wenn es keinen Gott gibt, ist alles erlaubt. Und genauso ist es. Da es ja nun offensichtlich keinen Gott gibt – wer wollte nach Auschwitz noch etwas anderes behaupten? –, müssen wir also, wenn wir ehrlich sind, zugeben, dass es so etwas wie ein einheitliches, universelles Recht nicht gibt. Und damit gibt es auch keine Gerechtigkeit. Alle diese Kataloge mit den angeblich unabhängig von Ort und Zeit geltenden Grund- und Menschenrechten sind das Papier nicht wert, auf dem sie stehen, und auch Ihr komisches Gerechtigkeitsideal ist nichts weiter als ein naives Märchen, eine utopische Sentimentalität, ein unrealistisches Wunschdenken, eine billige Illusion, ein phantastisches Konstrukt.

Was übrigbleibt, wenn man die Kartenhäuser der künstlichen menschlichen Rechtssysteme zum Einsturz gebracht hat, ist einzig und allein das Naturrecht: das Recht des Stärkeren, das ›survival of the fittest‹. Wer sich durchsetzt, hat Recht. Recht wird immer durch Macht legitimiert, und nicht etwa umgekehrt. Der Tiger, der mich angreift, ist im Recht, und ich, der ich ihn töte, bin es auch – das ist die einzige Gerechtigkeit, die es gibt, wenn Sie schon unbedingt an dieser Terminologie festhalten wollen.«

Ich schlenderte zum Stretch-Limousinen-Schreibtisch und setzte mich in den nicht minder protzigen Bürosessel dahinter. »Sie sind also ein Nihilist.«

Er zog eine Miene, als sei er beleidigt. »Ja, ja, mit diesem bösen Wort ›Nihilist‹ sind Sie schnell bei der Hand. Aber etwas Sinnvolles und Konstruktives entgegenzusetzen haben Sie meiner fundierten und wohldurchdachten Rechtsphilosophie auch nicht.«

Ich pflanzte meine Füße auf Waremmes Schreibtisch und schickte meinen Blick erneut auf eine Rundreise durch das Wohnzimmer. »Wenn ich mich so bei Ihnen umsehe, Waremme, finde ich Ihre Wohnung eigentlich ganz nett. Wenn wir nach Ihrer fundierten und wohldurchdachten Rechtsphilosophie gehen – was sollte mich daran hindern, Sie einfach abzuknallen und hier einzuziehen?«

»Nichts, Marlein, nichts – außer die bestehende Strafrechtsordnung, die dieses Verhalten sanktionieren würde, und vor allem Ihre Feigheit und Ihre albernen Moralvorstellungen. Aber metaphysisch gesehen gibt es kein Recht und kein Gesetz, das Sie daran hindern sollte. Sie sind frei zu tun und zu lassen, was Sie wollen. Aber solange Sie solche Komplexe wie diesen Gerechtigkeitsscheiß mit sich herumschleppen, werden Sie natürlich nie dazu fähig sein.«

Ich nahm meine Füße vom Tisch, erhob mich, marschierte zum Sofa und blieb vor Waremme stehen. »Hören Sie, Waremme, ich habe weder Zeit noch Lust auf Ihre kranken geistigen Ergüsse zum Thema Gerechtigkeit. Das einzige, was mich in diesem Zusammenhang interessiert, ist die Frage, ob Leonhart Maurizius Gerechtigkeit widerfahren ist, und zwar in dem Sinne, ob er für ein Verbrechen bestraft worden ist, das er auch wirklich begangen hat, oder ob er unschuldig achtzehn Jahre im Knast abgebrummt hat. Zu diesem Thema würde ich gerne Ihre Meinung hören.«

Er schüttelte den Kopf wie ein Lehrer bei einem begriffsstutzigen Schüler, der es einfach nicht kapierte. »Unschuldig, schuldig – das sind doch auch alles so schwammige, unausgegorene, doppeldeutige Begriffe. Aber wenn Sie schon partout von Schuld sprechen wollen – zumindest nach dem angeblich in diesem unserem christlich geprägten Abendland geltenden religiösen Wertekanon war Leonhart zweifelsohne ein Schuldiger. Er war gleichzeitig hoffnungsloser Romantiker und skrupelloser Egoist, ein willensschwacher, leichtsinniger, verlogener Lebemann und Bonvivant, der fast jeden Tag fast jeder der sieben Todsünden frönte: der ›avaritia‹, also der Habsucht, denn er wollte immer nur die erlesensten Weine, die elegantesten Designerklamotten, die besten Gourmetrestaurants, die schnellsten Nobelkarossen; der ›luxuria‹, also der Wollust, denn er betrog seine Ehegattin schamlos mit anderen Frauen, zuletzt sogar mit ihrer eigenen Schwester; der ›acedia‹, also der Trägheit, denn er war ein fauler, arbeitsscheuer …«

»Stopp, Freundchen, stopp! So haben wir nicht gewettet! Diesen Todsündenscheiß hab ich heute schon mal woanders gehört, und ich werde mir auch nicht schon wieder eine Charakteranalyse von Leonhart Maurizius anhören. Ich kenne Leonharts Lebensgeschichte mittlerweile schon besser als meine eigene, ich kann sie nicht mehr hören, und außerdem ist mir Leonhart Maurizius'

Charakter schnurzpiepegal. Es interessiert mich auch nicht, wie viele und welche Frauen er gehabt hat und wie viele und welche Todsünden er begangen hat und ob er im religiösen oder botanischen oder geophysikalischen Sinne schuldig war. Mich interessiert ausschließlich, ob er im juristischen, im strafrechtlichen Sinne schuldig war.

Um's noch zu konkretisieren: Das einzige, was ich wissen will, ist, was sich an jenem Abend, als Elli Maurizius ermordet wurde, wirklich abgespielt hatte, denn die offizielle Variante, zu der Sie mit Ihrer Aussage ja maßgeblich beigetragen haben, hat mehr Löcher als ein Schweizer Kasse. Und auch auf die Gefahr hin, dass ich mich wiederhole: Ich bin nicht hierhergekommen, um mir denselben unlogischen und widersprüchlichen Mist anzuhören, den sie damals vor Gericht abgeladen haben, sondern um herauszufinden, was damals wirklich geschah. Ich hoffe, ich habe mich jetzt deutlich genug ausgedrückt.

Also, machen wir's kurz und schmerzlos: Wie kam Elli Maurizius in Wahrheit ums Leben?«

Waremme lächelte spöttisch. »Sie vergeuden nur Ihre Zeit. Das Leben ist so kurz, und Sie vergeuden kostbare Minuten und Stunden von der wenigen Zeit, die uns zum Leben und zum Genießen bleibt, mit solch völlig sinnfreien und überflüssigen Aktionen.«

Ich betrachtete den fetten Mann. Er hatte ein Motivationsproblem. Gregor Waremme war einfach nicht ausreichend motiviert, mir die Wahrheit zu sagen. Welch ein Glück, dass ich meine kleine, aber effektive Motivationshilfe zufällig mit bei mir trug. Ich zog sie aus meiner Manteltasche und zeigte sie Herrn Waremme.

»Da muss ich Ihnen ausnahmsweise mal voll und ganz zustimmen, Waremme. Das Leben ist kurz, viel zu kurz, und wir verschwenden viel zu viel kostbare Zeit an Sinnlosigkeiten. Und deshalb werden wir das Ganze jetzt erheblich beschleunigen und ganz, ganz schnell hinter uns bringen. Wenn Sie mir allerdings meine so kostbare Zeit weiterhin mit Schweigen oder mit Lügen stehlen sollten, wird das unweigerlich zur Folge haben, dass Ihr Leben noch viel kürzer sein wird, als sie gedacht hätten. Um genau zu sein, wird Ihre Zeit dann nämlich jetzt in diesem Moment abgelaufen sein.«

Auf Waremmes Schädel hatten sich in Sekundenschnelle Schweißperlen gebildet. »He, was soll das, Mann? Sie können doch nicht mit Waffengewalt verlangen, dass ich Ihnen eine Lügengeschichte über die damaligen Geschehnisse auftische.«

»Nein, ganz im Gegenteil: Ich verlange von Ihnen, dass Sie endlich mal keine Lügengeschichte mehr auftischen, denn das haben Sie ja damals schon zur Genüge getan. Vielleicht habe ich mich doch immer noch nicht deutlich genug ausgedrückt: Ich habe aus einer absolut sicheren Quelle erfahren, dass Leonhart Maurizius hundertprozentig nicht der Mörder seiner Frau ist. Über diesen Punkt müssen wir also nicht mehr diskutieren, der ist geklärt. Ich kenne nur die ganze Geschichte noch nicht, aber Sie werden sie mir jetzt erzählen.«

Das war natürlich hoch gepokert – und vor

allem glatt gelogen, denn das einzige, was ich hundertprozentig wusste, war, dass ich in diesem Fall rein gar nichts hundertprozentig wusste. Und dass Leonhart unschuldig war, war weiterhin nicht mehr als eine ziemlich vage und völlig unbestätigte Vermutung. Aber das wiederum konnte Waremme nicht wissen. Wenn es tatsächlich etwas zu verbergen gab, und wenn es eine weitere Quelle gab, die ebenfalls davon wusste, konnte er nicht ausschließen, dass ich diese Quelle angezapft hatte.

Ein klassisches Pokerspiel – mit hohem Einsatz und hohen Verlust-, aber auch hohen Gewinnchancen.

Waremme zwang sich zu einem erneuten Lächeln. »Sie bluffen doch nur! Wenn Sie mich hier einfach so umnieten, ist Ihr Leben genauso im Arsch. Für Mord kriegen Sie lebenslänglich.«

Okay. Er vermutete, dass ich bluffte – aber nur in Bezug auf meine Drohung mit dem Schießeisen, nicht aber in Bezug auf meine Behauptung, dass ich etwas aufgedeckt hatte. Also gab es etwas aufzudecken. Pokermatch gewonnen!

Ich steckte den Lauf meiner Knarre in eines von Waremmes Nasenlöchern. »Mein Leben ist im Arsch, seit dieser Typ heute Morgen in meinem Büro aufgetaucht ist. Glauben Sie mir, Waremme, ich bin momentan extrem dünnhäutig, vielleicht bin ich auch nicht mehr ganz zurechnungsfähig, und da tun dann selbst ansonsten so unbescholtene und gesetzestreue Bürger wie der brave Verbrechensbekämpfer Philipp Marlein Dinge, die man Ihnen eigentlich so gar nicht zutrauen würde, weil sie doch normalerweise so feige und mit so albernen Moralvorstellungen beladen sind. Ich hab verdammtnochmal keinen Bock mehr auf diesen ganzen Maurizius-Scheiß! Ich werde in dieser Angelegenheit reinen Tisch machen, und zwar hier und jetzt, so oder so – entweder indem ich von Ihnen die nackte Wahrheit auf dem Silbertablett serviert bekomme, oder indem ich Sie abknalle wie einen räudigen Straßenköter.

Und verfallen Sie ja nicht dem Trugschluss, ich wäre dazu nicht in der Lage. Ich habe heute schließlich schon mal gesehen, wie ein Gehirn aus einem Schädel geflogen ist, und so langsam gewöhne ich mich daran. Es würde mir nicht das Geringste ausmachen, es gleich nochmal zu sehen! Ganz im Gegenteil: Es reizt mich sogar, ich kann es kaum erwarten! Allerdings – da das bei Ihnen ja einen extrem großen Fettfleck geben würde und ich nicht derjenige sein möchte, der den dann wegmachen muss, würde ich es trotzdem extrem begrüßen, wenn wir eine andere Lösung finden würden.«

Waremme taxierte mich unsicher mit seinen Blicken. Er überlegte sicherlich fieberhaft, wie unberechenbar ich denn nun tatsächlich war und wie ernst es mir tatsächlich sein mochte mit meiner Drohung. Und er stank beim Überlegen. Er stank nach Angstschweiß.

Angst ist einer der charakteristischsten Wesenszüge des Menschen. Vielleicht ist der Mensch nur deshalb das erfolgreichste Lebewesen auf diesem Planeten geworden, weil er auch das ängstlichste ist.

Angst ist der lauteste Souffleur der Vernunft.

Und die Vernunft siegte bei Gregor Waremme. »Okay, Marlein, lassen Sie uns reden. Aber nehmen Sie Ihr verdammtes Schießeisen aus meiner Nase.«

Ich nahm das Schießeisen aus seiner Nase. »Leonhart Maurizius ist also nicht der Mörder seiner Frau …«

Er streichelte seinen malträtierten Nasenflügel. »… so wenig wie der Mörder von John F. Kennedy, Mahatma Gandhi und Julius Cäsar.«

Ich ließ meine Kanone auf ihn gerichtet. »Lassen Sie mich raten: *Sie* haben Elli ermordet.«

Er lachte, polternd und hämisch. »Und aus welchem Grund, bitte schön?«

»Was weiß ich, was da damals alles abgelaufen ist. Vielleicht waren Sie in Anna verliebt, wollten eigentlich Leonhart als Nebenbuhler beseitigen und haben aus Versehen danebengeschossen.«

Er zupfte an seinem Ziegenbärtchen. »Jeder Mann, der Anna kannte und seinen Schwanz nicht nur zum Pinkeln benutzte, war damals scharf auf sie. Aber das ist etwas anderes als Verliebtsein, und selbst dann wird nicht jeder wegen eines geilen Weibes gleich zum Mörder. Aber Sie haben Recht: Damals ist tatsächlich einiges abgelaufen.«

Ich ließ mich auf eines der großen Sitzpolster plumpsen. »Na dann, erzählen Sie doch einfach mal schön der Reihe nach.«

Kaum hatte ich mich hingesetzt, starrte mich Gregor Waremme mit einem Ausdruck grenzenlosen Entsetzens an. Ich dachte zunächst, er hätte meine Handbewegung mit der Pistole falsch interpretiert, dabei legte ich sie nur auf meinen Schoß, um sie nicht mehr auf ihn gerichtet, aber trotzdem griffbereit zu haben.

Erst zu spät merkte ich, dass er nicht auf mich starrte, sondern auf etwas hinter mir. Viel zu spät. Lichtjahre zu spät.

Denn bevor ich auch nur den Ansatz machen konnte, mich umzudrehen, sauste offenbar ein Feuerwerkskörper auf mich herab (ich hörte sein zischendes Geräusch), drang direkt durch mein Ohr in meinen Kopf ein, und explodierte mit einem lauten Knall in meiner Großhirnrinde.

Und dann verließ ich diese Welt, denn ich wurde durch ein großes schwarzes Loch hinauskatapultiert in die unendlichen Weiten des Universums, mitten hinein in ein riesiges Meer voller bunter Sterne … Sterne … Sterne … Sterne …

## VI.

Es waren gerade mal ein paar Jahrtausende vergangen, als ich wieder zu mir kam. Ich öffnete die Augen, registrierte überrascht, was ich erblickte, und schloss sie gleich wieder.

Überrascht war ich deshalb, weil ich meinen Lebenswandel nie als so solide empfunden hatte, dass ich damit gerechnet hätte, direkt im Himmel zu landen. Ich war eher davon ausgegangen, ein paar Ehrenrunden im Fegefeuer drehen zu müssen; aber sieh mal einer an, der alte Schnüffler Marlein durfte trotz seines gelegentlichen Alkoholkonsums, trotz seiner seltenen Kirchenbesuche und trotz seines sündigen Familienstatus' – okay, es waren nicht gerade Heerscharen von Frauen gewesen, aber für die Monogamie und den Bund fürs Leben hatte es eben nie gereicht – gleich ins Paradies einziehen. Hatte es sich also doch gelohnt, als aufrechter weißer Ritter in den Kampf für die Gerechtigkeit und gegen das Verbrechen zu ziehen und dabei stets tugendhaft und gesetzestreu zu bleiben – na ja, meistens zumindest, oder wenigstens manchmal.

Ich öffnete die Augen wieder, und sie waren immer noch da, all die weißgekleideten, harfespielenden Engel. Doch irgendetwas stimmte nicht. Wenn sie denn schon auf der Harfe spielten, wieso hörte ich dann verdammtnochmal keine lieblichen Melodien, sondern nur ein ätzendes Dröhnen und Brummen?

Außerdem war mein Mund trocken wie die

Wüste, aber niemand vom Service hier kam auf die Idee, mir einen Kelch mit süßem Wein zu reichen. Und die Wolke, auf der ich lag, war auch viel zu hart, sonst hätte mir nicht jede verdammte Stelle meines Körpers wehgetan.

Was jedoch noch viel mehr wehtat, war die Erkenntnis, die nach einer Weile langsam, aber sicher mein Bewusstsein infiltrierte und schließlich gänzlich von ihm Besitz ergriff: dass ich mich nicht im Himmel befand, sondern immer noch auf der Erde, dass ich nicht auf einer Wolke lag, sondern auf einem Parkettfußboden, und dass ich nicht ins Paradies schaute, sondern nur auf das Deckenfresko in Waremmes Wohnung.

Diese Erkenntnis hätte ich noch verkraftet, aber ich vermutete, dass ich zu einigen unschönen und unbequemen Resultaten kommen würde, wenn ich ihre Ursachen und Wirkungen ergründen würde. Nichtsdestotrotz war ich fest entschlossen, genau dies zu tun.

Ich hob den Kopf ein wenig und sah, ganz in der Nähe, ein paar in Schuhen steckende Füße. Sie lagen auf dem Fußboden und hingen an Beinen, die auf mich zuliefen. Sollten das etwa …?

Ich beschloss, die Probe aufs Exempel zu machen, und befahl einem der Füße, mit den Zehen zu wackeln. Und er wackelte mit den Zehen. Damit hatte sich meine Vermutung bestätigt: die Füße gehörten mir. Dass die Zehen auf meinen Befehl hin gewackelt hatten, war an und für sich nichts Weltbewegendes, trotzdem erfreute mich diese Reaktion außerordentlich, nahm sie doch ein bisschen Brisanz aus der ganzen Situation, denn sie bewies gleich mehrere begrüßenswerte Umstände: Ich schien noch zu leben, ich schien im Ganzen geblieben zu sein, und ich schien meinen Körper in gewissem Umfang steuern zu können.

Ich unternahm gleich noch weitere Tests, entdeckte meine Arme (mit Händen dran), meine Hände (mit allen Fingern dran), meine Finger (verblüffend: auch sie ließen sich bewegen, sogar jeder einzeln).

Nachdem ich mich also derart meiner prinzipiellen Vollständigkeit und Mobilität versichert hatte, versuchte ich mich aufzusetzen. Das misslang zunächst, war aber auch nicht weiter verwunderlich angesichts der Tatsache, dass offenkundig irgendjemand einen Mühlstein auf meinen Kopf gelegt hatte.

Es dauerte ein Weilchen, bis ich begriff, dass es keinen Sinn ergab zu versuchen, den Mühlstein wegzuschieben, weil er gar nicht vorhanden war. Das heißt, er war schon vorhanden, nur befand er sich nicht auf, sondern in meinem Kopf. Schließlich gelang es mir, trotz des Gewichts des Mühlsteins meinen Oberkörper aufzurichten.

Ich fuhr mit der Hand über mein Gesicht und meinen Kopf, um nach Verletzungen oder sonstigen Veränderungen zu forschen. An meinem Hinterkopf ertastete ich eine tischtennisballgroße Beule. Im Haar schien an dieser Stelle etwas getrocknetes Blut zu kleben – an dieser Stelle, an der mir irgendjemand einen Hydranten oder etwas Ähnliches auf meine Birne gehämmert hatte.

Nachdem ich mich eine kurze Weile still selbstbemitleidet hatte, ging es mir etwas besser, und ich schaffte es, mich auf meine Füße zu wuchten. Einen Moment lang schwankte und torkelte ich wie ein von einer dreitägigen Sauftour an Land betrunkener Matrose auf dem Deck bei schwerem Seegang, aber dann hatte ich mich stabilisiert.

Ich sah mich um. Ich befand mich immer noch in Herrn Waremmes Wohn- und Arbeitszimmer, und ein Blick auf die XXL-Uhr neben dem Sekretär-Büfett verriet mir, dass ich keine Jahrtausende weggetreten war, sondern nur ein paar Minuten. Nichts hatte sich verändert, alles war noch da: das Bett, der Schreibtisch, die Stereoanlage, das Klavier, die Musikinstrumente, die Bücheregale, das Ledersofa.

Auch Waremme selbst war noch da, er saß oder lag immer noch genauso hingefläzt auf dem Sofa wie zuvor. Aber verändert hatte sich etwas an ihm: Jemand hatte ihm sein schönes rosa Seidenhemd versaut. Es hatte jetzt auf Brusthöhe ein Loch, das nicht von Motten hineingefressen worden war. Und die Farbe des großen roten Flecks drumherum stand zwar nicht völlig konträr zum Rosa des Hemdes, harmonierte aber auch nicht wirklich damit, und Blut ließ sich bekanntermaßen nur schwer herauswaschen.

Allerdings wäre das das kleinere Problem gewesen. Man hatte Gregor Waremme nämlich nicht nur sein Hemd versaut, sondern gleich das ganze Leben. Gregor Waremme war erschossen worden.

Mir war sowieso schon flau im Magen nach dem Niederschlag, und jetzt konnte ich den Brechreiz nicht mehr unterdrücken: Ich kotzte eine Ladung Galle auf den Parkettfußboden. Zwei Leichen am selben Tag waren selbst für einen hartgesottenen Burschen wie mich mindestens eine zuviel.

Nachdem ich mich ausgekotzt hatte, trat ich näher an Waremme heran und betrachtete ihn. Seine Augen waren noch halb geöffnet, aber der Laden dahinter hatte wegen Geschäftsaufgabe geschlossen – für immer. Er hatte jetzt nichts Verschlagenes oder Brutales mehr an sich, er war bloß noch ein toter fetter Mann, der nie wieder die körperlichen Vergnügungen erleben würde, die er als Sinn des Lebens angesehen hatte, und auch sein großes philosophisches System des Hedonismus musste unvollendet bleiben.

Aber alle Leichen sehen friedlich aus. Gregor Waremme war ein mieses, dreckiges Schwein, das einen verlogenen Meineid geschworen und damit das Leben von Leonhart Maurizius ruiniert hatte. Zumindest das hatte ich noch von ihm erfahren, bevor man mich ins Reich der Träume geschickt hatte.

Und vielleicht war Gregor Waremme auch ein Mörder – der Mörder von Elli Maurizius. Ob er es wirklich war, hatte ich leider nicht mehr erfahren. Jemand, der nicht wollte, dass ich es erfahre – warum auch immer –, hatte ihm gründlich das Maul gestopft und den Vielleicht-Mörder selbst ermordet. Womit?

Meine Augen suchten den Boden ab. Vor Waremmes Füßen lag eine Knarre. Meine Knarre. Klar, sie hatte zuletzt auf meinem Schoß gelegen und war mit mir zu Boden gefallen.

Ich hob sie auf und untersuchte sie. Sie war

vor kurzem benutzt worden. Im Magazin fehlte eine Kugel. Und ich wusste ganz genau, wo diese Kugel jetzt steckte.

Gregor Waremme war also offensichtlich von mir getötet worden. Er war von einem Schuss aus meiner Pistole getötet worden. Das hatte ja jemand verdammt schlau eingefädelt.

Ich steckte meine Knarre in meine Manteltasche und ließ mich auf den Stuhl sinken. Ich versuchte, meine Sinne zusammenzutrommeln und so was ähnliches wie einen klaren Gedanken zu fassen. Ich versuchte, mir irgendwie zusammenzureimen, was zum Teufel hier vor sich ging. Ich versuchte, Überlegungen darüber anzustellen, wer mich niedergeschlagen hatte, wer Gregor Waremme ermordet hatte, warum Waremme ermordet worden war, und warum er ausgerechnet mit meiner Pistole ermordet worden war. Doch ich war noch völlig benebelt und wie betäubt, und statt eines klaren Gedankens kamen bei dem Versuch, mein Gehirn zu benutzen, nur wirre Phantasien und Halluzinationen heraus, die mit jedem Drogenrausch hätten konkurrieren können.

Doch dann drang ein Geräusch über die Gehörgänge in meinen Schädel, das mich schlagartig aus dem Reich der Träume holte und von einer auf die andere Sekunde wach werden ließ: das Geräusch einer Sirene, genauer gesagt der Sirene eines Polizeiautos, und das Geräusch wurde schnell immer lauter und kam schneller immer näher, bis es direkt unter dem Fenster schließlich abrupt erstarb, gefolgt vom Geräusch zuschlagender Türen.

Okay, Marlein, jetzt war die Kacke also so richtig am dampfen. Selbst mit einem Brummschädel und einem Intelligenzquotienten unter Raumtemperatur wäre es jetzt nicht schwer gewesen zu kombinieren, dass der Mörder versuchte, den Mord an Waremme mir in die Schuhe zu schieben: Erst hatte er Waremme mit meiner Waffe getötet, und anschließend hatte er die Bullen verständigt, damit sie mich am Tatort vorfinden würden. Und wenn sich dann später herausstellen würde, dass die am Tatort vorgefundene Mordwaffe mir gehörte und sich meine frischen Fingerabdrücke darauf befanden, dann war ich so gut wie erledigt und konnte wie Leonhart Maurizius achtzehn Jahre meines Lebens in einem staatlich beaufsichtigten Heim verbringen.

Darauf hatte ich keine Lust. Ich überlegte mit Lichtgeschwindigkeit, was jetzt zu tun sei, und kam auf zwei mögliche Vorgehensweisen. Die eine bestand darin, auf die eintreffenden Polizisten zu warten und ihnen – und später natürlich auch meinem guten Freund Diesterweg – dann in einem rhetorisch und argumentativ brillanten Vortrag zu erklären, dass alles ganz anders war, als es aussah, und dass ich nicht das Geringste mit der Ermordung dieses Herrn zu tun hatte, obwohl ich die einzige Person am Tatort war und die benutzte Mordwaffe in meiner Hand hielt. Die andere bestand darin, zu verschwinden, bevor die Bullen mich hier erwischten.

Ich musste keine innergehirnliche Podiumsdiskussion veranstalten, um mich für die zweite Möglichkeit zu entscheiden. Ich sprang auf, eilte zur Haustür, verließ Waremmes Wohnung und rannte über den langen Korridor zum Treppenhaus. Ich hätte mich fast schon die Treppe hinunter und damit in mein sicheres Verderben gestürzt, doch im letzten Moment hielt ich am Treppenrand inne, denn ich hörte die Trampelgeräusche schnell herauflaufender Personen. Natürlich, in meiner Panik hatte ich nicht bedacht, dass es ja schon zu spät war, den einzigen Fluchtweg zu benutzen, denn dort wäre ich den entgegenkommenden Polizisten direkt in die Arme gefallen.

Ich sah mich verzweifelt um. Das Treppenhaus endete hier, weiter nach oben ging es nicht, einen Aufzug gab es auch nicht, und die Schritte kamen immer näher. Jetzt war guter Rat teuer. Ohne einen solchen auf Lager zu haben, rannte ich intuitiv zunächst einmal einfach zurück in Richtung Waremmes Wohnung. Als ich an der Nische mit dem Putzwagen vorbeikam, ging ich schon schwanger mit dem Gedanken, vielleicht doch die Ich-kann-alles-erklären-Variante zu wählen. Ein Gedankenblitz, ein schwacher Das-klappt-nie-Einspruch, der einfach weggefegt wurde, und schon stand ich an dem Putzwagen. In Windeseile zog ich mir einen abgewetzten blauen Arbeitskittel an und band mir ein buntkariertes Kopftuch um. Beide Kleidungsstücke hingen am Stiel eines Wischmopps, gehörten offenkundig einer Frau und waren mir eigentlich zu klein. Aber ich fand, dass ein Putzmann im Trenchcoat etwas unglaubwürdig wirkte.

Ich muss ausgesehen haben wie eine Presswurst, aber irgendwie funktionierte das Ganze, denn als die Polizisten an mir vorbeiliefen, nahmen sie keinerlei Notiz von der guten Frau, die, mit einem Lappen und einer Reinigerflasche bewaffnet, eifrig am Nischenfenster herumschrubbte. Wenn sie nur aus dem Augenwinkel einen flüchtigen Blick in die Nische geworfen hätten, wäre Ihnen sicherlich sofort aufgefallen, dass an dieser Putzfrau – obwohl sie ihnen den Rücken zudrehte – irgendetwas nicht stimmte, aber sie waren zurecht völlig darauf fixiert, möglichst schnell zu der Wohnung zu gelangen, in der sich laut eines (vermutlich anonymen) Anrufers ein Mord oder ein Verbrechen oder was auch immer, auf jeden Fall irgendetwas Schlimmes ereignet hatte.

Es war aber auch klar, dass sie sich, sobald sie am Tatort eingetroffen waren und außer einer Leiche niemanden vorfanden, schnell an die Frau im Korridor erinnern würden, und deshalb warf ich, kaum dass die Schritte am Ende des Ganges verklungen waren, Kittel, Kopftuch, Lappen und Flasche beiseite, äugte vorsichtig um die Ecke, sah, dass die Luft momentan rein war, und stieg zügig, aber betont geräuscharm die Treppe hinunter bis zum Erdgeschoss.

Glücklich unten angekommen, ohne jemandem begegnet zu sein, öffnete ich auch die Haustüre vorsichtig, denn es konnte jeden Moment eine weitere Polizeieinheit eintreffen, aber auch hier drohte zumindest im Moment keine Gefahr. Kaum hatte ich das Haus verlassen, hatte ich aber schon das nächste Problem an der Backe: Das vorgesehene Fluchtauto, nämlich mein eigenes, fiel als solches aus, dann die Polizisten, die Waremmes Wohnung gestürmt hatten, hatten ihren Streifenwagen in Ermangelung eines freien Parkplatzes vor dem Haus natürlich einfach in zweiter Reihe abgestellt – und damit mein Auto schlicht und ergreifend zugeparkt. Wieder überlegte ich kurz, und wieder gab es zwei Möglichkeiten: Entweder ich ging wieder hoch und bat die anwesenden Jungs in Uniform, ihre Kiste wegzufahren, damit ich meinen Fluchtwagen benutzen konnte, oder ich türmte zu Fuß.

Wiederum entschied ich mich für Variante B. Und so marschierte ich also zwar nicht im Lauftempo, aber doch mit relativ hoher Drehzahl zunächst zum Gehweg im Grünsteifen zwischen Königswarterstraße und Hornschuchpromenade (irgendwie fühlte ich mich hier unauffälliger) und dann diesen Gehweg entlang in Richtung Luisenstraße. Und mit jedem Meter, den ich zwischen mich und Waremmes Wohnung brachte und auf dem mir keine Gesetzeshüter nachgerannt kamen, wurde mein Puls, der sich zuvor in schwindel- und infarktträchtigen Höhen bewegt haben musste, etwas langsamer und ich etwas ruhiger.

Als ich am Anfang der Grünanlage angekommen war, hielt ich kurz inne, lehnte mich an eine Stange mit Schildern, die besagten, dass hier Fußballspielen verboten war (wie sollte dieses Land jemals wieder Weltmeister werden, wenn man den Kindern überall das Fußballspielen verbot?), dass hier ein Weg für Fußgänger und Radfahrer begann, und dass dieser Weg den offiziellen Namen ›Willy-Brandt-Anlage‹ trug, und überlegt, wohin ich mich jetzt wenden sollte. Der Plan war eigentlich gewesen, mit der per Waffengewalt forcierten Befragung von Gregor Waremme die ganze Geschichte zu einem schnellen Ende zu bringen. Das hätte auch fast geklappt, aber eben nur fast, denn das einzige, was zu Ende gebracht worden war, war Waremmes Aufenthalt in dieser Welt.

Für mich hingegen schien dieser Alptraum erst richtig zu beginnen, obwohl er mir eigentlich schon viel zu lange dauerte und ich am liebsten schon längst daraus erwacht wäre. Aber ich hatte mir diese Suppe eingebrockt, jetzt musste ich sie auch auslöffeln. Ich steckte in der Scheiße und musste zusehen, dass ich mich irgendwie daraus befreite. Zumindest wusste ich jetzt, dass mein anfangs so absurd anmutender Auftrag tatsächlich einen Sinn hatte; diese anfangs so absurd erscheinende Annahme, dass Leonhart tatsächlich unschuldig sein könnte, war zur Gewissheit geworden. Dumm nur, dass mir derjenige, der es zur Gewissheit gemacht hatte und offenkundig beweisen konnte, unter meinen Fingern weggemordet worden war.

Also blieb mir nichts anderes übrig als weiterzuschnüffeln und als nächstes da hinzugehen, wo ich geglaubt hatte, es sei gar nicht mehr nötig hinzugehen: zu Anna Jahn. Nach dem unfreiwilligen Ableben von Herrn Waremme war Anna jetzt meine letzte Hoffnung, Leonharts Unschuld zu beweisen und dadurch irgendwie halbwegs heil aus dieser ganzen unseligen Nummer herauszukommen. Der entscheidende Schritt hieß also mal wieder: Cherchez la femme!

Ich kramte das Bierflaschenetikett von Peter Paul Maurizius aus der Tasche und checkte nochmal, was er draufgekritzelt hatte. Anna hieß jetzt offenbar mit Nachnamen nicht mehr Jahn, sondern Duvernon, aber Leonhart hatte ja erwähnt, dass sie geheiratet hatte. Und offenbar hatte sie keinen armen Schlucker geheiratet, denn die angegebene Adresse lag in der Kutzerstraße, und dort befanden sich nicht gerade die Slums von Fürth.

Die Kutzerstraße war nicht so weit entfernt, dass man sie zu Fuß nicht in absehbarer Zeit hätte erreichen können; ich musste lediglich den nahegelegenen Stadtpark und den Wiesengrund durchqueren, um dorthin zu gelangen. Ich spazierte durch die Luisenstraße und dann nach Überquerung der Nürnberger Straße weiter durch die Goethestraße. Während in der Luisenstraße noch fast ausschließlich ähnliche neoklassizistische Bauten wie in der Königswarterstraße und der Hornschuchpromenade vorherrschten, mischten sich in der Goethestraße bereits einige modernere (und schmucklosere) Neubauten dazu. Die Goethestraße war nur eine kurze, kerzengerade Nebenstraße und mündete in die Otto-Selig-Promenade, hinter der dann schon der Stadtpark lag. An der Ecke Goethestraße/Otto-Seelig-Promenade gab es eine kleine Kneipe, und ich beschloss, dort einzukehren, denn nach den Geschehnissen in Waremmes Wohnung brauchte ich jetzt erst mal einen Drink.

In der Kneipe, benannt nach einem alten deutschen Volksmärchen, war nicht gerade viel los. Außer dem Wirt, der hinter dem Tresen saß und in die ›Fürther Nachrichten‹ vertieft war, hockten nur ein paar Halbstarke an einem der einfachen Holztische und hielten sich an ihren halbvollen Weizengläsern fest, obwohl sie nicht aussahen, als wären sie schon alt genug, Alkohol trinken zu dürfen. Auch sonst gähnte die Kneipe vor Leere: Es gab keinerlei Dekoration oder Schnickschnack, die Wände waren kahl, nirgendwo Pokale von Kaninchenzüchtervereinen, keine Dartscheiben, keine Glücksspielgeräte, keine Musicboxen, keine Billardtische, keine Zigaretten- und Kondomautomaten – nur Theke, Tische, Stühle. Der Wirt war also Purist: Die Gäste sollten sich aufs Essen und Trinken konzentrieren und durch nichts davon abgelenkt werden.

Die einzige Zusatzausstattung bestand aus einem kleinen Radio, das auf dem Regal mit den Gläsern hinter der Theke stand und aus dem gerade ›Summer of 69‹ von Bryan Adams dudelte. Einer meiner musikalischen ›all-time favorites‹, und an einem anderen Tag hätte ich vielleicht spontan mitgepfiffen und die Luftgitarre ausgepackt, aber an diesem Tag und in dieser Situation hätte mich nicht einmal ein Horde kurvenreicher, leicht bekleideter Playboy-Bunnies, die in einem mit Champagner gefüllten Whirlpool auf mich warteten, aufheitern können.

Die einzigen Freunde, die mich zwar nicht aufheitern, aber meinen Kummer vielleicht zumindest ein bisschen betäuben konnten, trugen Namen wie Jim, Jack oder Johnny, und so setzte ich mich an einen Tisch und ließ mir vom Wirt einen dieser hochprozentigen Seelenklempner bringen.

Nachdem ›Summer of 69‹ verklungen war, ertönte die Stimme des Radio-Moderators: *»So, liebe fränkische Fußballfans, nun ist es nicht mehr lange hin bis zum Anpfiff des großen Derbys zwischen der Spielvereinigung Greuther Fürth und dem 1. FC Nürnberg, und die ersten Besucher strömen bereits ins Stadion. Alle äußeren Anzeichen deuten auf ein großes Fußballfest und eine spannende Pokalschlacht hin: Der Ronhof wird zum ersten Mal seit längerer Zeit wieder restlos ausverkauft sein, sowohl die ›Fädda‹ als auch die ›Glubbara‹ können in Bestbesetzung auflaufen. Und selbst der Wettergott scheint für dieses Spiel seinen Segen gegeben zu haben, denn die Meteorologen melden, dass es heute trotz der starken Bewölkung niederschlagsfrei bleiben soll. ›Es kann nur einen geben‹, so lautet das Motto für diese Partie, denn nur der Sieger kommt eine Runde weiter und darf weiter vom Pokalfinale in Berlin träumen. Unser Reporter ist bei diesem Endspiel um die Franken-Meisterschaft natürlich vor Ort, und wir werden während unserer Sendung immer wieder live ins Stadion schalten und euch ständig über die aktuellen Geschehnisse und Zwischenstände informieren.«*

Es war einer der Moderatoren des Funkhauses Nürnberg, in dem vier Radiostationen beheimatet waren, für jedes Alter und jeden Geschmack eine: der Oldies-Sender ›Radio F‹ für die etwas Älteren, der Pop- und Balladensender ›Charivari 98.6‹ für die junge Familie, ›Gong 97.1‹ für die Rockfans und ›Hit Radio N1‹ für die jugendlichen Dancefreaks. Normalerweise berichtete ›Radio F‹ von den Spielen der Fürther und ›Gong 97.1‹ von denen der Nürnberger, und für dieses Derby hatten sich die beiden Sender zusammengetan und lieferten eine identische Gemeinschaftsübertragung.

Ja, ja, das Derby … Es hätte so ein schöner Tag werden können. Die Eintrittskarte für das Spiel steckte sogar in der Innentasche meines Mantels. Aber an einen Besuch des Spiels, auf das ich mich ja eigentlich wochenlang gefreut hatte, war jetzt nicht mehr zu denken. Ich hatte momentan überhaupt keinen Kopf dafür, denn meine Gedanken kreisten natürlich um ein ganz anderes Thema.

Nachdem mein erster Versuch in Waremmes Wohnung, einigermaßen vernünftig und sinnvoll über das Vorgefallene zu reflektieren, zunächst an meiner eingeschränkten Bewusstseinsklarheit und dann an der Notwendigkeit, erst einmal die Kurve zu kratzen, gescheitert waren, weckte der Alkohol, den ich mir in kleinen Schlucken hinter die Binde kippte, jetzt zumindest einige bisher noch benebelte Gehirnzellen auf, sodass ich wenigstens ein paar Überlegungen zu Waremmes Ermordung anstellen konnte.

Zunächst einmal: Wie hatte der Täter eindringen können? Blöde Frage! Waremmes Tür war unverschlossen gewesen; ich selbst hatte ja ungehindert reinkommen können, also konnte das der Täter auch.

Wer aber kam als Täter in Frage? Außer Frage stand sicherlich, dass der Mord mit meinem Besuch in Zusammenhang stand. Jetzt wusste ich auch, dass mich mein Gefühl doch nicht getrogen hatte: Ich war verfolgt worden, und zwar vom späteren Täter. Aber wer zum Teufel hatte einen Grund, mich zu verfolgen? Polizeibeamte, von Diesterweg auf mich angesetzt? Nein, das war unwahrscheinlich – ich konnte nicht glauben, dass Diesterweg und seine Leute soweit gehen würden, einen Mord zu begehen, nur um mir etwas anhängen zu können! Außerdem hätten sie mich dann sicherlich gleich festgenagelt und nicht entwischen lassen.

Und sonst? Der einzige Mensch, der von meinem Besuch bei Waremme wusste, war der alte Maurizius. War er mir gefolgt? Nun, wenn ich es mir recht überlegte, war das die nächstliegende Vermutung – schließlich hatte er ja auch diese ominösen Andeutungen gemacht, die in Richtung Rache und Selbstjustiz gingen. Vielleicht war es tatsächlich so, dass der Alte mir gefolgt war, dass er unser Gespräch belauscht hatte, dass er ausgetickt war, als er hörte, dass Waremme wirklich gelogen und einen Meineid geschworen hatte, und dass er daraufhin im Affekt zunächst mich außer Gefecht gesetzt und dann mit meiner Knarre das umgesetzt hatte, was er ja angekündigt hatte: nämlich dafür zu sorgen, dass der Gerechtigkeit Genüge getan wird und den Verräter seines Sohnes die verdiente Strafe ereilt. Das klang doch einigermaßen plausibel.

Allerdings warf diese Theorie auch einige Zweifel und Fragen auf. War der Alte zu solchen Aktionen wie Verfolgung, Niederschlagung und Erschießung überhaupt körperlich noch in der Lage? Vermutlich war er es. Aber warum hätte er mich ausgerechnet in dem Moment außer Gefecht setzen sollen, in dem Waremme anfing, die ganze Story auszupacken? Und wieso hätte er mir den Mord unterjubeln sollen? Er war ein alter Mann, der auf den Tod wartete und mit Waremmes Ermordung sein Lebensziel erreicht gehabt hätte. So wie ich ihn einschätzte, wäre er stolz darauf gewesen, das ungerechtfertigte achtzehnjährige Martyrium seines Sohnes, das schließlich in seinem Selbstmord gipfelte, gerächt zu haben.

Mein Verdacht gegen den alten Maurizius stand also auf wackligen Beinen. Trotzdem erklärte ich ihn vorläufig zu meinem Verdächtigen Nummer eins, und direkt im Anschluss an meinen Besuch bei Anna würde ich ihn erneut aufsuchen und zur Rede stellen.

Ich gurgelte gerade mit dem letzten Rest meines Drinks, als nach einer alten Elvis-Schnulze (entsprechend dem Format der beiden Sender war das Musikprogramm dieser Gemeinschaftssendung eine Mischung aus Oldies und Rock) erneut die Stimme des Moderators durch den Raum hallte:

*»Bevor wir gleich für einen ersten Stimmungsbericht zu unserem Sportreporter in den Ronhof schalten, haben wir hier noch einen aktuellen Fahndungsaufruf der Polizei, und dabei geht es nicht um angetrunkene randalierende Fußballfans. Gesucht wird vielmehr der Fürther Privatdetektiv Philipp Marlein. Herr Marlein wird aufgrund eines Hinweises aus der Bevölkerung dringend verdächtigt, vor kurzem in der Fürther Innenstadt einen Mann erschossen zu haben. Herr Marlein hält sich vermutlich noch im Stadtgebiet von Fürth oder Nürnberg auf. Vorsicht, der Flüchtige ist höchstwahrscheinlich mit einer Pis-*

*tole bewaffnet! Er gilt als unberechenbar und gewaltbereit, und es kann nicht ausgeschlossen werden, dass er unter Umständen erneut von seiner Schusswaffe Gebrauch macht. Wer Herrn Marlein sieht oder begegnet, sollte ihn auf keinen Fall direkt ansprechen, sondern unauffällig den Notruf oder die nächste Polizeidienststelle informieren. Und hier noch eine Beschreibung des mutmaßlichen Täters: …«*

Und in der Tat folgte eine Beschreibung meines Aussehens und meiner Klamotten, die sogar stimmte, da ich noch denselben Fummel anhatte, den ich während des Verhörs in der Polizeidirektion getragen hatte.

Scheiße! Diese Radiodurchsage machte meine sowieso schon verfahrene Situation noch ein bisschen komplizierter. Abgesehen davon, dass sie natürlich eine Frechheit war. Das ›unberechenbar und gewaltbereit‹ hatte zweifelsohne Diesterweg persönlich diktiert. Und der ›Hinweis aus der Bevölkerung‹ war garantiert anonym erfolgt, und zwar von der Person, nach der die Polizei eigentlich fahnden sollte: nämlich von Waremmes wahrem Mörder – der also, wie ich vermutet hatte, nach der Tat die Bullen gerufen hatte, damit sie mich in flagranti am Tatort erwischten.

Ich tat so, als hätte mich die Radiodurchsage nicht bis ins Mark erschüttert, und linste möglichst unauffällig auf die anderen Anwesenden. Der Wirt schien die Durchsage überhaupt nicht wahrgenommen zu haben, denn sein Kopf steckte wieder in seiner Zeitung. Mehr Sorge hingegen machten mir die Pickelgesichter am Nebentisch. Sie starrten wie vom Donner gerührt in meine Richtung. Ich vermied es, ihren Blicken zu begegnen, aber ich konnte hören, was sie einander zuraunten.

»Ich sag's euch, der Typ da drüben, das isser!«

»Stimmt, die Beschreibung passt genau.«

»Da gibt's sicher 'ne fette Belohnung, wenn wir den bei den Bullen abliefern.«

»Los, Jungs, den schnappen wir uns.«

»Bist du verrückt? Hast du nicht gehört, dass der 'n Schießeisen hat?«

»Genau. Wir sollten rausgehen und bei der Polizei anrufen.«

»Na klar, und bis die dann kommen, ist der Typ längst über alle Berge, und wir schauen in die Röhre.«

»Also, zu sehen ist keine Knarre.«

»Vielleicht hat er sie gar nicht mehr.«

»Außerdem sind wir schließlich zu dritt. Das mit dem heimlichen Melden ist sicherlich bloß für den Fall gedacht, dass man alleine ist.«

»Kommt, wir knöpfen uns das Mörderschwein mal vor.«

Die drei Bubis erhoben sich von ihren Plätzen und bauten sich vor meinem Tisch auf. Alkoholfahnen wehten in meine Nase.

»He, Schnüffler! Wir haben Sie erkannt! Sie sind der Gesuchte, nach dem im Radio gefahndet wird.«

»Und jetzt bringen wir Sie zur Polizei.«

»Los, Hände zum Himmel, und immer schön oben lassen, und dann ganz langsam den Arsch heben und aufstehen.«

Ich ließ Hände und Arsch da, wo sie waren,

und lächelte freundlich. »Oje, oje, wo um Himmels willen habt ihr euch denn diese alberne Nummer abgeschaut? Lasst mich raten: in einer dieser stumpfsinnigen amerikanischen Krimiserien im Abendprogramm irgendwelcher Privatsender. Leute, so wird das nie was. Mit diesem Komikerauftritt aus einer erfundenen Fernsehsendung macht ihr euch in der Realität nur lächerlich.« Ich nahm das Lächeln aus dem Gesicht. »Aber sagt mal, Jungs: Was habt ihr hier um diese Zeit eigentlich zu suchen? Hat der Kindergarten heute Wandertag?«

Auf diese Frage waren sie nicht vorbereitet, und sie guckten dumm aus der Wäsche.

»Und wo ist eigentlich euere Nanny? Oh Gott, ich verstehe: Sie hat euch nicht mehr ertragen und ausgesetzt. Aber keine Angst, Kinder, alles wird gut. Der liebe Onkel Marlein spendiert euch jetzt erst mal eine Limonade, und dann bringt er euch heim zu Mami und Papi.«

Meine Reaktion gefiel ihnen nicht. Drei glasige Augenpaare funkelten mich zornig an, und einer der Knaben ballte doch tatsächlich eine Faust und schlug damit demonstrativ in seine andere Hand.

»Wenn Sie nicht freiwillig mitkommen, werden wir Ihnen Beine machen müssen.«

Ich musterte das Trio interessiert. »Zu zehnt habt ihr schon Kleinere geschlagen, nicht wahr?«

Auch diese Frage traf sie unerwartet. Sie mussten über ihren komplizierten Inhalt nachdenken und ihn analysieren. Während sie noch damit beschäftigt waren, stieß ich meinen Tisch ruckartig nach vorne und erwischte mit der Tischkante alle drei genau da, wo Männer – und solche, die mal welche werden wollen – besonders sensibel und schmerzempfindlich sind. Dann sprang ich auf, packte die drei Bürschlein, die sich gerade noch krümmten und die Englein singen hörten, nacheinander am Kragen und schleuderte sie in eine jeweils andere Ecke des Raumes, wo sie unter lautem Gepolter wie Kegelkugeln in Tische und Stühle purzelten.

Der Wirt wurde durch den Krach aus seiner Lektüre gerissen und starrte mich erschrocken an.

Ich blinzelte ihm zu. »Ja, ja, die Jugend heutzutage! Kein Anstand mehr. Immer nur am Randalieren.« Ich zog einen Geldschein aus meinem Portemonnaie und warf ihn auf den Tisch. »Stimmt so. Mit dem Rest gebe ich eine Lokalrunde aus. Machen Sie jedem der Bubis ein großes Glas Milch! Sie brauchen die Nährstoffe, sie sind noch im Wachstum – vor allem unter der Schädeldecke.« Und mit diesen Worten und einem Abschiedswinken verließ ich die Kneipe.

Draußen auf der Otto-Selig-Promenade ließ ich einen kräftigen Fluch vom Leder. Diese verdammte Radiofahndung hatte mir gerade noch gefehlt zu meinem Glück. Jetzt musste ich schon Halbwüchsige herumschubsen, und darauf hatte ich nun wirklich keinen Bock. Außerdem hätte die Sache bei einer anderen Gästeklientel weitaus weniger glimpflich ausgehen können, und so richtig glimpflich ausgegangen war sie abgesehen davon auch gar nicht, denn ich hatte eine Spur hinterlassen- Wahrscheinlich wählte der Wirt im Moment schon die Nummer der Polizei.

Es galt also, sich jetzt möglichst schnell vom Acker zu machen und ohne weitere Verzögerungen und Zwischenstopps Anna Duvernon anzusteuern.

Ich überquerte die Otto-Selig-Promenade und betrat den direkt daneben gelegenen Stadtpark, der vor allem weiter westlich durchaus einige Attraktionen zu bieten hatte, wie großflächige und gepflegte Grünanlagen, idyllische Weiher, Kinderspielplätze, Terrassen, Brunnen, eine Freilichtbühne, eine Minigolfanlage und ein Café. Auf einem Fußweg marschierte ich in Richtung Pegnitz durch den Park, für dessen Reize ich allerdings momentan überhaupt keinen Sinn hatte, ebensowenig wie für die am Wegrand aufgestellten naturkundlichen Schaukästen und Informationstafeln zur im Stadtpark beheimateten Flora und Fauna. Dabei begegneten mir ein paar Radfahrer, ein paar Jogger und vor allem Massen von Leuten, die mit ihren Hunden Gassi gingen. Aber keiner von den Kötern kläffte mich an, und auch die Frauchen und Herrchen schienen nicht zu merken, dass sie gerade an einem gesuchten mutmaßlichen Mörder vorbeiliefen. Und die an lauschigen Plätzen unter wuchtigen Laubbäumen auf kargen Holzbänken sitzenden und herumknutschenden Liebespärchen hatten sowieso kein Auge für mich.

Nach nicht einmal zehn Minuten im Stechschritt hatte ich das Flussufer erreicht. Dort überquerte ich zunächst auf dem Engelhartsteg, einer etwa zehn Meter kurzen Steinbrücke, die Pegnitz, und anschließend auf dem Pappelsteig, einer gefühlt tausend Meter langen Holzbrücke für Fußgänger, zu der parallel noch ein betonierter Radweg verlief, den Wiesengrund. Am Ende des Pappelsteigs führte mich dann eine vielstufige steinerne Treppe direkt zur Kutzerstraße hoch.

Die Kutzerstraße und die davon abzweigenden Straßen wie Wilhelm-Raabe-Straße oder Hermann-Löns-Straße bildeten auch so etwas wie ein Nobelviertel. Das war dann also nun schon das dritte Fürther Nobelviertel, das ich an diesem Tag betrat, aber im Gegensatz zum Gebiet von Hornschuchpromenade und Königswarterstraße war es ein aktuelles Nobelviertel, und mehr noch als Dambach war es *das* aktuelle Nobelviertel der Fürther (Neu-)Reichen, in dem es zwar auch einige alte klassizistische Villen gab, die meisten Häuser aber doch wesentlich jüngeren Datums waren.

Auch herrschte hier ein viel höherer Anteil an hypermodernen Architektenburgen. Und genau eine solche war auch das Haus von Anna Duvernon, vor dem ich nun stand.

Ich hatte heute schon zwei noble Gebäude bewundert, aber beide waren eben doch schon alte Gemäuer gewesen, die auch schon einige Mängel aufzuweisen hatten. Dieses hingegen war maximal zehn Jahre alt und so top gepflegt wie ein neugeborenes Königskind. Das Haus war ein futuristisch anmutendes architektonisches Monstrum, das fast ausschließlich aus Stahl und Glas bestand. Es sah gar nicht aus wie ein klassisches Wohnhaus, sondern hätte auch als Konzernzentrale eines weltweit operierenden Software-Unternehmens durchgehen können – durchaus auch bezüglich der Größe. Während die Fassade zur Straßenseite hin gerade war, war das Haus zur Gartenseite hin pyramidenförmig angelegt: Von oben nach unten wurden die einzelnen Stockwerke immer länger, und jedes Stockwerk hatte seine eigene Terrasse, wobei jeweils ein Teil der Terrasse überdacht und ein Teil offen war. Der Garten der Anwesens wurde umgeben von einer Mauer, gegen die die von Fort Knox erbärmlich wirken musste. Vor der Haustür parkte eine nette kleine Limousine, wie man sie Präsidentengattinnen zur Verfügung stellt.

Ich ging zum Eingang. Das Haus stand nur wenige Meter von der Straße entfernt. Eigentlich ein Skandal, aber vermutlich hatten die Fenster Panzerglas, sodass man drinnen nicht einmal hören würde, wenn ein Jumbojet in der Kutzerstraße landen würde. Außerdem konnte der hinterm Haus befindliche Garten von der Größe Grönlands vielleicht ein bisschen über diesen unstandesgemäßen Platzmangel vor dem Haus hinwegtrösten.

Neben der Eingangstür war eine Natursteinplatte angebracht, in die in sauberen geschwungenen Lettern »Familie Duvernon« eingemeißelt worden war. Darunter befand sich eine Gegensprechanlage. Ich drückte auf das dazugehörige Klingelknöpfchen. Nach einer Weile meldete sich eine weibliche Stimme.

»Ja, bitte?«

Ich ging mit dem Mund nahe an die Sprechanlage ran. »Spreche ich mit Frau Anna Duvernon, geborene Jahn?«

»Wer möchte das wissen?«

Oh je! Das klang schon gleich zu Beginn nach einer harten Nuss. Ich überlegte, ob ich einen falschen Namen nennen sollte, schätzte die Dame aber schon jetzt so ein, dass sie mich – wenn überhaupt – nur nach Ausweiskontrolle einlassen würde. Ich hoffte einfach mal, dass sie nicht gerade Radio gehört hatte.

»Philipp Marlein mein Name. Und der Ihre?«

Kurzes Schweigen. Ich dachte schon, das war's, ehe ich doch eine Antwort erhielt.

»Anna Duvernon, geborene Jahn. Ich kenne keinen Philipp Marlein.«

Sehr gut. Dann wusste sie offenkundig auch nicht, dass dieser Philipp Marlein gerade als Mordverdächtiger polizeilich gesucht wurde.

»Philipp Marlein, der berühmte Fürther Privatdetektiv.«

»Es ist mir neu, dass es in Fürth berühmte Privatdetektive gibt. Was führt Sie zu mir?«

»Ich würde mich gerne mit Ihnen über Leonhart Maurizius unterhalten.«

Das musste sie erst verarbeiten, aber es gelang ihr relativ schnell. »Ich mich aber nicht mit Ihnen.«

»Leonhart Maurizius hat heute in meinem Büro Selbstmord begangen.«

Um das zu verarbeiten, brauchte sie doch ein bisschen länger. »Das ist tragisch, ändert aber nichts an der Tatsache, dass ich mit Ihnen nichts zu bereden habe. Ich wünsche Ihnen einen angenehmen Tag.«

Ein Klack-Geräusch aus dem Lautsprecher. Sie hatte offensichtlich den Hörer aufgelegt.

Ich hatte doch gewusst, dass das eine harte

Nuss werden würde. Ich legte meinen Finger erneut auf den Klingelknopf und ließ ihn dort so lange liegen, bis sich das zarte Stimmchen wieder vernehmen ließ.

»Verschwinden Sie, oder ich rufe die Polizei!«

Was ich für keine gute Idee hielt.

Ich musste jetzt allmählich zu Potte kommen und stärkere Geschütze auffahren. »Ich habe vergessen zu erwähnen, dass ich nur auf Empfehlung von Herrn Gregor Waremme zu Ihnen gekommen bin.« (Die Erwähnung Waremmes war eigentlich nur ein Schuss ins Blaue, aber er hatte offensichtlich getroffen.)

Erneutes Schweigen. Kein Auflegen, allerdings auch kein Einlassen.

Also musste ich noch eine Schippe drauflegen. »Ich habe außerdem vergessen zu erwähnen, dass auch Herr Waremme, kurz nachdem er seine Empfehlung ausgesprochen hatte, bedauerlicherweise aus dem Leben geschieden ist – und im Gegensatz zu Herrn Maurizius nicht aus eigenem Entschluss.«

Nochmal eine kurze Pause, dann das erhoffte Summen. Ich drückte gegen den Türknauf, und die Tür zum Reich der Familie Duvernon öffnete sich mir.

Ich durchquerte eine Diele, die annähernd so groß war wie die durchschnittliche Gesamtwohnfläche einer vierköpfigen Familie, und so blitzeblank poliert, dass man sein Mittagessen problemlos direkt vom gefliesten Boden hätte auflecken können, und landete im Wohnzimmer.

Das war jetzt schon das dritte Luxus-Wohnzimmer, das ich an diesem Tag betrat, und es konnte tatsächlich mit einer nicht mehr für möglich gehaltenen Steigerung aufwarten. Es hatte natürlich auch alles auf Lager, was ich bei Andergast und bei Waremme gesehen hatte: die Perserteppiche, die Ölgemälde, den Kronleuchter, den Kamin, den Flügel (hier in schwarzer Ausführung), die Bar, den Sekretär, das riesige Sofa, den riesigen Schreibtisch, die vielen hohen Bücherregale.

Aber Reichtum war eben nicht das, was sich der auf diesem Gebiet gänzlich unerfahrene Klein-Philipp darunter vorstellte, denn Reichtum war nicht gleich Reichtum: Spätestens jetzt musste ich feststellen, dass es da gewaltige Abstufungen gab. Ich hatte Waremmes Wohnung für ein Appartement der höchsten Kategorie und das Andergast'sche Heim für das Nonplusultra unter den Villen gehalten, doch hier war alles noch edler, noch stylischer, noch moderner, noch avantgardistischer, und vor allem gab's hier zur höchsten Quantität (bei Andergast an Fläche, bei Waremme an Ausstattung) noch die allerhöchste Qualität dazu!

Hier waren die Böden aus Marmor, die Möbel aus Mahagoni, die Sofas und Sessel aus echtem Leder, die Gemälde (bei Andergast wahrscheinlich nur Kopien) Originale berühmter Meister, die Bücher (bei Waremme sicherlich nur verramschte Remittenden) gesuchte Raritäten und Erstausgaben, und ich hätte meinen Arsch darauf verwettet, dass jeder verdammte Türgriff und jeder verdammte Wasserhahn in diesem Haus mit Blattgold überzogen war. Und dann gab es in diesem Haus noch ein paar kleine, aber feine

Extras dazu: Das riesige Wohnzimmer war nämlich zu einer Seite hin offen, und ein paar Stufen führten zu einem etwas tiefer gelegenen Raum gleicher Größe, in dem sich Swimmingpool, Sauna und Solarium befanden.

Ich durchschritt das Wohnzimmer – was so viel Zeit in Anspruch nahm, wie ein altes Mütterchen brauchte, um einen Wollsocken fertigzustricken – und stieg die Stufen hinunter in den Wellness-Bereich. Neben dem Swimmingpool standen mehrere Korbstühle, und in einem davon saß Anna Duvernon.

Sie war mit einem seidenen cremefarbenen Bademantel bekleidet, und sie hatte den Gürtel fest zugezogen, sodass er eng anlag und ihre Kurven betonen konnte, von denen sie ungefähr so viele hatte wie eine Gebirgsserpentine. Sie hatte ihre Beine übereinandergeschlagen, dass man eine Menge davon sah, einschließlich der rot lackierten Zehennägel, die lediglich in Flipflops steckten, und was man sah, tat den Augen nicht weh. Sie war braun-, nein, honigfarben gebrannt wie nach zehn Jahren in der Karibik oder einem Tag im Sonnenstudio. Ein schwacher Duft umwehte sie, sicherlich irgendein Edelparfüm, das so teuer war wie ein Neuzugang von Real Madrid.

Ich ließ mich ohne Aufforderung in einen der Korbstühle fallen und betrachtete die Hausherrin. Wahrscheinlich tropfte mir dabei der Sabber aus dem Mundwinkel, aber mit dieser Figur und nur diesem bisschen Fummel dran hätte sie selbst das Keuschheitsgelübde eines Einsiedlermönchs ins Wanken gebracht.

Sie lächelte, passend zu ihrem Outfit, leicht lasziv. »Entschuldigen Sie meine Aufmachung, aber ich wollte gerade meine übliche Tour absolvieren.«

»Die worin besteht?«

»Zunächst in die Sauna, danach ein paar Runden schwimmen, und schließlich unters Solarium.«

»Da sind Sie ja ganz schön beschäftigt. Und dann heißt es immer, die Hausfrauen hätten keine Arbeit.«

Ihr Lächeln gefror und erstarb. Wer auch immer sie geschaffen hatte, hatte aufwendig in die Fassade investiert, aus Kostengründen dann aber auf die Innenausstattung weitgehend verzichtet und unter anderem jeglichen Sinn für Humor weggelassen. Madame hielt es nicht für nötig, diese Äußerung zu kommentieren; stattdessen strafte sie mich mit Schweigen und Nichtbeachtung, indem sie demonstrativ ihre aufwendig bemalten und mit kleinen Edelsteinen beklebten künstlichen Fingernägel begutachtete – was mir die Gelegenheit gab, sie näher zu betrachten.

Anna Duvernon, geborene Jahn, musste mittlerweile ja fast vierzig Jahre alt sein, ging aber locker zehn Jahre jünger durch. Sie war schlank, ohne dabei wie ein Hungerhaken zu wirken, und an den Stellen, an denen man(n) es üblicherweise nicht ungern sah, hatte sie durchaus auch ein gewisses Volumen, und dieses Volumen hatte auch den Kampf gegen die Erdanziehungskraft noch nicht verloren, sondern war überall straff organisiert.

Unbeantwortet blieb natürlich die Frage, ob

dieses Luxuskörperchen das Ergebnis regelmäßiger Besuche im Fitnessstudio war oder das Ergebnis regelmäßiger Besuche bei einem grün gekleideten Herrn mit Mundschutz und Gummihandschuhen, der es verstand, mit scharfen Skalpellen und spitzen Kanülen umzugehen. Dieselbe Frage stellte sich auch in Bezug auf ihr Gesicht, das aussah, als hätte es ein alter Mann mit langem weißem Bart höchstpersönlich als Prototyp für Eva am Reißbrett entworfen. Ein Gesicht wie gemalt, umspielt von samtenem, glattem, zur Bubikopffrisur geschnittenem kastanienbraunen Haar; mit großen, von langen dunklen Wimpern eingerahmten rehbraunen Augen, für die Bambi sich das Fell hätte abziehen lassen; einer dezenten Stupsnase, die keinen Nettigkeiten darunter im Wege stand; und einem aus vollen und formvollendet geschwungenen Lippen bestehenden Schmollmund, dem man kaum glauben konnte, dass er nicht ausschließlich für die Zelebrierung von Sinnlichkeiten geschaffen war, sondern sich auch an so alltäglichen und profanen Tätigkeiten wie Atmung oder Nahrungsaufnahme beteiligen musste.

Und trotzdem, etwas störte mich an dem Gesicht. Es war schön nach den Kriterien von Misswahlen, Modeschauen und Modelcontests; es entsprach wahrscheinlich exakt dem, was herauskam, wenn Werbestrategen in einer Computersimulation die Porträtfotos von fünfzig schönen Frauen übereinanderlegten, um daraus das Idealbild des schönen weiblichen Gesichtes zu mixen. Aber es war eine gekünstelte Schönheit, die irgendwie kalt und unnatürlich und steril wirkte, entweder weil sie tatsächlich in erster Linie eine Bastelarbeit des grün gekleideten Herrn mit dem Mundschutz und den Gummihandschuhen war, oder aber weil es nur die schöne körperliche Hülle eines weniger schönen Geistes war (wie Leonhart Maurizius es in meinem Büro behauptet hatte), durch dessen Boshaftigkeit, Hartherzigkeit und Arroganz es verzerrt wurde und seinen Glanz verlor.

Hinzu kam, dass die Jahre natürlich trotzdem ihren Tribut gefordert hatten und das Alter doch einige unleugbare Spuren hinterlassen hatte. Wie bei so vielen im Gesicht gelifteten Mogelpackungen verrieten die Falten und hervortretenden Adern auf ihren Handrücken ihr wahres biologisches Alter. Und auch ihrem Gesicht war die Taufrische, die Unverbrauchtheit, die Unschuld der Jugend abhanden gekommen; es war, wie jedes ältere menschliche Gesicht, gezeichnet von Erfahrungen, auch in dieses einst jungfräuliche Antlitz hatten sich Enttäuschungen und Niederlagen eingegraben. Und auch wenn Anna Duvernons Gesicht wahrscheinlich das Maximum an Attraktivität ablieferte, die man als Vierzigjährige noch haben konnte, hatte es doch auch etwas Abgelebtes, etwas Verhärmtes, etwas Verbittertes an sich.

Nichtsdestotrotz gab es natürlich schlimmere Ansichten, und so genoss ich den Ausblick ein Weilchen.

»Das machen Sie toll.«

»Was?«

»Dasitzen und gut aussehen …«

Sie bedachte mich mit einem kühlen, reservierten Blick. Sie wusste nicht so recht, ob sie meine Äußerung als Kompliment oder als Frechheit einschätzen sollte.

Ich half ihr beim Entscheidungsfindungsprozess. »... wobei man natürlich sagen muss, dass Sie das vor zwanzig Jahren wahrscheinlich sicher noch viel besser konnten. Denn damals haben Sie damit sogar Ihren eigenen Schwager verrückt gemacht.«

Ihre Blicke verwandelten sich in Dolche. »Sind Sie nur hierhergekommen, um mir Unverschämtheiten an den Kopf zu werfen?«

»Nein, ich bin hierhergekommen, um ein paar Informationen zum Fall Maurizius von Ihnen zu bekommen. Wir können ungestört reden?«

»Ja, ich bin alleine.«

»Der Herr Gemahl arbeitet wohl gerade?«

»Ja, das tut er. Im Gegensatz zu Ihnen.«

»Tut mir Leid, dass Sie da etwas missverstanden haben, aber ich bin nicht wegen eines Schäferstündchens zu Ihnen gekommen. Sie verwechseln mich da wahrscheinlich mit diesem jungen muskulösen Italiener, den sie sich vermutlich nebenbei als Schoßhündchen halten. Nein, ich bin im Dienst und arbeite.«

»Oh, Entschuldigung, ich vergaß, Sie hatten ja erwähnt, dass Sie von Beruf Privatdetektiv sind. Privatdetektive – das sind doch diese schmierigen, billigen, hinterhältigen Schnüffler, die in schäbigen Büros in miesen Vierteln hocken und sich dafür bezahlen lassen, im Dreck der Verfehlungen anderer Leute zu wühlen.«

Nach Diesterweg und Waremme war sie jetzt

schon die dritte Person, von der ich mich an diesem Tag wegen meines Berufes in den Schmutz ziehen lassen musste. Ich bekam's langsam satt, von jeder dahergelaufenen Dumpfbacke angemacht zu werden.

»Ja, stimmt. Und engagiert werden sie fast immer von Leuten wie Ihnen – arroganten und intriganten Neureichen, die sich für etwas Besseres halten, in Wirklichkeit aber den meisten Dreck der Verfehlungen produzieren. Wir Privatdetektive sind nur das Korrektiv einer verrotteten Gesellschaft.«

»Sie wissen also, dass ich eine arrogante und intrigante Neureiche bin – obwohl wir uns noch nie zuvor im Leben begegnet sind?!«

»Genau. So wie Sie wissen, dass ich schmierig, billig und hinterhältig bin, obwohl wir uns noch nie zuvor im Leben begegnet sind. Ich kenne Ihresgleichen zur Genüge: Sie gebärden sich als feine Leute, aber wenn der Lack und die Tünche des eleganten Äußeren mal abblättern, bleibt nichts weiter übrig als die hässlichen Fratzen von Lügnern und Betrügern.«

»Sie labern völligen Schwachsinn. Wie sind Sie eigentlich zu diesem schmuddeligen Job als Schlüssellochgucker gekommen? Haben Sie nichts anderes gelernt als herumzuschnüffeln?«

»Wie sind Sie eigentlich zu diesem schmuddeligen Job als Mätresse eines reichen alten Sacks gekommen? Haben Sie nichts anderes gelernt als die Beine breit zu machen?«

Nicht einmal ihre massive Bräune konnte die Zornesröte überdecken, die ihr ins Gesicht schoss. »Herr Marlein, sagen Sie mir doch mal, wieso ich nicht dem immer stärker werdenden Gefühl nachgeben sollte, dass ich doch besser die Polizei rufen sollte, um Sie wieder aus meinem Haus zu bekommen?«

»Weil ich unseren Freunden und Helfern dann meine neusten Erkenntnisse im Mordfall Maurizius erzählen würde. Und ich glaube nicht, dass Sie das wollen würden.«

»Hören Sie, Marlein, ich habe lange gebraucht, um die Ermordung meiner Schwester zu verarbeiten. Ich war damals fix und fertig, und ich stand kurz davor, in die Psychiatrie eingewiesen werden zu müssen. Erst nach Ende des Prozesses und nach Leonharts Verurteilung konnte ich langsam zur Normalität zurückfinden. Mit der Verurteilung war die ganze Geschichte wenigstens juristisch komplett aufgeklärt und abgeschlossen, und zum Glück konnte ich auch mental irgendwann damit abschließen. Ich führe jetzt ein glückliches Leben und habe keine Lust, mir dieses Glück verderben zu lassen, nur weil ein Schlüssellochgucker meint, er müsse den ganzen Dreck von damals wieder aufwühlen.«

»Es haben sich in letzter Zeit aber ganz neue Entwicklungen ergeben. Genauer gesagt, heute.«

»Sie haben erwähnt, dass Leonhart Maurizius und Gregor Waremme gestorben sind.«

»Genau. Und nicht nur einfach so. Leonhart hat Selbstmord begangen, und Waremme wurde ermordet.«

»Das ist bedauerlich, aber ich wüsste nicht, was ich mit diesen beiden Ereignissen zu tun haben sollte. Gregor Waremme habe ich vor achtzehn Jahren zum letzten Mal gesehen, und hinsichtlich seiner Ermordung kann ich Ihnen nicht die geringste Auskunft geben. Auch mit Leonhart hatte ich vor achtzehn Jahren zum letzten Mal Kontakt – wenn man davon absieht, dass ich ihn auf seinen ausdrücklichen Wunsch hin nach seiner Entlassung vor vier Wochen vor einigen Tagen kurz getroffen habe, aber auch nur, um ihm unmissverständlich mitzuteilen, dass dies unsere erste und letzte Wiederbegegnung sei und dass er endgültig aus meinem Leben verschwinden solle.«

»Nun, das hat er ja beherzigt: Er ist heute endgültig aus Ihrem Leben verschwunden – und aus seinem eigenen nebenbei auch. Aber so einfach, wie Sie es darstellen, ist das Ganze nicht, Herzilein. Wir haben ganz aktuell einen Mörder, der frei herumläuft und den es zu finden gilt, und erschwerend kommt hinzu, dass die Polizei fälschlicherweise mich für diesen Mörder hält.«

Sie lächelte amüsiert. Sie hatte strahlend weiße Zähne, natürlich, das war aber auch das einzig Strahlende an ihrem Lächeln. Ansonsten war es, wenn es nicht gerade lasziv war, nur hart und provozierend.

»Und – waren Sie's?«

»Sie müssen mir schon zuhören. Ich sagte ›fälschlicherweise‹. Aber sie tut's nun mal, und deshalb habe ich ein hochgradiges Interesse daran, den Mord an Gregor Waremme schnellstmöglich aufzuklären. Und das einzige, was ich in dieser Angelegenheit sicher weiß, ist, dass nicht nur der Selbstmord Leonharts, sondern auch die Ermordung Waremmes ihre Wurzeln in jener Tat vor achtzehn Jahren hat, die entgegen der landläufigen Meinung weit davon entfernt ist, korrekt aufgeklärt worden zu sein. Ich kaufe Ihnen mal ab, dass Sie nichts über die aktuelle Ermordung Waremmes wissen; wir nehmen als Arbeitshypothese einfach mal an, dass Sie nicht seine Mörderin sind. Aber ich bin mir sicher, dass Sie mir bei der Aufklärung dessen, was vor achtzehn Jahren wirklich passiert ist, ganz entscheidend weiterhelfen können.«

»Mein Gott, ich habe damals alles, was ich wusste, hundertfach zu Protokoll gegeben. Soll ich Ihnen das wirklich noch einmal alles runterbeten?«

»Um die Sache abzukürzen, möchte ich kurz rekapitulieren, was ich schon in Erfahrung gebracht habe, und ich werde mich dabei auf die Ultrakurzversion beschränken. Also: Leonhart Maurizius ist ein junger, gutaussehender, talentierter, aufstrebender Künstler, der nur den kleinen Schönheitsfehler hat, dass er lieber säuft, rumhurt und abfeiert, anstatt zu malochen. Da er außerdem noch exzessiv zockt, gerät er bald, vor allem als sein Sponsor in Person seines Herrn Papas ausfällt, in finanzielle Schwulitäten. Um sich daraus zu befreien, sucht er sich eine alte, aber vermögende Witwe, nämlich Ihre Schwester, und ehelicht sie – genauer gesagt, ihr Geld.

Danach geht die große Sause wieder unbeschwert weiter, bis das nächste Problem auftaucht: in Form der hübschen kleinen Schwester der Gattin, in die er sich verguckt, und praktischerweise ist diese einer Verbindung durchaus nicht abgeneigt, da sie glaubt, sich mit ihm den

– zumindest künftigen – Multimillionär zu angeln, nach dem sie sucht. Eigentlich eine ideale Konstellation für Leonhart: Die alte Schwester geht mit ihm zur Bank, um seine finanziellen Wünsche zu erfüllen, und die junge Schwester geht mit ihm ins Bett, um seine sexuellen Wünsche zu erfüllen.

Zum Problem wird das Ganze erst, als die junge Schwester bei diesem heimlichen flotten Dreier nicht mehr mitspielen will und Leonhart vor die Wahl ›sie oder ich‹ beziehungsweise ›Kohle oder Koitus‹ stellt. Leonhart will aber weiterhin beides, und deshalb erschießt er seine Alte. Glücklicherweise – unglücklicherweise für ihn – wird er von seinem Kumpel Gregor Waremme dabei beobachtet, Waremme packt vor Gericht aus, Leonhart wird seiner gerechten Strafe zugeführt und weggesperrt, und die kleine Schwester macht's beim nächsten Mal schlauer und sucht sich einen Lover, der zum einen schon richtig Kohle gemacht hat und zum anderen nicht schon mit ihrer Schwester verheiratet ist. Soweit korrekt?«

»Mein Gott, was sind Sie nur für eine widerliche schleimige Ratte! Sie sind der Inbegriff dessen, was ich nicht ausstehen kann!«

»Aber abgesehen davon hatte ich Recht mit meiner Schilderung, nicht wahr?«

»Da Sie ja offenkundig ein großes Problem damit haben, dass ich mir einen solventen Ehemann gesucht habe, verrate ich Ihnen mal was, Sie Greenhorn: Geld macht sexy. So ein armer Schlucker wie Sie ist ungefähr so sexy wie eine Straßenlaterne, und deshalb werden Sie immer nur von attraktiven Frauen träumen, aber in dieser Beziehung nie was auf die Reihe kriegen. Bevor ich mich für so was wie Sie wegwerfen würde, würde ich lieber ins Kloster gehen. Ich mag es, wenn ein Mann viel Geld hat, weil es beweist, dass er intelligent und fleißig ist, und ich liebe intelligente und fleißige Männer, und ich stehe dazu, dass ich mir einen Mann ausgesucht habe, der keine Versager ist und vor dem ich Respekt haben kann.«

»Ist ja in Ordnung, wenn Sie Männer mit Geld mögen! Jede Nutte mag das. Wieso sollten ausgerechnet Sie da eine Ausnahme bilden? Aber wir schweifen vom Thema ab. Ich habe Sie gefragt, ob ich mit meiner Schilderung der damaligen Ereignisse Recht hatte, und Sie haben mir nicht widersprochen. Es gibt aber zwei entscheidende Fehler in meiner Erzählung: Leonhart wollte damals nämlich gar nicht beides; er hatte sich für Sie entschieden und wollte sich von Elli trennen. Und vor allem hat er Elli nicht erschossen. Der Kronzeuge von damals, Gregor Waremme, hat vor seinem Ableben wenigstens noch eine gute Tat begangen: Er hat gestanden, damals einen Meineid geschworen zu haben.«

Ihr Gesicht wurde ein wenig weiß hinter dem dezenten Make-up, das sie aufgelegt hatte, und der Ausdruck darauf war so leer wie ein Swimmingpool ohne Wasser.

»Waremme … hat … gelogen?«

»So ist es. Nochmal zum Mitschreiben, Herzchen: Ihre Schwester wurde definitiv nicht von Leonhart ermordet.«

Das brachte sie tatsächlich kurz aus der Fassung. Ihre Maske aus purem Selbstbewusstsein fiel ihr für einen Moment vom Gesicht, und darunter erschien ein kleines verängstigtes Mädchen, mit Augen wie Höhlen, dunkler als schwarze Löcher im All.

»Aber … ich habe immer geglaubt … all die Jahre … das Gericht hat es doch zweifelsfrei … Aber wer sonst sollte Elli ermordet haben?«

»Genau um diese Frage beantwortet zu bekommen, ist der gute, alte Marlein bei Ihnen aufgekreuzt.«

»Aber ich kann Ihnen doch diese Frage am allerwenigsten beantworten! Ich habe nicht die geringste Ahnung, wer der Täter gewesen sein könnte.«

»Leonhart hat doch immer seine Unschuld beteuert. Haben Sie nie mit ihm darüber gesprochen oder sich nie Gedanken darüber gemacht, wer die Tat begangen haben könnte, wenn es nicht Leonhart war?«

Sie hatte sich wieder halbwegs gefangen. Die Maske saß wieder, ihr Gesicht war wieder zu Eis erstarrt.

»Ich habe damals mit Leonhart zum letzten Mal gesprochen, als ich bei unserem Aufenthalt in Frankfurt von ihm gefordert habe, dass er sich zwischen Elli und mir entscheidet. Das nächste Mal gehört von ihm habe ich dann, als zwei Polizeibeamte vor meiner Tür standen und mir mitteilten, dass meine Schwester ermordet worden sei und dass mein flüchtiger Schwager als Täter gesucht werde. Ich habe damals wirklich angenommen, dass er durch meine Trennungsdrohung in Panik geraten ist und Elli deshalb tatsächlich erschossen hat; ich habe mir deswegen auch lange Vorwürfe gemacht. Ich habe danach nie mehr wieder ein Wort mit ihm gesprochen und ihn nur bei den Verhandlungen im Gerichtssaal gesehen. Und, wie gesagt, als ihn das Gericht dann schuldig gesprochen hat, stand für mich fest, dass er die Tat begangen hatte. Ich habe nie daran gezweifelt und in den vergangenen achtzehn Jahren keinen einzigen Gedanken daran verschwendet, dass eine andere Person als Leonhart Elli getötet haben könnte.«

Das klang nicht gut. Anna war meine große und vor allem meine letzte Hoffnung, diesen verdammten Fall aufzuklären. Wenn sie tatsächlich nichts zur Aufklärung beitragen konnte, sah es zappenduster für mich aus. Aber vielleicht spielte sie die Rolle der Ahnungslosen auch nur. Zuzutrauen war es ihr.

»Sie wissen ja, wer nach Leonharts Ausfall auf die Position des Hauptverdächtigen vorrückt?«

»Nein, das weiß ich nicht.«

Sie nahm ihre übereinandergeschlagenen Beine auseinander, um die Position zu wechseln. Die alte Sharon-Stone-Nummer. Ich ließ mich davon nicht beeindrucken. Ich sah nicht hin. Ich starrte nur auf ihr Gesicht.

»Sie selbst, Schätzchen.«

Sie zuckte zusammen, als hätte sie gerade entdeckt, dass ein schwarzes Knäuel mit behaarten Beinen ihren Oberschenkel hochkrabbelte.

»Ich? Sind Sie des Wahnsinns? Sie wollen behaupten, ich hätte meine eigene Schwester ermordet?«

»Soll in den besten Familien vorkommen. Sie hätten schließlich das gleiche Motiv wie Leonhart gehabt: Durch den Tod Ihrer Schwester hätten Sie sowohl ihren Mann als auch ihr Geld bekommen – und hätten mit Ihrer großen Liebe ein luxuriöses und sorgenfreies Leben führen können. Es wurde schon für weniger getötet.«

Sie sprang regelrecht aus ihrem Korbstuhl heraus. »Es reicht! Ich rufe die Polizei! Ich muss mir Ihre Absurditäten und Beleidigungen nicht länger anhören!«

Ich schnellte hoch und stellte mich ihr in den Weg. Wir standen einander gegenüber, fast Nase an Nase, wie zwei Schwergewichtsboxer vor dem Gong zur zwölften Runde.

»Warten Sie! Ich will doch nur die Wahrheit herausfinden. Geben Sie mir irgendeinen Hinweis, wer's gewesen sein könnte. Sie waren Leonharts Geliebte und Ellis Schwester, Sie haben beide besser gekannt als jeder andere Mensch. Sie müssen doch wissen, wer ein Interesse gehabt haben könnte, die eine zu töten und den anderen ins Gefängnis zu bringen.«

»Weder Elli noch Leonhart hatten Feinde. Es gibt niemanden, der ein solches Interesse gehabt haben könnte.«

»Was ist mit Waremme? In welcher Beziehung stand er zu Leonhart? Und zu Elli? Und zu Ihnen?«

»Gregor Waremme war Leonharts Bruder im Geiste, mit dem er vor seiner Heirat – und hin und wieder auch noch danach – um die Häuser gezogen ist. Elli konnte ihn nicht leiden, und mir war er auch nicht sympathisch, aber wir haben praktisch nichts mit ihm zu tun gehabt. Er hätte überhaupt kein Motiv gehabt, Elli zu töten oder Leonhart zu schaden.«

»War er vielleicht scharf auf Sie?«

»Er war ein alter Lustmolch und hat manchmal anzügliche Bemerkungen gemacht oder mir gierige Blicke zugeworfen, aber er wusste, dass er nicht mein Typ war und nicht die geringste Chance gehabt hätte, bei mir zu landen.«

»Denken Sie nach, Anna. Es muss in irgendeiner Biographie – sei es in der von Leonhart, sei es in der von Waremme, sei es in der von Elli oder sei es in der von Ihnen – irgendetwas geben, irgendeine Begebenheit, irgendeinen Vorfall, irgendeine Konstellation, die uns auf die Spur des Täters führt. Fällt Ihnen irgendwas ein? Etwas, was bisher völlig bedeutungslos anmutete, was vor dem neuen Hintergrund von Leonharts Unschuld aber vielleicht plötzlich einen ganz neuen Sinn ergibt?«

Sie zog die Stirn in Falten und sah damit doch plötzlich so alt aus, wie sie wirklich war, was sie aber nicht hässlicher machte – im Gegenteil. Mit ein bisschen Verknitterung im Gesicht wirkte sie weniger wie eine Schaufensterpuppe und mehr wie eine echte Frau aus Fleisch und Blut.

»Nun … bei dem, was wir da gerade von Waremme gesagt haben … da fällt mir etwas ein … es gibt da eventuell etwas …«

»In welcher Biographie? In Waremmes?«

»Nein, in meiner. Es ist ein kleines Geheimnis, das in einem gewissen Zusammenhang mit dem Fall steht, bei dem ich aber bisher nie angenommen habe, dass es irgendeine Bedeutung für den Mordfall haben könnte.« Sie machte mit der Hand eine Bewegung vor ihrem Gesicht, als wollte sie einen seltsamen und unpassenden Gedanken wie eine störende Spinnwebe wegwischen. »Eigentlich ist es ja eine völlig abwegige und absurde Annahme, aber wenn Leonhart tatsächlich unschuldig ist …«

»Spucken Sie's aus!«

Sie schüttelte ungläubig den Kopf. »Aber nein, das kann einfach nicht sein …«

Ich wollte sie gerade weiter aufmuntern, mir ihr Herz auszuschütten, als ein Klingelgeräusch ertönte.

Wir sahen uns einen Moment lang irritiert an. Dann ging Anna zur Gegensprechanlage an der Wand neben dem Pool, nahm den Hörer ab und fragte, wer da sei.

Die Antwort war laut genug, dass ich sie hören konnte. »Polizei. Wir sind auf der Suche nach einem flüchtigen Mörder. Er heißt Philipp Marlein, und es besteht der begründete Verdacht, dass er zu Ihnen Kontakt aufnehmen wird – oder vielleicht schon Kontakt aufgenommen hat. Würden Sie uns bitte hereinlassen?«

## VII.

Anna sah mich fragend an. Ich zog meine Pistole aus der Manteltasche. »Nicht dass Sie mich missverstehen, Verehrteste, es liegt mir fern, Sie bedrohen zu wollen. Nichtsdestotrotz muss ich darauf bestehen, dass Sie den Herrschaften meine Anwesenheit verschweigen und sie irgendwie noch ein bisschen hinhalten.«

Sie betrachtete meine Waffe mit sichtlichem Respekt. Dann sprach sie wieder in den Hörer.

»Einen Augenblick, bitte. Ich war gerade unter der Sonnenbank. Ich ziehe mich an, und dann komme ich und mache Ihnen auf.«

Ich nickte zufrieden. »Sehr vernünftig. Ich fürchte, wir müssen unser Gespräch an dieser Stelle erst einmal abbrechen, aber wir werden es bald fortsetzen.«

Anna hielt sich an der Sprechanlage fest wie an einem Rettungsring.

»Haben Sie etwa ... Waremme doch ...?«

»Nein, natürlich nicht.«

»Aber wenn Sie nichts zu verbergen haben, warum sind Sie dann auf der Flucht vor der Polizei?«

»Der Chef der Herrschaften hegt leider gewisse Vorurteile gegen mich. Ich habe jetzt nicht die Zeit, Ihnen das genau zu erklären. Ich muss zusehen, dass ich von hier verschwinde.«

Ich sah mich um und deutete auf eine Tür jenseits des Schwimmbeckens. »Da hinten geht's wohl in den Garten?«

»Ja, auf die Terrasse.«

»Dann empfehle ich mich mal durch den Hinterausgang. Wäre schön, wenn Sie sich mit dem Ankleiden nicht allzu sehr beeilen würden.«

Ich fuchtelte mit der Knarre einen Abschiedsgruß in die Luft, ließ die Knarre wieder in der Manteltasche verschwinden und eilte zur Terrassentür hinaus.

Ich spurtete durch den Garten, eine etwas größere Version des Garten Eden. Ich wollte eigentlich Richtung Wiesengrund abhauen, doch die Mauer, die das Grundstück umgab, war so hoch, dass ich sie unmöglich überwinden konnte. Lediglich zur Kutzerstraße hin war das Anwesen offen, und so wandte ich mich wohl oder übel dorthin.

Vorsichtig lugte ich um die Hausecke. Ich sah ein Polizeiauto vor dem Haus parken, aber nirgendwo Polizeibeamte. Sie mussten jetzt im Haus sein. Es sah nicht so aus, als hätte sich Anna Duvernon beim Anziehen viel Zeit gelassen. Aber wenigstens war hier draußen jetzt die Luft rein.

Ich ging im Eilschritt die Kutzerstraße entlang, um möglichst schnell möglichst viel Distanz zwischen mich und meine Jäger zu bringen.

Doch ich war noch nicht weit gekommen, als ein lauter Ruf ertönte: »Da vorne ist er!«

Ich sah mich um. Ich sah Polizisten aus Annas Haus und zu ihrem Streifenwagen laufen. Es sah auch nicht so aus, als hätte Anna meinen Besuch verschwiegen.

Und wenn mir jetzt nicht sofort etwas Außergewöhnliches einfiel, war meine Flucht gleich zu Ende, denn mit dem Auto waren sie mir hoch überlegen und würden mich gleich schnappen. Es sei denn, ich hätte auch ein Auto.

Gerade fuhr eines vorbei, mit völlig überhöhter Geschwindigkeit und in die Seitenfenster eingeklemmten, flatternden grün-weißen Schals: Fans der Spielvereinigung auf dem Weg in den Ronhof.

Da war er, der außergewöhnliche Einfall! Ich warf mich regelrecht vor das direkt dahinter fahrende Auto, sodass der Fahrer scharf bremsen musste und nur wenige Zentimeter vor mir zu stehen kam.

Ich riss die Beifahrertür auf, hechtete mich auf den Sitz und gestikulierte wild in Richtung des Autos der Fußballfans: »Folgen Sie diesem Wagen!«

Diese Nummer hatte ich immer schon einmal bringen wollen. Ich hatte sie schon in dutzenden Kinofilmen gesehen.

Der Fahrer glotzte mich an wie das achte Weltwunder. Hinter uns ertönte die Sirene des losfahrenden Streifenwagens.

»Nun drücken Sie schon aufs Gas, Mann! Die Polizei verfolgt die Typen auch! Die Schweine dürfen uns auf keinen Fall entkommen!«

Dass die Polizei offenbar mit involviert war, überzeugte den Fahrer, einen mittelalterlichen Mann mit Elvistolle, Kassenbrille und Pornobalken, von der Ernsthaftigkeit meines Ansinnens. Er tat, was ich von ihm verlangte, stieg aufs Gaspedal und raste mit quietschenden Reifen hinter den Fußballfans her.

»Was haben die Brüder denn ausgefressen?«

Nichts, außer dass sie zur falschen Zeit am falschen Ort waren. Ich musste mir auf die Schnelle irgendeinen Grund für die Verfolgungsjagd aus den Fingern saugen.

»Das sind als Fürth-Fans verkleidete Club-Anhänger, die Feuerwerksraketen ins Stadion schmuggeln und sie aus dem Fürther Fanblock aufs Spielfeld abfeuern wollen, wenn der Club zu verlieren drohen sollte. So wollen sie einen Spielabbruch und einen Sieg für Nürnberg am grünen Tisch erzwingen.«

Das schien ihm glaubhaft und verwerflich genug zu sein, um weiterzurasen.

Ich warf einen Blick in den Rückspiegel und sah blinkendes Blaulicht in nicht allzu weiter Entfernung hinter uns. Meine Hoffnung schwand. An der nächsten roten Ampel würden sie uns einholen. Jetzt konnte mich eigentlich nur noch ein Wunder vor der Verhaftung retten.

Und das Wunder geschah – in Form einer grünen Welle.

Wir verfolgten das Auto, das – natürlich – zum Ronhof fuhr, und alle drei Ampeln auf dem Weg dahin standen auf freie Fahrt: die an der Espanstraße beim Rechtsabbiegen in die Poppenreuther Straße, die an der Poppenreuther Straße beim Linksabbiegen in den Laubenweg und die im Laubenweg, wo die Alte Reuthstraße kreuzte.

Und dann waren wir auch schon am Stadion angekommen. Unsere Verfolgten bogen in einen Parkplatz direkt neben dem Stadion ein, in den man nur mit Sondergenehmigung hineinkam.

Ich wies meinen Chauffeur an, am Straßenrand zu halten, erklärte ihm, dass ich die Flüchtigen nun zu Fuß weiterverfolgen würde, lobte ihn für seine Fahrkünste und Verfolgerqualitäten und ließ ihn zurück in dem Bewusstsein, ein Held zu sein.

Nach Verlassen des Autos mischte ich mich sofort unter die zu den Eingängen strömenden Massen, um den Blicken der mich jagenden Polizisten zu entgehen, die mittlerweile ebenfalls am Straßenrand angehalten hatten und aus dem Wagen gesprungen waren. Ich steuerte im großen Pulk auf den Nordeingang zu, vorbei an den verwaisten Kassenhäuschen, an denen ausnahmsweise keine Schlangen anstanden, da das Spiel ja schon lange vorher ausverkauft war, zog meine Karte aus der Manteltasche, steckte ihr Ende in einen der Ticketautomaten und gelangte durch das daraufhin freiwerdende Drehkreuz ins Stadion.

Ich war drin – und meine Verfolger hatten mich inmitten der Tausenden von Fans zum Glück nicht lokalisieren können und meine Spur verloren. Genau das war mein Plan gewesen. Marlein, das Superhirn!

Was das Superhirn allerdings nicht bedacht hatte, war der Umstand, dass zwei Meter hinter den Drehkreuzen eine Kette von Ordnern postiert war, die die Eintretenden nach unerwünschten Mitbringseln abtasteten. Und wenn sie meine Knarre in der Manteltasche ertasten würden, war zwei Meter hinter der vermeintlichen Rettungslinie dann wirklich Endstation.

Doch ich hatte Glück im Unglück: Da jetzt gerade der Großteil der Besucher ins Stadion strömte, konnten sie nicht alle Zuschauer kontrollieren, sondern nur einige Ausgewählte stichprobenartig festhalten, während andere links und rechts unbehelligt vorbeiflutschten. Ich gehörte zu denen, die durchflutschten. Marlein, das Unschuldslamm!

Ich war also drin im Stadion und damit erst einmal in Sicherheit. Das war die eine Seite der Medaille. Die andere war, dass ich nun an einem abgeschlossenen Ort eingekreist war und somit in der Falle saß. Ich war dem Zugriff der Polizei entkommen, aber eben nur vorübergehend. Die Schlacht war noch lange nicht geschlagen.

Ich stieg zum Plateau hinter der Nordtribüne hoch, wo sich der nächste Shop mit Fanartikeln befand, und kaufte mir dort eine Mütze, ein Heimspieltrikot und einen Schal (mit der Aufschrift »Meine Heimat – mein Verein«), alles grünweiß gestreift und mit Kleeblatt-Emblem. Ich zog das Trikot über meinen Trenchcoat, setzte mir die Mütze auf und wickelte den Schal um meinen Haus. Damit war ich ordentlich vermummt und, wie ich hoffte, erst einmal ziemlich unkenntlich gemacht, und verdächtig machte ich mich mit dieser Kostümierung unter all den anderen mit Fanartikeln bekleideten und behangenen Stadionbesuchern auch nicht. Dann kaufte ich mir noch eine Bratwurstsemmel an der Imbissbude neben dem Fanshop und machte mich auf den Weg zur Gegengeraden, wo ich meinen Sitzplatz erworben hatte.

Ich ließ mich auf dem Klappsitz in Block H, Reihe 10, nieder. Mein Platz war ziemlich nahe an der Mittellinie, und von hier aus hatte man einen guten Blick über das ganze Spielfeld. Ich befand mich zwar hier mehr auf dem Präsentierteller als beispielsweise im Fanblock, aber ich war ja jetzt gut vermummt, und ich ging nicht davon aus, dass die Polizei mich direkt im Stadion suchen würde, denn durch die Zuschauerreihen laufende Polizisten würden die bei diesem Derby sowieso schon gereizte Stimmung nur noch zusätzlich aufheizen. Und außerdem hatten sie sicher erst einmal genug damit zu tun, Ausschreitungen zwischen den verfeindeten Fanlagern zu verhindern.

Das Problem für mich bestand vielmehr darin, dass die Polizei wusste, dass ich im Stadion war, und jetzt sicherlich die Ausgänge belagern würde, um mich nach Spielende beim Verlassen des Stadions abzufangen. Wie gesagt, ich saß in der Falle und musste mir überlegen, wie ich da wieder rauskommen sollte. Ich beschloss, die Lösung dieses Problems auf später zu vertagen und stattdessen erst mal ein bisschen abzuschalten und zu entspannen und das Spiel zu genießen, dem ich schon so lange entgegengefiebert hatte.

Während ich meine Bratwurstsemmel vertilgte, ließ ich meinen Blick durchs Stadion schweifen. Direkt gegenüber befand sich die Haupttribüne mit dem Pressebereich, am Spielfeldrand davor saßen Trainer, Betreuer und Ersatzspieler beider Mannschaften. Rechts neben der Haupttribüne das neumodische, dreistöckige, aus fertig installierten, wabenartigen Modulen zusammengesetzte Gebäude, in dem die Verwaltung des Vereins, die Business-Lounge und die VIP-Logen untergebracht waren. Hinter dem Tor zur Rechten die seit 2008 komplett überdachte Nordtribüne (mit der riesigen Aufschrift »Diese Stadt und ihr Verein werden immer unsere Liebe sein« am Dachrand), ein reiner Stehblock, Heimat der Fürther Hardcore-Fans, die schon wieder lautstark ihre Schlachtgesänge skandierten und die ganze Kurve in ein Meer aus grün-weißen Fahnen verwandelt hatten. Hinter dem Tor zur Linken die Südkurve, der Gästebereich, in dem sonst oft nur der ganz links gelegene Block 5 einigermaßen gut gefüllt war; doch diesmal, im ausverkauften Stadion, war das Kartenkontingent für die gesamte Südkurve bis Block 8 an den Gast gegangen und natürlich komplett mit Club-Fans gefüllt, die für den farblichen Gegenentwurf in Schwarz-Rot sorgten. Hier auf der Gegentribüne waren zwar die heimischen Fürth-Fans in der Überzahl, doch auch das eine oder andere Nürnberg-Käppi war auszumachen.

So präsentierte sich der gute alte Ronhof also aktuell. 2010 hatte er seinen 100. Geburtstag gefeiert, denn 1910 war der ›Sportpark am Ronhofer Weg‹, zum damaligen Zeitpunkt die größte Sportanlage in ganz Deutschland, mit einem Spiel der Fürther gegen den amtierenden deutschen Meister Karlsruher FV eingeweiht worden, und in seiner hundertjährigen Existenz hatte er viel erlebt: wechselnde neue Namen (gemäß der seit einigen Jahren in beiden Bundesligen üblichen und etablierten Unsitte, Stadien nach Sponsoren zu benennen; aber egal, wie sie gerade mal wieder offiziell hieß, für mich würde die Heimat der Spielvereinigung immer einfach nur ›der Ronhof‹ bleiben), architektonisch zahlreiche Umbauten und Modernisierungen, sportlich grandiose Höhen wie die Deutschen Meisterschaften 1914, 1926 und 1929, aber auch bittere Tiefen wie den Abstieg in die viertklassige Landesliga 1987.

Aber was auch immer der Wandel der Zeit mit sich brachte, der Ronhof stand immer noch aufrecht und unbeugsam an seinem angestammten Platz, und er hatte auch die alle paar Jahre neu aufflammenden Diskussionen um einen Stadionneubau an einem anderen Standort (zum Beispiel auf der Hardhöhe) bisher jedesmal unbeschadet überstanden.

Das war dann aber auch schon alles, was ich über die Geschichte des Ronhofs und der Spielvereinigung wusste, doch ich sollte noch einiges mehr erfahren, denn direkt in der Reihe vor mir saßen zwei ziemlich alte Herren, der eine im Fürth-Outfit, der andere im Nürnberg-Fandress, die sich angeregt miteinander über glorreiche vergangene Zeiten unterhielten:

»… Ich bin froh, dass wir für dieses Spiel nicht in euer Stadion gegangen sind. Hier im Ronhof haben wir viel mehr Heimspiel-Atmosphäre.« – »Dafür hättet ihr bei uns viel mehr Zuschauer gehabt als die 15 000, die hier reinpassen. Beim letzten DFB-Pokalspiel gegen den Club 1996 habt ihr euch ja für das Frankenstadion als Austragungsort entschieden, und das hat euch satte 44 000 Zuschauer beschert – das ist, soweit ich weiß, immer noch die höchste Heimspiel-Zuschauerzahl in der Geschichte der Spielvereinigung.« – »Dieses Spiel haben wir ja übrigens auch mit 2:1 gewonnen und sind dadurch ins Achtelfinale eingezogen. Und diesmal schlagen wir euch im Achtelfinale und kommen ins Viertelfinale.« – »Träum weiter. Die Statistik spricht eine andere Sprache: Von den bisherigen 250 Derbys zwischen euch und uns hat der Club fast doppelt so viele gewonnen wie ihr. Außerdem habt ihr eueren letzten Titel vor Urzeiten geholt, nämlich 1929, während wir zuletzt 1968 Deutscher Meister und 2007 Deutscher Pokalsieger geworden sind.« – »Stimmt doch gar nicht. Die Spielvereinigung ist 2000 Deutscher Hallenfußballmeister geworden.« – »Aber auch nur am grünen Tisch. Eigentlich habt ihr das Finale gegen Gladbach mit 2:3 verloren, aber weil ein Gladbacher Spieler nach dem Finale des Dopings überführt wurde, wurde Fürth nachträglich zum Sieger erklärt. Außerdem wurde dieser offizielle DFB-Hallenpokal erst 1988 eingeführt und schon 2001 wieder abgeschafft.« – »Na ja, jedenfalls sind eure großen Zeiten auch schon lange vorbei. Dabei ist das Derby zwischen Fürth und Nürnberg das geschichtsträchtigste im deutschen Fußball und wurde häufiger ausgetragen als beispielsweise das zwischen den Löwen und den Bayern oder dem HSV und St. Pauli oder Dortmund und Schalke.« – »Es müsste halt noch so sein wie in den zwanziger Jahren, als Franken die absolute deutsche Fußballhochburg war. Da haben Nürnberg und Fürth den Fußball in Deutschland praktisch alleine dominiert und sich beim Gewinnen der Meistertitel abgewechselt.« – »Und bei zwei Länderspielen Anfang 1924 bestand die deutsche Nationalmannschaft ausschließlich aus Fürthern und Nürnbergern. Beide wurden gewonnen, und im zweiten gelang der historische erste Sieg Deutschlands gegen Holland, und das, obwohl sich die beiden Spielergruppen spinnefeind waren, in getrennten Zugwaggons anreisten und sowohl außerhalb des Platzes als auch während des Spiels kein Wort miteinander sprachen.« – »Ja, die Burschen damals hatten halt noch Charakter …«

Mittlerweile waren – unter dem ohrenbetäubenden Jubel der Fans – die Mannschaften aufs Feld gelaufen, und die Spieler hatten ihre taktischen Positionen eingenommen – Fürth im 4-1-3-2-System, Nürnberg im 4-2-3-1-System. Ich verglich das, was ich auf dem Rasen (und auf der Anzeigetafel) sah, mit dem, was ich im ›Kicker‹ gelesen hatte, und der ›Kicker‹ hatte hellseherische Qualitäten bewiesen (oder die Trainer hatten einfach nach dem ›Kicker‹ aufgestellt), denn beide Teams traten in genau den Aufstellungen an, die ich auswendig gelernt hatte.

Die beiden alten Knaben wandten sich jetzt der Gegenwart zu und diskutierten den Ausgang der gleich beginnenden Partie, wobei sie kräftig in die Phrasenkiste griffen: »… Ich bin mir ziemlich sicher, dass der Club gewinnt. Auf dem Papier haben wir die stärkere Mannschaft.« – »Ja, auf dem Papier – aber die Wahrheit liegt auf dem Platz. Im Fußball ist alles möglich, und der Pokal hat seine eigenen Gesetze. Außerdem habt ihr höchstens die teurere Mannschaft. Aber Geld schießt keine Tore.« – »Wir haben trotzdem die besseren Einzelspieler.« – »Bei uns ist der Star die Mannschaft. Außerdem sind wir taktisch besser aufgestellt.« – »Entscheidend ist nicht die Aufstellung, sondern die Einstellung.« – »Stimmt.

Fußball ist reine Kopfsache. Das Spiel wird im Kopf entschieden.« – »Und die Tagesform wird auch mitentscheidend sein. An einem guten Tag können wir jede Mannschaft der Welt schlagen. Aber an einem Wochenende spielen wir Weltklasse, am nächsten dafür nur Kreisklasse.« Dann verstummten sie zunächst, denn der Schiedsrichter pfiff die Partie an.

Ich hoffte auf einen packenden Pokalfight, der mich wenigstens neunzig Minuten lang meine schwerwiegenden aktuellen Sorgen vergessen lassen würde. Doch diese Hoffnung wurde zunächst getrübt: In den ersten dreißig Minuten war es ein eher trostloses Ballgeschiebe im Mittelfeld, beide Mannschaften hatten sichtbar gehörigen Respekt voreinander- Keiner wollte ein zu hohes Risiko gehen und sich dann vielleicht durch einen Konter ein frühes Gegentor einfangen, dem man dann die gesamte restliche Spielzeit hinterherlaufen musste. Und so setzten sowohl Gastgeber als auch Gäste zunächst auf eine kompakte, sicher stehende Defensive und darauf, dass die Null hinten stand.

Die aktuelle Spielanalyse der beiden Hobbytrainer vor mir fiel entsprechend kritisch aus – und erneut äußerst floskelreich: »… Das ist ja ein ziemlicher Grottenkick bisher. Das Spiel lebt nur von der Spannung.« – »Wir stehen nicht nah genug am Mann. Wir müssen endlich über den Kampf ins Spiel finden. Wir müssen dahin gehen, wo's weh tut. Wer die Zweikämpfe gewinnt, gewinnt das Spiel. Die Spieler müssen Gras fressen. In einem solchen Derby muss jeder 110 Prozent geben.« – »Das ist viel zuviel Klein-

klein hier im Mittelfeld! Wir müssen mehr über die Außen kommen. Wir müssen den Gegner mehr unter Druck setzen und zu Fehlern zwingen.« – »Ein Tor würde dem Spiel gut tun …«

Als hätten die Spieler die beiden Alten gehört, nahm das Spiel jetzt, wo es so langsam auf das Ende der ersten Halbzeit zuging, doch allmählich an Fahrt auf. Die Fürther verstärkten jetzt ihre Offensivbemühungen, und eine Angriffswelle nach der anderen rollte auf den Nürnberger Kasten zu, doch die Club-Verteidigung erwies sich bedauerlicherweise als stabiles und sattelfestes Bollwerk. Und Pfosten, Latte und Torhüter Hirte trugen ebenfalls entscheidend dazu bei, die nun regelrecht in der Luft liegende Führung der Spielvereinigung, die mittlerweile auch absolut verdient gewesen wäre, zu verhindern.

Und so kam, was kommen musste: Ein Fehlpass in der Mitte der Nürnberger Hälfte, eine weit aufgerückte Fürther Abwehr, ein langer Pass in die Spitze, ein schneller Antritt, und plötzlich stand Club-Angreifer Martal allein vor Fürths Keeper Weiß. Ein Aufschrei aus fünfzehntausend Kehlen, bei den einen vor blankem Entsetzen, bei den anderen vor freudiger Erwartung, und dann das Duell eins gegen eins, der Torwart springt dem Stürmer entgegen, und – Weiß verhindert den sicheren Rückstand! Mit einer blitzsauberen Grätsche spitzelt er ihm in letzter Sekunde das Leder vom Fuß. Jetzt genau die umgekehrte Reaktion: Enttäuschung im Gästeblock, Erleichterung bei den heimischen Fans.

Doch nur wenige Sekunden später wendet

sich das Blatt erneut: Der Schiri pfeift und deutet auf den Punkt – Elfmeter für den Club! Natürlich war Martal bei der Rettungsaktion auch zu Fall gekommen, aber in meinen Augen hatte Weiß erst den Ball und dann den Gegner getroffen, doch leider sah es der Unparteiische genau andersrum. Jubel in der Südkurve, ein gellendes Pfeifkonzert aus der Nordkurve.

Und auch meine beiden Kurzzeitnachbarn kommentierten diese Entscheidung hitzig und kontrovers: »Betrug! Schiebung! Wie viel habt ihr denn dem Schiri gezahlt? Das war nie im Leben ein Foul!« – »Foul ist, wenn der Schiedsrichter pfeift.« – »So ein Quatsch! Foul? Lächerlich! Erstens war es Ball gespielt, und zweitens ist das internationale Härte. In England pfeift das kein Schiedsrichter. Ein Fußballplatz ist nun mal kein Ponyhof.« – »Oh je. Der Martal macht's. Dabei soll der Gefoulte doch nie selber schießen.«

Aber der Gefoulte trat selbst an. Ich sah gar nicht hin, doch es genügte, die Reaktion aus dem Gästeblock zu hören, um mitzubekommen, dass er den Elfer verwandelte und den Club mit 1:0 in Führung schoss.

So, wie es aussah, konnte mir also auch dieses Spiel nicht die erhoffte freudige Zerstreuung bieten, und so wandte ich mich gedanklich wieder meinen drängenden akuten Problemen zu.

Ich versuchte mich zunächst an einer Analyse meiner momentanen Gesamtsituation. Heraus kam, dass sie mehr als unbefriedigend war. Ich hatte einen achtzehn Jahre alten Mordfall, an dessen Auflösung ich ungefähr so nahe dran war wie an der Klärung der Frage, was den Urknall ausgelöst hatte. Ich hatte einen mehrere Stunden alten Selbstmord, für den ich indirekt verantwortlich gemacht wurde, und einen etwa hundertzwanzig Minuten alten Mord, der mir direkt in die Schuhe geschoben wurde. Ich hatte geschätzte zwei Hundertschaften Polizei im Nacken, die vor dem Stadion auf mich warteten, und ich hatte keine Ahnung, wie ich unbemerkt aus dem Stadion hätte entkommen können. Ich hatte einen Haufen Kohle in der Schreibtischschublade, der mir gar nicht gehörte. Ich hatte keine Frau, keine Kinder und keine Verwandten, und ich hatte – was natürlich das Schlimmste von allem war – das Ausscheiden der Spielvereinigung gegen den Club vor Augen.

Ich hatte nicht gerade viel, um gutgelaunt und hoffnungsfroh in die Zukunft blicken zu können. Vor allem, da ich jetzt bemerkte, dass die Polizisten sich nicht damit begnügten, vor dem Stadion darauf zu warten, dass ich ihnen in die Hände lief, sondern offenbar doch aktiv nach mir suchten: Ich sah sie an einigen Blockeingängen stehen und, teils mit Ferngläsern, durch die Besucherreihen spähen.

Es wurde Zeit für mich, zu verschwinden. Die Frage war nur: Wo und wie?

Ich zog und schob mir Mütze und Schal tiefer ins Gesicht und wartete noch die paar Minuten bis zur Halbzeitpause ab. Ich überstand sie unentdeckt, und nach dem Halbzeitpfiff kam ich mit dem großen Strom der Klogänger und Bierholer ohne Problem aus dem Block.

Ich drehte eine Runde um das komplette Stadion, um nach einer geeigneten Fluchtmöglichkeit zu suchen, und musste konstatieren, dass tatsächlich an allen Ein- bzw. Ausgängen neben den Ordnern auch Polizeibeamte postiert waren. Zudem war das gesamte Stadion von hohen Zäunen umgeben, die ich wohl kaum hätte übersteigen können, und schon gar nicht unbemerkt. Die Lage war also ziemlich beschissen.

Es gab aber noch einen letzten Strohhalm, an den ich mich klammerte: Ich hatte eine potentielle Schwachstelle in der vermeintlich lückenlosen Einzäunung des Ronhofs ausgemacht. Hinter der Gegentribüne und dem dazugehörigen Weg endet der Ronhof nicht, sondern es schloss sich noch ein größeres Areal an, auf dem sich ein Bolzplatz, eine Art Lagerhalle sowie mehrere Holzschuppen und große Müllcontainer befanden. Zwar war natürlich auch dieses Areal durch hohe Zäune von der Umgebung abgetrennt, aber die zum Teil direkt an den Zäunen stehenden Schuppen und Container weckten gewisse Hoffnungen in mir.

An der Ecke Gegentribüne und Gästeblock, hinter dem Eingang Tor C, gab es einen offenen Zugang zu diesem Areal, und es fiel nicht negativ auf, als ich es über diesen Zugang betrat, denn ich war bei weitem nicht der einzige, der dies tat: Mütter und Väter schleppten ihre quengelnden Kleinkinder hierher, um ihnen wenigstens in der Halbzeitpause auf dem Bolzplatz den Auslauf zu ermöglichen, den sie auf ihrem Platz im Stadion nicht hatten, und hinter den Containern und Schuppen traf man einige Schwarzpinkler, die keine Lust hatten, an den in der Pause stets völlig überbevölkerten offiziellen Toilettenhäuschen anzustehen, und die sich deshalb hierher geschlichen hatten und die an den Zäunen hochwachsenden Büsche bewässerten.

Ich tat so, als hätte ich selbiges vor, simulierte dann ein akutes Harnverhalten und wartete, bis die anderen Pinkelbrüder ihr Geschäft erledigt und sich zurück zu ihrem Platz begeben hatten, um den Anpfiff zur zweiten Halbzeit nicht zu verpassen. Ich stand also nun alleine in diesem vermutlich abgelegensten Winkel des Ronhofs, von niemandem beachtet, von niemandem vermisst, und checkte die Lage.

Wäre dieser Check negativ ausgefallen, wäre ich mit meinem Latein nun endgültig am Ende gewesen, und ich hätte mich wahrscheinlich den vor dem Eingang C postierten Bullen gestellt, aber ich hatte noch einmal mehr Glück als Verstand.

An einer verborgenen, schlecht einsehbaren Ecke des Areals, hinter den Holzschuppen, war der Zaun, der hier völlig von Gebüsch zugewachsen war, etwas niedriger als üblich, und ein großer orangefarbener Müllcontainer mit schräg nach oben zulaufender geschlossener Klappe stand direkt davor. Ich zog mich auf den Rand der Klappe hoch, stellte mich auf und tippelte vorsichtig die Schräge hinauf bis zu der Stelle, an der der Container an den Zaun grenzte. Jenseits des Zaunes befand sich der Garten eines privaten Wohngrundstücks, dessen Besitzer offenbar ein netter Mensch war, denn er hatte an dieser Stelle direkt am Zaun seinen Komposthaufen errichtet, der wie geschaffen war, um mir den Sprung in die Freiheit zu ermöglichen.

Ich sah mich noch einmal um, ob die Luft rein war – und dann sprang ich vom Container über das noch darüber hinausragende Stückchen Zaun in das matschige biologische Sprungtuch auf der anderen Seite. Die Landung war relativ weich; faulende Essensreste sind nun mal weich. Jedes Madenbaby weiß das, und ich konnte es jetzt bestätigen.

Ich sah vermutlich aus wie jemand, den man mit Küchenabfällen beworfen hatte, und roch wahrscheinlich auch so, aber das war mir egal. Hauptsache, ich war aus der Mausefalle, zu der der Ronhof für mich geworden war, entkommen und hatte damit eine letzte Chance erhalten, diese ganze unselige Geschichte auf eigene Faust aufzuklären.

Ich klopfte mir den Biomüll vom Leib und ging auf einem Weg aus Steinplatten durch den dichtbewachsenen Garten – in der Hoffnung, niemandem zu begegnen. Aber hinter einem hohen Busch stieß ich fast mit einer Oma zusammen, die gerade Gartenarbeiten verrichtete und mit allem rechnete, außer damit, dass plötzlich praktisch aus dem Nichts ein fremder Mann auf ihrem Grundstück auftauchte. Sie zuckte wie vom Blitz getroffen zusammen und starrte mich an wie die Großmutter den Räuber Hotzenplotz, als er sie zum ersten Mal in ihrem Garten überfiel, um ihr die geliebte Kaffeemühle zu stehlen.

Ich strahlte sie mit meinem breitestmöglichen Grinsen an. »Puh, da bin ich diesen Club-Hooligans aber gerade noch mal entkommen! Wenn ich es nicht in letzter Sekunde in Ihren Garten geschafft hätte, könnte man mich jetzt wahrscheinlich mit einem Spaten vom Boden kratzen.«

Sie musterte mich immer noch wie etwas, das man aus dem Abwasserbecken einer Kläranlage gezogen hatte – kein Wunder, denn so ähnlich sah ich ja wohl auch tatsächlich aus –, schien sich aber entschlossen zu haben, mit dem markerschütternden Hilfeschrei erst noch zu warten. Ich schlenderte freundlich lächelnd an ihr vorbei, wünschte ihr noch einen schönen Tag, bahnte mir den Weg durch Gebüsch und Gestrüpp zum Gartentürchen und verließ das Anwesen. Zum Abschied winkte ich der alten Frau noch einmal zu. Sie schüttelte ungläubig den Kopf, machte aber keine Anstalten, zum Telefon zu eilen.

Ich stand nun in der Reiherstraße, einer netten ruhigen Seitenstraße mit netten kleinen Einfamilienhäusern und netten gepflegten Gartenanlagen.

Und was besonders nett war in dieser netten Straße: Nirgendwo standen Mannschaftsbusse mit Sondereinsatzkommandos, die nur darauf warteten, auf mich loszustürmen und mich zu überwältigen.

## VIII.

Ich hatte eine Schlacht gewonnen, aber noch lange nicht den Krieg. Ganz im Gegenteil: Genaugenommen tendierten meine Chancen, diesen Krieg zu gewinnen – sprich: der mich jagenden Polizei noch lange zu entkommen und als der Unschuldige, der ich ja nun mal war, aus dieser Sache rauszukommen –, gegen unter Null.

Meine einzige Chance – die praktisch nicht vorhandene Chance, die ich nutzen musste – bestand weiterhin darin, den Mord von damals aufzuklären, denn ich war mir weiterhin ziemlich sicher, dass er mir den Schlüssel für die Aufklärung des aktuellen Mordes an Waremme liefern würde. Und meine einzige und letzte Chance, den Mord von damals aufzuklären, war Anna. Ich musste unbedingt das Gespräch mit ihr fortsetzen, denn sie war ja gerade dabei, etwas Sensationelles auszupacken, als die eintreffende Polizei unsere Unterhaltung unterbrochen hatte.

Ich machte mich also zu Fuß zurück auf den Weg zum Duvernon'schen Palast: die Reiherstraße das kurze Stück hinunter zum Laubenweg, dann den ganzen restlichen Laubenweg entlang bis zu seinem Ende, wo er in die Poppenreuther Straße mündete, ein kurzes Stück auf der Poppenreuther Straße Richtung Stadtmitte, über einen Fußgängerstreifen nach links in die Espanstraße und dann rechts in die erste Seitenstraße – und ich befand mich wieder in der Kutzerstraße; immer noch als freier Mann, ohne Handschellen, ohne Fußfesseln, ohne Beißschutz und ohne zwei schwerbewaffnete Gorillas links und rechts von mir.

Auch vor dem Haus, in dem Anna wohnte, standen keine Wachposten. Aber es gab ja auch keine Veranlassung; für die Polizei gab es vermutlich keinen Grund anzunehmen, dass ich noch einmal hierher zurückkehren würde, und außerdem gingen meine Verfolger davon aus, mich im Ronhof eingekesselt zu haben und beim Verlassen des Stadions verhaften zu können.

Ich wollte gerade auf den Klingelknopf drücken, als ich bemerkte, dass die Eingangstür einen Spalt offen stand. Da hatten es die Bullen also so eilig gehabt, mich zu verfolgen, dass sie nicht einmal mehr die Tür hinter sich schließen konnten. Ich schob die Tür auf und trat ein.

Ich durchquerte erneut die Diele, in der sich nichts verändert hatte. Ich betrat erneut das Wohnzimmer, wo sich ebenfalls nichts verändert hatte. Ich ging zum Wellnessbereich, und auch hier hatte sich nichts verändert, alles war noch da: die Sauna, das Solarium, der Swimmingpool, die Korbstühle.

Wobei das nicht ganz stimmte. Im Vergleich zum letzten Bild, das ich von dieser Örtlichkeit in meinem Kopf hatte, gab es zwei Unterschiede: Der eine war, dass in dem Korbstuhl keine schöne Frau mehr saß (was im Prinzip kein Problem war). Der andere war, dass das Wasser im Swimmingpool seine Farbe verändert hatte. Wasser ist blau, überall auf der Welt, wahrscheinlich überall im ganzen Universum. Mir war kein Ort bekannt, an dem Wasser eine andere Farbe hatte.

Aber in diesem Swimmingpool war das Wasser plötzlich rot.

Das gefiel mir nicht. Vor allem gefiel mir die Kombination der beiden Unterschiede nicht. Überhaupt nicht, um genau zu sein.

Ich trat näher an den Swimmingpool heran. Ich wusste im Prinzip schon, was ich sehen würde, hoffte aber bis zuletzt, dass ich mich täuschte, dass alles ganz banal war, dass einfach nur die Nachbarskinder zum Planschen gekommen waren und einen Eimer roter Wasserfarbe ins Becken gekippt hatten, weil das so lustig aussah.

Es war natürlich nicht so. Nichts war banal, nichts war lustig, das Wasser war nicht von künstlicher Farbe gerötet, sondern von menschlichem Blut. Und im Becken befanden sich keine planschenden Nachbarskinder, sondern Anna Duvernon. Und sie würde das Becken nie wieder aus eigener Kraft verlassen.

Ich konnte durch das vom Blut verdunkelte Wasser nicht sehr viel sehen, aber immerhin genug, um zu erkennen, wessen Leichnam unten auf dem Beckengrund lag. Ich beugte mich nahe an die Wasseroberfläche heran und konnte auch sehen, dass sich in Annas Brust ein kreisrundes Loch befand, aus dem Blut austrat und sich mit dem Wasser vermischte und es immer mehr rot einfärbte.

Nach Gregor Waremme war also auch Anna Duvernon erschossen worden.

Meine dritte Leiche heute. So langsam gewöhnte ich mich daran. Ich musste nicht einmal mehr kotzen bei Annas Anblick, obwohl sie, trotzdem sie ja noch nicht lange da unten liegen konnte, bereits ziemlich verunstaltet und entstellt war. Wie vergänglich Schönheit doch war, auf welch dünnem Eis wir uns doch bewegten, an welch seidenem Faden doch dieses Phänomen namens Leben hing. Noch vor weniger als zwei Stunden war dieses Wesen eine der bestaussehenden und temperamentvollsten Frauen Fürths gewesen, und jetzt war davon nur noch eine träge und hässliche Wasserleiche übriggeblieben.

Aber, wie gesagt, ich wurde langsam abgebrüht und abgestumpft. Vor seinen Füßen lag eine tote Schönheit, und Philipp Marlein vergoss keine einzige Träne in den blutgetränkten Swimmingpool. Wahrscheinlich würde ich künftig an Tagen, an denen ich nicht ein paar Tote sah, Entzugserscheinungen kriegen. Vielleicht sollte ich den Detektivjob, in dem ich ja gerade nicht sonderlich erfolgreich agierte, an den Nagel hängen und mich als Hilfskraft im Leichenschauhaus bewerben.

Ich ließ mich in denselben Korbstuhl sinken, in dem ich zuvor schon gesessen hatte, da allerdings noch in lebendiger Gesellschaft, und versuchte dem Tornado, der schon wieder durch mein Hirn zu fegen und mein strukturiertes Denken erneut komplett zu verwüsten drohte, zuvorzukommen, was mir angesichts des Schocks über Annas Ermordung allerdings alles andere als leicht fiel.

Also, nochmal: Nach Gregor Waremme war nun auch Anna Duvernon erschossen worden. Damit waren jetzt alle am Fall Maurizius unmittelbar beteiligten Personen tot: das Opfer, Elli;

der (fälschlicherweise) als Täter verurteilte Hauptverdächtige, Leonhart; der (lügende) Kronzeuge, Waremme; und das vermeintliche Tatmotiv in Person der Auslöserin des Maurizius'schen Ehedramas, Anna.

Ich hatte ja eigentlich stillschweigend angenommen, dass der Mörder von Elli identisch mit dem aktuellen Mörder sei, aber nachdem jetzt beide Hauptkandidaten für diese Rolle, nämlich Waremme und Anna, ermordet worden waren, schied diese Theorie nahezu aus. Ich hatte außerdem angenommen, dass der aktuelle Mörder seine Morde beging, um die damaligen Vorkommnisse zu verschleiern, aber es kam natürlich auch noch ein anderes Motiv in Betracht. Und kombiniert mit dem Umstand, dass der aktuelle Mörder mich offenbar seit einem gewissen Zeitpunkt verfolgte – und er hatte mich offenbar nicht nur bis zu Waremme verfolgt, sondern danach auch noch weiter bis zu Anna –, blieb eigentlich nur noch ein Name übrig: Peter Paul Maurizius.

Nein, es waren doch noch nicht alle damals unmittelbar Betroffenen tot: Der alte Maurizius war durchaus auch ein unmittelbar Betroffener, denn man hatte das Leben seines einzigen, von ihm so geliebten und vergötterten Sohnes zerstört. Und es sprach immer mehr alles dafür, dass er nach dem Selbstmord seines Sohnes und der Erkenntnis, dass er tatsächlich unschuldig war, beschlossen hatte, jetzt Terminator zu spielen und alle plattzumachen, die das Leben Leonharts und damit auch sein eigenes kaputtgemacht haben, und das waren eben in erster Linie Waremme und Anna. Es wurde also höchste Zeit, dass ich mich auf den Weg zur Baracke von Maurizius machte.

Aber selbst wenn der alte Maurizius tatsächlich der Racheengel sein sollte, für den ich ihn hielt, war die Frage nach dem Mörder von Elli Maurizius immer noch ungeklärt – und die sollte doch auch beantwortet werden, schließlich war ihre Beantwortung mein eigentlicher Auftrag.

Ich erinnerte mich an das unterbrochene Gespräch mit Anna. Sie hätte ja offenbar etwas Bedeutendes zu dem Thema zu sagen gehabt. Sie hatte von einem Geheimnis gesprochen … Und jetzt hatte sie ihr Geheimnis mit ins Grab genommen, und ich würde es nie erfahren, denn sie konnte es mir nicht mehr erzählen.

Hoffnungslos.

Außer, sie hatte es zuvor vielleicht jemand anderem erzählt. Einem Tagebuch zum Beispiel …

Die theoretische Möglichkeit bestand. Frauen haben Angst vor Spinnen, kaufen gerne Schuhe … und führen Tagebuch. Und ich wollte keine noch so kleine Chance, diesen verdammten Mord vor achtzehn Jahren aufzuklären, ungenutzt lassen.

Das hieß, ich musste das Haus durchsuchen, um vielleicht irgendwo dieses ominöse, höchstwahrscheinlich überhaupt nicht vorhandene Tagebuch in irgendeiner Kommodenschublade aufzustöbern. Das hieß allerdings wiederum, ein hohes Risiko einzugehen, denn jede Minute länger hier an diesem Ort konnte mich Kopf und Kragen kosten! Eigentlich musste ich zusehen, möglichst schnell die Kurve zu kratzen, denn die

Polizei konnte jederzeit hierher zurückkommen, und auch Annas Ehemann würde irgendwann auftauchen. Außerdem wäre es eine Herkulesarbeit gewesen, das ganze verdammte Haus zu durchsuchen, für deren Erledigung ich ungefähr so lange gebraucht hätte wie die Spielvereinigung für den Aufstieg in die Erste Liga.

Meine Vernunft (die ja seit dem Morgen praktisch komplett abgetaucht war) und meine Abenteuerlust (dass ich so etwas in mir trug, war mir neu) handelten den Kompromiss aus, nur schnell den wahrscheinlichsten Aufbewahrungsort abzuchecken und dann sofort die Mücke zu machen.

Was aber war der wahrscheinlichste Aufbewahrungsort? Philipp Marlein, der große Frauenversteher, warf seine kleinen grauen Zellen an und überlegte, wo Frauen wohl ihre Geheimnisse aufbewahren – wenn nicht in ihrem Herzen. Vielleicht in ihrem Schlafzimmer? Ich war das Gegenteil eines Frauenverstehers, und mit den kleinen grauen Zellen war das auch so eine Sache, aber Schlafzimmer klang nicht schlechter (allerdings auch nicht viel besser) als jeder andere Ort. Also begab ich mich dorthin.

Das Schlafzimmer hatte auf dem Boden einen Flauschteppich, in dem ich beim Betreten ungefähr bis zur Kinnspitze versank, und alle vier Wände (einschließlich der Tür) sowie die komplette Decke waren mit Spiegelglas bedeckt. Soso, Herr und Frau Duvernon sahen sich also offenbar gern selbst beim Liebesspiel zu. Durch die Spiegel entstand der Eindruck einer riesigen Halle voller riesiger Himmelbetten, doch echt war nur das eine, das in der Mitte des Raumes stand und den einzigen Einrichtungsgegenstand darstellte, wenn man von zwei flachen, dafür aber sehr breiten Kommodenschränken absah, die links und rechts des Bettes standen und als Nachtkästchen fungierten.

Ich identifizierte das linke Nachtkästchen als das von Herrn Duvernon, denn neben dem Wecker lag der ›Kicker‹. Gar nicht mal so unsympathisch, der Mann: coole Hütte, scharfe Frau, und dann auch noch fußballinteressiert. Anna hatte zwar behauptet, dass er arbeite, aber ich nahm stark an, dass er gerade im Ronhof in einer der VIP-Logen gegenüber der Gegengeraden saß und genüsslich Kaviar löffelte und Champagner schlürfte und keine Ahnung davon hatte, dass seine Frau tot in seinem Pool lag und der Typ, den die Polizei im Stadion suchte, gerade in seinem Schlafzimmer herumschnüffelte.

Also wandte ich mich der rechten Kommode zu, die dann die von Anna sein musste. Sie hatte insgesamt drei Schubladen. In der oberen befand sich ein bunter Mix aus diversen Gegenständen und Utensilien: ein Päckchen Schlaftabletten, ein Schächtelchen mit Ohropax, mehrere Parfümfläschchen, Taschentücher, Binden, Einlagen, Stifte, ein Notizblock, Haarklammern, Lippenstifte, verschiedene Kosmetika. Die mittlere Schublade beinhaltete ausschließlich Klamotten, nämlich Unterwäsche und Nachthemden. Und die untere war bis oben hin vollgeschichtet mit Büchern, Frauenzeitschriften – und Briefen.

Ich zog sämtliche Briefe aus der Schublade –

es mochten gut und gerne mehrere hundert Stück sein. Ich begann, die ersten zu überfliegen. Sie waren jüngeren Datums und völlig belangloses Geschreibsel von Verwandten oder Freundinnen. Dann ging es in der Zeit langsam immer weiter zurück; die Briefe waren offenbar chronologisch geordnet. Ich sah am Ende des ganzen Stapels nach, und tatsächlich: Die Briefe dort waren über zwanzig Jahre alt.

Ich arbeitete mich bis zum Zeitpunkt der Tragödie vor und las einige Briefe aus der Zeit kurz vor und nach Ellis Ermordung. Die meisten stammten von Elli selbst; in einem offenbar kurz nach dem Tod der Mutter geschriebenen Brief beispielsweise forderte sie Anna auf, doch in ihre Nähe zu ziehen. Andere Briefe stammten von liebestrunkenen Verehrern oder von Leonhart Maurizius – die von ihm erwähnten, unbeantwortet gebliebenen Briefe aus der Untersuchungshaft und dem Gefängnis, in denen er wortreich seine Unschuld beteuerte. Sie enthielten nichts, was nicht zu den bekannten Tatsachen gepasst oder einen Hinweis auf einen anderen Mörder als Leonhart gegeben hätte.

Ich war schon geneigt, auch diesen Versuch als erfolglos abzuhaken und eine akute Depression zu schieben, und kurz davor, die Durchsuchung abzubrechen – als ich auf einen Brief stieß, der mich umhaute, als hätte jemand meinen Kopf als Ball für einen Vollspannschuss benutzt: weil dieser Brief vielleicht die ganze gottverdammte Geschichte erklärte – und weil diese Erklärung so ungeheuerlich war, dass sie die Vorstellungskraft des kleinen Marlein'schen Gehirns sprengte.

Eigentlich konnte das unmöglich wahr sein! Aber wenn doch … wäre das Wahnsinn!

Nein, ich konnte es nicht glauben – aber auch nicht kategorisch ausschließen. Die Zeilen, die ich gelesen hatte, waren schließlich kein Fake und sprachen eine deutliche Sprache.

Jetzt musste ich schnell handeln und diesen furchtbaren Verdacht, diese neue, so abwegig erscheinende Theorie, so schnell wie möglich überprüfen.

Ich steckte diesen einen Brief in meine Manteltasche, stopfte alle anderen zurück in die Schublade, verließ das Schlafzimmer und steuerte die Haustür an. Im Eingangsbereich blieb ich stehen, griff zum Telefon, das dort auf einem Tischchen stand, wählte den Notruf, nannte meine Adresse, bat darum, dort bei Gelegenheit mal nachzusehen, ob nicht zufällig eine Frauenleiche auf dem Grund des Swimmingpools lag, und legte wieder auf. Ich machte mir nicht die Mühe, meine Fingerabdrücke vom Hörer abzuwischen; entweder hatte ich bald alles überstanden oder war hoffnungslos verloren, dazwischen gab es jetzt sowieso nichts mehr.

Ich ging den Weg zurück, den ich gekommen war: die Steintreppe hinunter, über den Pappelsteig und den Engelhartsteg, durch den Stadtpark, die Otto-Selig-Promenade, die Goethestraße und die Luisenstraße und hinein in die Königswarterstraße, bis ich wieder vor dem Haus stand, in dem Waremme wohnte – gewohnt hatte, als er noch lebte. Unterwegs begegnete ich sicherlich wieder den üblichen Joggern, Spaziergängern und Gassigehern. Aber ich nahm überhaupt niemanden wahr, denn ich bewegte mich, geschockt von meiner Entdeckung, wie in Trance. Zumindest schien ich keiner Polizeistreife begegnet zu sein, denn niemand warf mich zu Boden, klemmte mir den Arm auf den Rücken und drückte mir eine Knarre an die Schläfe.

Auch vor Waremmes Haus war alles ruhig, der ganze Spurensicherungstrupp und auch der Leichenwagen schienen bereits abgezogen zu sein. Auch meine Kiste stand noch unversehrt da; sie war offenbar niemandem negativ aufgefallen. Damit war ich zumindest wieder mobilisiert; mein Bedarf an Fußmärschen war für diesen Tag mehr als gedeckt.

Ich hatte den Griff der Fahrertür schon in der Hand, um sie zu öffnen und einzusteigen, doch dann schoss mir ein verrückter Gedanke in den Kopf. Natürlich war es verrückt, nochmal in Waremmes Wohnung hochzugehen und sie zu durchsuchen. Denn der Brief, den ich in der Tasche trug, war als Beweismittel für meine neue Theorie doch ein bisschen dünn, und er ließ auch noch einige Fragen unbeantwortet, auf die ich vielleicht in Waremmes Wohnung eine Antwort finden würde – wenn er seine Post ebenso gewissenhaft aufbewahrte wie Anna.

Ich nahm die Hand vom Griff, ging zur Haustür, stieg die Treppe hoch, ging den Korridor entlang und stand erneut vor dem Schild »Gregor Waremme – Privatgelehrter – Unterricht • Beratung • Training – Termine nach Vereinbarung«. Nein, Gregor Waremme würde niemanden mehr unterrichten, beraten oder trainieren. Er hatte heute selbst einen Termin, und wenn es die Gerechtigkeit, deren Existenz er so vehement abgestritten hatte, vielleicht doch gab, hatte er diesen Termin an einem verdammt heißen Ort und bei einem Herr mit roter Haut, zwei Hörnern und einem Pferdefuß.

Wie erwartet, war die Eingangstüre polizeilich versiegelt, was aber noch nie jemanden am Betreten des versiegelten Objekts gehindert hat. Ich fummelte ein Mini-Taschenmesser aus der Innentasche meines Mantels, durchtrennte mit der Klinge das Siegel, drückte auf die Klinke und trat ein.

Das große Wohnzimmer hatte sich seit meinem letzten Besuch nur in einer Beziehung verändert: Es saß keine Leiche mehr auf dem Sofa. Ansonsten hatten die Jungs von der Spurensicherung sauber und ordentlich gearbeitet, wie es sich für Staatsbeamte gehörte, und keine Unordnung verursacht.

Ich hingegen machte als Nicht-Staatsbeamter weniger Federlesen und tobte mich ordentlich aus, und nach meiner Durchsuchung sah der Raum aus wie nach einem Atombombentest.

Wenigstens hatten sich das Risiko und die Plackerei gelohnt: Ich fand zwar im ganzen riesigen Zimmer keinen einzigen Brief, aber aus einer Schreibtischschublade zog ich schließlich ein Dokument, das nicht mehr und nicht weniger war als das berühmte fehlende Puzzleteil und meinen so abstrusen und so unglaublichen Verdacht praktisch zur Gewissheit werden ließ.

Anscheinend hatte ich jetzt meine Glückssträhne. Philipp Marlein, der Superdetektiv: Eiskalt hatte er gewartet, bis alle Zeugen tot waren, damit er ungestört deren Wohnungen durchsuchen und die entscheidenden Hinweise zur Aufklärung des Falles finden konnte.

Ich verließ Waremmes Wohnung mit meiner Beute, eilte die Treppe hinunter – diesmal ohne die Putzfrauen-Einlage zu benötigen –, stieg in mein Auto, zog die Fanartikel, die ich ja immer noch anhatte, aus, warf sie auf den Beifahrersitz und machte mich auf den Weg zu der Person, die ich nun unbedingt sprechen musste: Ich fuhr zu Peter Paul Maurizius.

Während der kurzen Fahrt schaltete ich das Autoradio an – gerade rechtzeitig.

*»Sechzig Sekunden Nachspielzeit noch im Ronhof in Fürth, und die Gastgeber stehen vor dem Pokalaus, denn die Clubberer, sie führen immer noch mit 1:0, wenn auch durch einen äußerst umstrittenen Elfmeter. Ein packendes, ein ausgeglichenes Achtelfinalspiel, in dem sich die beiden Erzrivalen auf Augenhöhe präsentiert haben und das eigentlich keinen Verlierer verdient hätte. Aber das sind nun mal die Gesetze des Pokals: Einer fliegt immer raus. Und in diesem Frankenderby scheint es die Fürther zu treffen. Doch die Kleeblättler stemmen sich mit aller Macht gegen die drohende Niederlage und versuchen es jetzt mit der Brechstange, kommen noch einmal über die linke Seite mit Schrib, wahrscheinlich die letzte Aktion des Spiels, der Schiedsrichter hat bereits auf die Uhr geschaut, wird die Partie sicherlich gleich abpfeifen. Schrib hat sich da links noch einmal durchgetankt, versucht eine Flanke in den Strafraum zu schlagen, wird aber abge-*

*blockt von Fuchs, dem routinierten Abwehrchef der Nürnberger. Doch Schrib erkämpft sich das Leder noch einmal zurück – Schrib flankt nach innen – Kopfball, abgewehrt – aus dem Hintergrund müsste Pröck schießen – Pröck schießt – Toor! Tor für Fürth! Das ist der Ausgleich! 1:1! Das ist der absolute Wahnsinn! Der Ronhof steht kopf! Der mit aufgerückte Rechtsverteidiger Pröck schießt die Spielvereinigung in buchstäblich allerletzter Sekunde doch noch in die Verlängerung!«*

Ich ballte die Faust. Geht doch!, dachte ich und gab mich ein paar leichtsinnige Momente lang der Illusion hin, dass meine Glückssträhne weiterging – allerdings nur genau so lange, bis ich in die Straße einbog, in der Leonharts Vater wohnte.

Ich sah den Saniwagen und den Notarztwagen schon von weitem vor seinem Häuschen stehen. Ich fuhr langsam heran, bereit, einfach weiterzufahren, wenn ich auch noch ein Polizeiauto erblicken sollte, aber da stand keines.

Ich fuhr trotzdem erstmal vorbei, parkte dann ein Stück weiter vorne in der Straße und ging zu Fuß das Stück zurück zu Maurizius' Hütte. Neben den beiden Krankenwagen stand ein kleines Grüppchen von Leuten, vermutlich neugierige Nachbarn. Ich blieb bei den Schaulustigen stehen.

»Was'n da los?«

Eine rundliche Frau im Bademantel, mit Lockenwicklern im Haar und einer dicken qualmenden Zigarre im Mund, antwortete mir mit einer Stimme, gegen die Joe Cocker und Rod

Stewart wie glockenreine Engelssoprane klangen: »Dem alten Maurizius ist irgendein Unglück passiert.«

Ich spürte einen fußballgroßen Kloß im Hals. Das klang gar nicht gut. Mein Bedarf an Unglücksfällen war für diesen Tag eigentlich gedeckt. Aber ich musste es natürlich genauer wissen. Irgendein Unglücksfall konnte alles mögliche sein, vom eingeklemmten Nerv über einen Schlaganfall bis zum – Mord. Ich überlegte fieberhaft und in Sekundenschnelle. Noch war offenkundig keine Polizei vor Ort. Das konnte daran liegen, dass Peter Paul Maurizius nichts widerfahren war, wofür man Polizei benötigte, das konnte aber auch daran liegen, dass die Jungs im Moment vollauf damit beschäftigt waren, nach dem flüchtigen Mörder Philipp Marlein zu suchen.

Wie auch immer, ich musste ein letztes Mal noch volles Risiko gehen. Ich steckte schon so tief in der Scheiße, dass es auf ein Delikt mehr oder weniger wirklich nicht mehr ankam.

Ich marschierte also im Stechschritt durch den Garten und hinein in Maurizius' Einraumwohnung.

Natürlich lag auf dem Fußboden eine Leiche. Alles andere hätte mich mittlerweile auch enttäuscht, obwohl es langsam natürlich ein bisschen langweilig wurde.

Wenigstens hatte ich dieses Mal lebendige Gesellschaft und war auch nicht der erste, der die Leiche entdeckte, denn um Peter Paul Maurizius herum standen und knieten drei weißgekleidete Männer.

Ich setzte meine Diesterweg-Gedächtnis-Miene auf. »Kommissar Marlein, Kriminalpolizei Fürth. Habt ihr hier was für uns?«

Einer der drei Männer trat zu mir heran. Auf einem kleinen, in Brusthöhe angehefteten Schildchen konnte ich unter seinem Namen die Bezeichnung »Notarzt« lesen. Er guckte mich skeptisch an.

»Sie sind ja im wahrsten Sinne des Wortes schneller, als die Polizei erlaubt. Wir haben Sie doch gerade erst vor einer halben Minute verständigt, und schon sind Sie hier.«

Bei mir schrillten die Alarmglocken. Sie hatten die Polizei angerufen, was bedeutete, dass diese in Kürze hier sein würde. Ich hatte also verdammt wenig Zeit und musste kräftig aufs Gaspedal drücken.

Ich zeigt ein unverbindliches Lächeln. »Ich bin nicht von der Einsatzzentrale geschickt, sondern praktisch zufällig hier, weil ich Herrn Maurizius im Zuge von Ermittlungen ein paar Fragen stellen wollte. Die Kollegen werden sicher gleich eintreffen. Sie können mich aber vorab schon mal ins Bild setzen.«

Normalerweise beißt man mit so was auf Granit, aber diesmal kam ich damit durch wie ein heißes Messer durch Butter. Anscheinend machte ich als Kommissar Marlein eine gute Figur, denn der Notarzt gab mir bereitwillig Auskunft. Vielleicht hätte ich damals nach dem Abi doch als staatlicher Gesetzeshüter anheuern sollen, dann wäre ich jetzt statt eines abgebrannten, sozial verachteten Schnüfflers ein angesehenes Mitglied der Gesellschaft mit geregeltem

Einkommen, würde mit meiner Frau und meinen drei Kindern in einem netten Einfamilienhaus am Stadtrand von Fürth wohnen und mit meinem geschätzten Kollegen und besten Freund Diesterweg einmal in der Woche kegeln gehen.

»Der alte Mann hat heute in der Rettungsleitstelle angerufen und eine Krankentransportfahrt für eine bestimmte Uhrzeit bestellt. Als der Fahrdienst vorhin bei ihm eingetroffen ist, war er schon tot. Er wollte wohl mit seiner Bestellung sicherstellen, dass er gefunden wird.«

Ich überlegte, ob ich meine Knarre aus der Manteltasche holen und mal so langsam damit beginnen sollte, Kerben für jede Leiche einzuritzen, über die ich im ›Fall Maurizius‹ stolperte. Es hätte sich gelohnt: gleich mal schlappe vier Kerben am ersten Tag – und der war ja noch nicht mal zu Ende.

»Also Selbstmord?«

Der Notarzt deutete auf eine Medikamentenschachtel, die neben dem Toten auf dem Boden lag. »Eine komplette Ladung Schlaftabletten. Fünfzig Stück. Todsichere Sache. Klassisch.«

Ich blickte in das tote Gesicht des Peter Paul Maurizius und suchte nach irgendeinem Ausdruck – Friede, Hass, Schmerz, Genugtuung. Aber das einzige, was ich sah, war Leere.

Der Notarzt deutete jetzt auf die Ablage des Küchenbüfetts, wo ein zusammengefaltetes Blatt lag. »Und das scheint der dazugehörige Abschiedsbrief zu sein.«

Ich ging zum Küchenbüfett, krallte mir das Papierstück, ohne es näher zu betrachten, und schob es in die Manteltasche, zu den anderen gemopsten Beweismitteln. »Werd' ich dann gleich lesen. Jetzt schau ich aber erstmal, wo die Kollegen bleiben.«

Ich schlenderte betont behäbig zur Tür hinaus, beschleunigte dann im Garten meine Schritte, eilte schließlich fast im Laufschritt zu meinem Auto, stieg ein und gab Gummi.

Ich fuhr wieder auf die Fronmüllerstraße und bog, kurz bevor sie in die Schwabacher Straße mündete, auf den Parkplatz vor der Volksbücherei ein, wo ich anhielt. Mit leicht zittrigen Händen zog ich Peter Paul Maurizius' Abschiedsbrief aus der Tasche, faltete ihn auseinander und las den in krakeliger Handschrift verfassten, gerade noch entzifferbaren Text durch. Als ich ihn wieder zusammengefaltet hatte, war endgültig alles klar.

Ja, alles war ermittelt und aufgeklärt im ›Fall Maurizius‹. Es gab nur ein kleines Problem: Es gab praktisch niemanden mehr, dem ich meine tollen Ermittlungsergebnisse mitteilen konnte, denn nicht nur mein Klient, sondern auch alle anderen unmittelbar in diesen Fall Involvierten hatten ja in den letzten Stunden das Zeitliche gesegnet. Der einzige, der im Prinzip noch übriggeblieben war, war der Staatsanwalt, der damals also, wie ich jetzt wusste, einen Unschuldigen ins Gefängnis gebracht hatte; wenigstens ihm wollte ich die Wahrheit mitteilen und ihm erzählen, was vor achtzehn Jahren im ›Fall Maurizius‹ in Wirklichkeit passiert war.

Ich fuhr über die Schwabacher Straße und die B8 nach Dambach, und natürlich schaltete ich wieder das Radio ein. Im Ronhof lief die Verlängerung, das Spiel wogte hin und her mit Chancen hüben wie drüben, aber der vorentscheidende Treffer wollte weder den Nürnbergern noch den Fürthern gelingen, es stand immer noch 1:1. Zwischendurch schaltete der Reporter zurück ins Studio, und sie spielten Bruce Springsteen, der einen seiner besten Songs sang, ›I'm on fire‹.

Genau das war ich auch, als ich meine Kiste vor dem Haus von Wolf Andergast parkte.

Ich freute mich: kein Polizeiauto stand vor dem Anwesen, auch kein Krankenwagen, im Garten lag keine Leiche herum, und auf mein Läuten wurde mir geöffnet.

Doch ich freute mich zu früh: Zwar war es Schnuckelchen Viola Andergast, die mir öffnete, und sie bot nach wie vor einen appetitlichen Anblick, aber dieser wurde etwas getrübt von einer aschfahlen Gesichtfarbe und geröteten, verweinten Augen. Da sie mich nur stumm anstarrte, begann ich die Konversation.

»Hallo, Frau Andergast. Ich wollte eigentlich Ihren Mann sprechen, aber mir scheint, ich komme gerade ungelegen.«

Dicke Krokodilstränen kullerten über ihre Wangen. »Wolf ist etwas Schlimmes zugestoßen.«

Mir drehte sich der Magen um. Ich kam mir langsam vor wie eine mythologische Pechmarie, die, wo immer sie auch hinkam, nichts als Unglück, Krankheit und Tod verbreitete. Wer mir an diesem Tag begegnete, dessen Lebenserwartung schien automatisch auf nur noch wenige Stunden zusammenzuschrumpfen.

War etwa auch Wolf Andergast …?

Seine Gattin wischte sich mit einem Taschentuch die Tränen aus dem Gesicht.

»Wolf war unterwegs, und als er zurückkam, ging es ihm nicht gut. Er war kaltschweißig, hatte Brustschmerzen, Beklemmungsgefühle und Todesangst. Ich habe gleich den Notarzt verständigt, und der hat dann diagnostiziert, dass Wolf einen Herzinfarkt erlitten hat, und ist mit ihm sofort ins Klinikum auf die Intensivstation gefahren.«

Immerhin – mal kein Gewaltakt, und Andergast war noch am Leben, wobei die Betonung wahrscheinlich auf ›noch‹ lag.

»Machen Sie sich keine Sorgen. Ihr Mann hat eine gute Konstitution. Der wird schon wieder. Ich werde ihn ein andermal besuchen, wenn er wieder voll auf dem Damm ist.«

Mit diesen Worten verabschiedete ich mich. Ich hätte die traurige junge Dame ja gerne getröstet, aber sie schien mir momentan nicht empfänglich zu sein für Streicheleinheiten, obwohl ihr die sicherlich gut getan hätten.

Aber ich hatte auch Wichtigeres zu tun.

Ich hatte Viola Andergast nämlich belogen. Ich dachte überhaupt nicht daran, so lange zu warten, bis ihr Mann wieder zuhause war. Ich setzte mich vielmehr ins Auto und fuhr Richtung Klinikum, um Wolf Andergast einen kleinen Besuch am Krankenbett abzustatten.

## IX.

Ein Klinikum ist ein mystischer Ort, denn in einem Klinikum spielen sich die ganz großen, die elementaren Dinge ab, ereignen sich all die Mysterien unseres Daseins, die wir noch immer nicht ergründet haben.

In einem Klinikum werden wir üblicherweise geboren, in einem Klinikum sterben wir heutzutage oft, in einem Klinikum bekommen wir meist unsere Kinder (und damit das, was von uns bleibt), in einem Klinikum verlieren wir oft unsere Eltern (und damit das, aus dem wir hervorgegangen sind). In einem Klinikum sind Dinge legal, die sonst verboten sind und bestraft werden: Bäuche aufschlitzen, Brustkörbe aufsägen, Eingeweide herausschneiden, Gliedmaßen abtrennen. In einem Klinikum wird man entweder zum strahlenden Sieger oder zum tragischen Verlierer: zum Sieger, wenn man es wieder gesund verlässt, wenn man dem Schicksal getrotzt und eine Krankheit überwunden hat; zum Verlierer, wenn man es nur noch als angeschlagenes und demoliertes Wrack verlässt – oder eben gar nicht mehr.

Ich fuhr in das Parkhaus in der Jakob-Henle-Straße, stellte meine Kiste ab und machte mich auf den Weg zu dem Patienten, den ich besuchen wollte. Ihrer Bedeutung als mystische Stätten der Moderne gerecht werdend, beeindrucken Kliniken oft durch monumentale Größe, und auch das Klinikum Fürth musste sich in dieser Hinsicht nicht verstecken. Das gesamte Klinikgelände hatte eine gefühlte Fläche von etwa zwanzig Fußballfeldern, und um das zentrale Hauptgebäude herum gruppierten sich verschiedene An- und Neubauten, um die das Klinikum in den letzten Jahren und Jahrzehnten erweitert worden war. Eine große Wegweiser-Tafel neben den Parkhaus informierte mich darüber, dass in diesen Nebengebäuden das Bildungszentrum, die Frauenklinik, die Geriatrische Rehabilitation, die Klinik für Kinder und Jugendliche, die Verwaltung sowie eine ärztliche Bereitschaftspraxis und andere Arztpraxen untergebracht waren.

Herzstück des Klinikums Fürth war aber immer noch das Hauptgebäude. Ich hatte mal gelesen, dass es 1931 im Stil der Neuen Sachlichkeit erbaut worden war und damals mit seiner imposanten Größe, seiner klaren, absolut symmetrischen Architektur, seinen langen, durch die vielen hohen Fenster lichtdurchfluteten Gängen und Sälen und seinen Sonnen- und Ruheterrassen als avantgardistisches Vorzeigemodell eines modernen und fortschrittlichen Krankenhauses gefeiert worden war. Und auch heute noch wirkte der langgezogene gelbe Kasten, der links und rechts durch weiße, aber architektonisch ähnlich gestaltete Anbauten noch weiter in die Länge gestreckt worden war, beeindruckend. Es war das längste Gebäude, das ich kannte, und man konnte vermutlich einen netten Tagesausflug damit verbringen, von einem Ende zum anderen zu wandern.

Ich marschierte vom Parkhaus durch eine weitläufige, parkähnliche Anlage auf das Hauptgebäude zu. Ich kam an einer großen Wiese vorbei, die auf einem Schild als »Hubschrauberanflugzone« ausgewiesen wurde und vor deren Betreten mit einem dramatischen »Achtung! Lebensgefahr« gewarnt wurde. Und dass dies keine leere Drohgebärde war, nur um das Wachstum des Rasens zu optimieren, bewies der Rettungshelikopter, der gerade unter ohrenbetäubendem Lärm auf dem gepflasterten Landeplatz am gegenüberliegenden Rand der Wiese niederschwebte.

Dann bog ich nach links ab, vorbei an einer zweiten großen Wiese, in deren Mitte eine Skulpturengruppe stand, bestehend aus einer länglichen, steil aufragenden Säule und zwei kugelförmigen Gebilden – ein Kunstwerk, das sicherlich die Unendlichkeit des Universums oder die Unvergänglichkeit der Seele oder irgendwas in der Art symbolisierte, aus meiner Perspektive, bei der sich die Säule genau in der Mitte zwischen den beiden Kugeln befand, aber in erster Linie wie die überdimensionale Darstellung eines männlichen Körperteils in einer speziellen Zustandsform aussah, und steuerte auf den Haupteingang zu.

In der Eingangshalle befand sich im üblichen Glaskäfig die übliche ›Information‹, und ich holte mir dort die Bestätigung, dass Wolf Andergast auf der Intensivstation lag, und zwar auf der internistischen, sowie die Auskunft, dass diese sich im zweiten Stock befand und ich diesen mit dem nahegelegenen Besucheraufzug erreichen würde.

Irgendwie lief ich dann aber an diesem Aufzug vorbei und stand stattdessen plötzlich im Wartebereich der Unfallambulanz. Auf den dort platzierten Stühlen saßen ein paar Jugendliche, die mit Fahnen, Schals und Mützen der Spielvereinigung geschmückt waren – und außerdem mit blauen Augen, aufgeplatzten Lippen, Beulen, Kratzern, Schürfwunden, Pflastern, Verbänden und Bandagen. Sie saßen mit hängenden Köpfen da, sprachen nichts und starrten mit leeren und glasigen Blicken stumpfsinnig vor sich hin.

Ich trat zu ihnen hin. »Na, in eine Schlägerei mit Club-Fans geraten?«

Sie erwiderten nichts, blickten mich noch nicht einmal an.

Ich sah, dass einer ein kleines Kofferradio in der Hand hielt. »Ist das Spiel schon aus?«

Der Kofferradiohalter nickte stumm.

»Und – wie?«

In seiner Stimme lag Grabeskälte. »Im Elferschießen verloren.«

Jetzt nickte ich stumm. Es gab nichts weiter dazu zu sagen. Es war eben einfach ein Scheißtag, von Anfang an, und ein Sieg im Derby hätte seine Rolle als Scheißtag nur ruiniert. Es wurde Zeit, ihn zu Ende zu bringen.

Zum bitteren Ende.

Ich ging zurück, fand den Aufzug und fuhr in den zweiten Stock hoch. Dort stieg ich aus, und ein Schild an der gegenüberliegenden Wand wies mir den Weg zur Intensivstation. Dieser Weg führte mich einen geraden, endlos erscheinenden Gang entlang. Als ich an den Operationssälen vorbeikam, sinnierte ich darüber, ob es wohl gut war, dass ich mich an diesem Tag in ein Krankenhaus begab. Schließlich waren die wenigsten Menschen, die in den letzten Stunden Kontakt mit mir gehabt hatten, noch am Leben, und wer weiß, wie viele Patienten jetzt gerade den Operateuren unter den Händen wegstarben, nur weil ich am OP-Trakt vorbeispazierte.

Marlein, der Todesengel!

Schließlich kam ich an einer Intensivstation an, musste aber feststellen, dass es sich dabei um die »Operative« und somit um die falsche handelte, und marschierte noch ein ganzes Stück Gang weiter, ehe ich schließlich meinen Zielort erreichte: Die Eingangstür zur »Internistischen Intensivstation«. An der Tür klebte ein in Folie eingeschweißtes Informationsblatt, das unter anderem darüber aufklärte, dass es keine festen Besuchszeiten gebe und dass man jederzeit Zugang zu seinen Angehörigen habe, dass man aber wegen der intensivmedizinischen und intensivpflegerischen Versorgung mit Wartezeiten rechnen müsse und dafür ein Besucherwartebereich zur Verfügung stehe, und dass man sich über die Sprechanlage anmelden müsse. Die Sprechanlage befand sich links neben der Tür, versehen mit dem Hinweis, dass man bitte klingeln und erst nach Aufforderung eintreten solle.

Ich drückte auf das Knöpfchen mit dem Glockensymbol, und nach einer Weile ertönte ein »Ja, bitte?«.

Ich erzählte in die Anlage, dass ich ein enger Vertrauter von Herrn Andergast sei und ihn unbedingt in einer dringlichen, unaufschiebbaren Angelegenheit sprechen müsste. Nach einer kurzen Pause erhielt ich zur Antwort, dass ich eintreten könne, dass aber gerade im Moment an

Herrn Andergast gearbeitet werde und ich noch im Wartebereich links nach dem Eingang Platz nehmen müsste, bis ich aufgerufen würde.

Ich bedankte mich, und im selben Moment öffneten sich automatisch die beiden klinkenlosen Schwingtüren. Ich trat durch einen kleinen Vorraum und eine weitere Tür und stand dann auf dem Gang der internistischen Intensivstation. Tatsächlich befand sich direkt hinter dem Eingang auf der linken Seite der erwähnte Besucherwartebereich, bestehend aus einer metallenen Sitzreihe. Ich ließ mich auf einem der Sitze nieder und sah mich um.

An der gegenüberliegenden Wand hing ein Plakat, das darüber informierte, wie man den Patienten in seinem Genesungsprozess unterstützen konnte (unter anderem damit, dass man ihm etwas erzählt), und an der Wand hinter mir hing ein Zertifikat, das der Intensivstation des Klinikums Fürth »Angehörigenfreundlichkeit« bescheinigte und in dem die Rechte eines Intensivpatienten aufgelistet waren (unter anderem, dass sie über ihre Situation aufgeklärt werden).

Ich war hier goldrichtig. Ich würde Wolf Andergast etwas erzählen, und ich würde ihn aufklären.

Ob das zu seinem Genesungsprozess beitragen würde, war in diesem speziellen Fall allerdings durchaus zweifelhaft. Aber ich hatte keine andere Wahl. Ein Mann muss tun, was ein Mann tun muss.

Nach ein paar Minuten tauchte eine blau gekleidete Krankenschwester auf und fragte mich, ob ich der Besucher für Herrn Andergast sei. Ich bestätigte es. Sie teilte mir mit, dass ich nun kurz zu ihm könne, und belehrte mich ausführlich und wortreich darüber, dass Herr Andergast einen Herzinfarkt erlitten habe und deshalb sehr ruhebedürftig sei und sich auf keinen Fall aufregen dürfe. Ich versicherte ihr, dass ich ihn nicht aufregen würde.

Noch eine Lüge mehr, aber ich hatte mein Sündenkontingent für diesen Tag schon so stark überzogen, dass es mittlerweile völlig egal war, was ich noch alles tat oder unterließ.

Die Schwester führte mich zu einer Tür am Ende des Ganges, erklärte mir, dass dahinter Herr Andergast liege, und entfernte sich.

Ich öffnete die Tür und sah mich in dem Zimmer um, das ich betrat. Es war schlauchförmig, nicht besonders groß, und wurde beinahe komplett von einem Krankenbett ausgefüllt. Die Wand links vom Bett bestand ausschließlich aus Fenstern und Heizkörpern, an der Wand rechts vom Bett befanden sich ein Waschbecken, ein Müllwagen mit zwei Säcken, ein fahrbares Stehpult, auf der eine aufgeschlagene Patientenakte lag, mit Seife, Desinfektionsmittel, Papiertüchern und Einmalhandschuhen gefüllte Spender sowie eine Arbeitsfläche mit diversen Pflegeartikeln.

Und an der Wand hinter dem Bett hingen zwei dicke stählerne, an einen Dreharm montierte – und damit schwenkbare – Säulen von der Decke, an denen eine Unzahl von technischen Geräten, Maschinen und Apparaturen befestigt war. Es war ein wahrer Urwald an Technik, der reinste Kabelsalat; es gab eine Unzahl von Knöpfen, Reglern und Monitoren, auf denen in verschiedensten Farben irgendwelche Zahlen, Kurven, Linien und Diagramme flimmerten, und die verschiedene leise, monotone, sich ständig wiederholende Piepstöne von sich gaben.

In einige der Geräte waren Infusionsflaschen und voluminöse Spitzen eingeklemmt, und von ihren Enden liefen lange dünne Schläuche in Richtung Bett und verschwanden unter der Bettdecke. Das Bett war natürlich kein normales Bett, sondern ein klassisches Krankenhausbett, mit Rädern zum Fahren, Stahlrahmen an beiden Enden, hochklappbaren Seitengittern und einer Steuerung zum Verstellen von Kopfteil, Fußteil und Betthöhe.

Und in diesem Bett lag – eingerahmt von all den Geräten und Maschinen und Apparaturen und Monitoren und Infusionen und Spritzen und Kabeln und Schläuchen – ein kahlköpfiges, blasses Wesen, das tatsächlich noch entfernt an Oberstaatsanwalt Wolf Andergast erinnerte.

Die ganze Szenerie wirkte ein bisschen, wie aus einem ›Alien‹-Horrorfilm geklaut: Ein riesiges metallenes Roboter-Kraken-Monstrum hatte ein unschuldiges menschliches Opfer mit seinen vielen Fangarmen umschlungen und erhielt es mit diesen am Leben, konnte es bei Bedarf aber auch jederzeit damit töten. Zwischen dem Bett und der Fensterfront stand ein Nachtkästchen, und vor dem Nachtkästchen stand ein Plastikstuhl. Auf diesem nahm ich Platz.

Andergast hatte die Augen geschlossen gehabt, als ich das Zimmer betreten hatte, sodass ich schon glaubte, er schliefe, aber in dem Moment, in dem ich mich hinsetzte, schlug er die Augen auf. Er taxierte mich mit einem skeptischen Blick und brauchte ein kleines Weilchen, bis er mich identifiziert hatte. Seine Stimme klang etwas dünn und schwach, ansonsten aber schien er einigermaßen auf der Höhe des Geschehens zu sein.

»Herr Marlein? Was führt Sie denn zu mir? Falls Sie erneut Auskünfte von mir einholen wollen, muss ich Sie leider bitten, das zu einem späteren Zeitpunkt nachzuholen, ich habe nämlich, wie Sie sehen, momentan andere Sorgen, als über längst verjährte Gerichtsfälle zu palavern.«

Ich schüttelte den Kopf. »Nein, ich will keine weiteren Auskünfte von Ihnen. Ich habe Ihnen vielmehr jede Menge Auskünfte anzubieten. Ich habe mich nämlich, wie angekündigt, auf Erkundungstour im ›Fall Maurizius‹ begeben und dabei doch Erstaunliches zu Tage gefördert.

Bedauerlicherweise muss ich Ihnen mitteilen, dass ich bei dieser Erkundungstour nicht nur auf die sprichwörtlichen Leichen im Keller, sondern auch auf mehrere echte Leichen gestoßen bin. Bedauerlicherweise muss ich Ihnen ebenfalls mitteilen, dass Ihre Interpretation der damaligen Geschehnisse leider völlig falsch ist und ungefähr so viel Wahrheitsgehalt hat wie ein Märchen der Gebrüder Grimm. Und bedauerlicherweise muss ich Ihnen trotz Ihres angeschlagenen Gesundheitszustandes die ganze Wahrheit darüber, was sich damals wirklich ereignet hat, jetzt sofort erzählen, da Sie der einzige Verbliebene sind, dem ich sie überhaupt noch erzählen kann, und ich Sie Ihnen erzählen möchte, bevor Sie mir auch noch wegsterben.«

»Keine Angst, so schnell vergeht Unkraut nicht. Ich werde mich schon wieder berappeln. Aber jetzt haben Sie mich so neugierig gemacht, dass ich Sie gar nicht wieder gehen lassen würde, ohne erfahren zu haben, was Sie an neuen Erkenntnissen zu bieten haben.«

Er sah mich erwartungsvoll an. Ich lehnte mich zurück, verschränkte die Arme und streckte die Beine aus – ganz der alte Großvater, der gleich die lange Geschichte seines Lebens erzählen würde, beginnend mit dem Ersten Weltkrieg.

»Nun, wie angekündigt, habe ich mich nach dem Besuch bei Ihnen daran gemacht, die noch vorhandenen Protagonisten von damals aufzuspüren und zu befragen. Meine erste Station war Peter Paul Maurizius, der Vater von Leonhart. Ich habe ihn in einem miesen kleinen Drecksloch in der Südstadt angetroffen, wo er seit Leonharts Verurteilung in bitterer Armut dahinvegetierte, um sich jeden Cent für die Zeit nach Leonharts Freilassung vom Munde abzusparen. Er war völlig fertig von der Nachricht vom Tod seines Sohnes, hielt aber immer noch eisern an seiner Theorie fest, dass Leonhart unschuldig und das Opfer einer Verschwörung geworden sei, und schien, obwohl dem Tod näher als dem Leben, wild entschlossen, die wahren Schuldigen höchstpersönlich durch den Fleischwolf zu drehen, so er sie denn vor seinem Abnippeln noch in seine zittrigen Finger kriegen sollte.

Danach besuchte ich den Kronzeugen Gregor Waremme – ein arroganter, nichtsnutziges Fettsack, der auf irgendeine Goldader gestoßen sein musste und wie eine Made im Speck lebte, ohne mehr dafür zu tun, als gelegentlich den kleinen Finger zu krümmen. Er quatschte mich mit seiner kruden sozialdarwinistischen Pseudophilosophie voll, bis ich seine These, dass der Starke die Schwachen fressen sollte, auf ihn selbst anwandte und ihm mit meinem Schießeisen ein bisschen das Kleinhirn kitzelte. Daraufhin spuckte er das nicht uninteressante Statement aus, dass Leonhart tatsächlich nicht der Mörder seiner Frau war. Doch bevor er mir die ganze Geschichte auftischen konnte, blies mir jemand das Licht aus. Als ich wieder zu mir kam, war Waremme nur noch ein gigantischer Haufen Radieschendünger – und ich auf der Fahndungsliste weiter oben als Osama Bin Laden.

Doch es gelang mir, den vom wahren Mörder auf mich gehetzten Polizisten zu entkommen und mich zur Dritten im Bunde durchzuschlagen: zu Anna, der Schwester von Elli und Geliebten von Leonhart. Sie war immer noch eine atemberaubende Frau, deren körperliche Attraktivität sich allerdings leider indirekt proportional zu ihrem miesen Charakter verhielt. Auch sie hätte, nachdem ich ihr ein bisschen auf die Sprünge geholfen hatte, Erhellendes zu erzählen gehabt, doch unser Gespräch wurde leider unterbrochen, und als wir es fortsetzen wollten, gab es Komplikationen, da sie zu diesem Zeitpunkt nicht mehr atemberaubend war, sondern vielmehr ihres Atems beraubt, und zwar für den Rest der Zeitrechnung; höchstens für den Titel der ›Miss Wasserleiche‹ hätte es noch gereicht.«

Andergast stand das Entsetzen ins Gesicht geschrieben.

»Mein Gott! Da scheint der ›Fall Maurizius‹ seit achtzehn Jahren erledigt zu sein, und dann sterben an einem einzigen Tag gleich drei der in diesen Fall Verwickelten auf unnatürliche Weise. Was für eine tragische und dramatische Entwicklung! Haben Sie denn eine Ahnung, wer diese beiden Morde an Waremme und Anna verübt haben könnte?«

»Mein erster Gedanke war natürlich, dass der alte Maurizius seinen angedeuteten Rachefeldzug tatsächlich gestartet hatte. Ich suchte ihn erneut in seiner Slumhütte auf – und fand ihn als aktuelle Leiche Nummer vier vor. Er hatte, wie sein Sohn Stunden zuvor, Selbstmord begangen.«

Andergast nickte verständnisvoll. »Er hat also zunächst die vermeintlich Schuldigen am Selbstmord seines Sohnes hingerichtet – und anschließend sich selbst.«

»Das war auch meine Vermutung.« Ich zog ein Schriftstück aus meiner Manteltasche. »Praktischerweise hat Peter Paul Maurizius einen Abschiedsbrief hinterlassen. Ich habe mir – als federführender Ermittlungsbeamter im jetzigen ›Fall Maurizius‹ – erlaubt, ihn an mich zu nehmen, und ich erlaube mir auch, ihn Ihnen – als federführendem Ermittlungsbeamten im damaligen ›Fall Maurizius‹ – vorzulesen.«

Ich entfaltete den Brief und las: *»Seit fünfundzwanzig Jahren, seit mir ein grausamer Gott oder ein grausames Schicksal meine Frau, meine Tochter und zwei meiner Söhne entrissen haben, kostet mich jeder Tag des Weiterlebens große Überwindung. Aber ich habe mich jeden Tag überwunden und habe weitergelebt, weil es noch* *jemanden gab, für den zu leben es sich lohnte: meinen letzten verbliebenen Sohn, Leonhart. Ich habe auch weitergelebt und weitergekämpft, als mir dieser grausame Gott oder dieses grausame Schicksal auch noch diesen einzigen Sohn entrissen und in eine Gefängniszelle weggesperrt haben, weil ich immer die Hoffnung hatte, seine Unschuld beweisen und so dafür sorgen zu können, dass er eines Tages zurückkehren würde. Nun, er ist zurückgekehrt, aber nicht als rehabilitierter Unschuldiger, sondern lediglich als Mörder, der seine verdiente Strafe abgesessen hat, und als gebrochener Mann. Er ist zurückgekehrt, aber nur für kurze Zeit, und heute haben ihn mir der grausame Gott oder das grausame Schicksal endgültig weggenommen. Damit macht es für mich keinen Sinn mehr, auch nur einen einzigen Tag weiterzuleben. Einen kurzen Moment war ich willens, doch noch weiterzuleben, doch noch weiterzukämpfen, aus einem einzigen Grund: um Leonharts Tod zu rächen, und zwar an der Person oder den Personen, die ihn um seine Freiheit und sein Leben betrogen haben; um ihnen selbst das anzutun, was sie Leonhart angetan haben. Aber zum einen ist es ja äußerst unwahrscheinlich, dass diese Person oder diese Personen jemals ermittelt werden, auch wenn es jetzt ein von Leonhart angeheuerter Privatdetektiv noch einmal versucht, und zum anderen fehlt mir ganz einfach die Kraft dazu, mir fehlt die Kraft aufzustehen, mir fehlt die Kraft, diese elende Hütte zu verlassen, mir fehlt die Kraft, dieser bösen Welt noch einmal entgegenzutreten, mir fehlt selbst beinahe die*

*Kraft, diese Zeilen zu schreiben. Nein, es geht nicht mehr; der Kampf ist zu Ende, der Krieg ist aus, es wird Zeit heimzugehen. Ich werde jetzt diese böse Welt verlassen, und mir bleibt nichts als die vage Hoffnung, dass es doch nur das grausame Schicksal war, das mir all das angetan hat, und dass es vielleicht doch eine andere Welt gibt, in der mich kein grausamer, sondern ein gütiger Gott mit meiner geliebten Familie endlich wieder vereint. Peter Paul Maurizius.*«

Ich steckte den Brief zurück in die Manteltasche.

»Verdammte Scheiße, ich bin zu spät gekommen. Ich bin zu spät gekommen, um Maurizius noch das mitteilen zu können, wofür er die letzten achtzehn Jahre gelebt hat: dass sein Sohn tatsächlich unschuldig war. Er ist gestorben in dem Bewusstsein, dass alles umsonst war, er ist gestorben in dem Bewusstsein, völlig versagt zu haben. Dabei hat er eine fast übermenschliche Charakterstärke gezeigt angesichts dessen, was seine Familie erleiden musste, hat mit unglaublicher Opferbereitschaft achtzehn Jahre im untersten Mief und Siff gelebt, nur aus Liebe zu seinem missratenen Sohn. Und er war der einzige von mir Befragte, der sich die Schuld an Leonharts Schicksal gab, obwohl er in Wirklichkeit als einziger völlig frei von Schuld war. Ich hatte in diesem Fall fast nur mit miesen Charakteren zu tun, mit kleinen menschlichen Teufeln, die in vornehmen Palästen residierten, aber nur derjenige, der in einer heruntergekommenen Hölle hauste, war ein reiner Engel.«

In Andergasts Stimme schwang Verwunderung

mit: »Dann war Maurizius senior also doch nicht der Mörder von Waremme und Anna?«

»Nein, natürlich nicht.«

»Aber Sie kennen den Namen des Mörders?«

»Ja.«

»Und Sie kennen auch den Namen des wahren Mörders von Elli Maurizius?«

»Ja. Der Mord damals und die Morde heute wurden von ein und derselben Person verübt.«

Andergast wurde ungeduldig. »Nun spannen Sie mich doch nicht so lange auf die Folter – oder wollen Sie, dass ich gleich wieder einen Infarkt erleide? Jetzt spucken Sie den Namen schon aus!«

Ich blickte aus dem Fenster. Es war mittlerweile dunkel geworden draußen, stockdunkel sogar. Was aber nicht viel ausmachte, da ich nicht das Gefühl hatte, dass es an diesem Tag jemals richtig hell gewesen war. Ein Tag voller Tod. Zu Beginn dieses Tages hatte ich ein Buch über den Untergang Trojas gelesen, nicht ahnend, dass dieser Tag für mich selbst so verlaufen würde wie eine große griechische Tragödie, deren letzter Akt nun hier, auf der Intensivstation des Klinikums Fürth, über die Bühne ging.

Ich wandte meinen Blick wieder zum Oberstaatsanwalt. »Wie war doch gleich noch mal Ihr Vorname, Herr Andergast?«

Andergast glotzte mich verdattert an. »Wolf. Warum fragen Sie?«

Ich lächelte säuerlich. »Weil er so wunderbar zu der ganzen Geschichte passt. Der hungrige Wolf! Was für ein Zynismus!«

»Wovon reden Sie?«

Ich musterte Andergast. Er machte ein Gesicht, als wüsste er noch nicht einmal, dass die Erde keine Scheibe ist.

»Nachdem ich Anna tot aufgefunden hatte, habe ich noch ein bisschen in ihrem Haus herumgeschnüffelt. In ihrem Schlafzimmer fand ich in einer Kommode ihre gesammelten Briefe, darunter auch welche, die noch aus der Zeit kurz vor Ellis Ermordung stammten. Einer davon war besonders interessant. Anna hatte nämlich bei unserer unterbrochenen und dann leider nicht mehr fortsetzbaren Unterhaltung von einem kleinen Geheimnis gesprochen, das, wie sie sich ausdrückte, in einem gewissen Zusammenhang mit dem ›Fall Maurizius‹ stand und dem sie bisher keine große Bedeutung beigemessen hatte, das aber unter dem Aspekt von Leonharts erwiesener Unschuld plötzlich in einem ganz anderen Licht erschien. Dieser Brief enthüllte mir, um welches kleine Geheimnis es sich dabei handelte. Ich habe mir erlaubt, auch diesen Brief zu beschlagnahmen, und ich möchte Ihnen auch seinen Inhalt nun zum Besten geben.«

Ich fischte den Brief aus der Manteltasche und trug ihn vor.

*»Liebste Anna,*

*es ist mir ein dringendes Herzensbedürfnis, Dir noch einmal schriftlich das zu gestehen, was ich Dir gestern bei unserem Rendezvous bereits mündlich offenbart habe: daß ich in unendlicher, verzehrender Liebe zu Dir entbrannt bin, und daß es mein sehnlichster Wunsch wäre, gemeinsam mit Dir durchs Leben zu gehen und immer für Dich da zu sein. Ich bin mir absolut sicher, daß es keinen Menschen auf diesem Planeten gibt, der Dich inniger und bedingungsloser liebt als ich. Umso unglücklicher und betrübter macht mich natürlich nun der Umstand, daß diese meine grenzenlosen Gefühle Dir gegenüber bedauerlicherweise momentan noch nicht von Dir erwidert werden. Mir ist durchaus bewußt, daß Deine Schönheit, die heller strahlt als jeder Stern, und Dein anmutiges und bezauberndes Wesen Dich auch für viele andere Männer attraktiv macht. Und ich habe vollstes Verständnis dafür, daß Du hohe Ansprüche an Deinen künftigen Ehemann stellst und von ihm erwartest, daß er Dir auch einen gewissen Lebensstandard bieten kann. Ein so wunderbares Geschöpf wie Du hat selbstverständlich nur das Beste an seiner Seite verdient. Und umso mehr erstaunt es mich deshalb natürlich auch, daß Du Dich, wenn ich Deine Andeutungen recht verstanden habe, doch allen Ernstes für diesen nichtsnutzigen selbsternannten Künstler entscheiden willst, der noch dazu verheiratet ist, und zur Krönung des Ganzen mit Deiner eigenen Schwester! Dieser stadtbekannte Hallodri ist doch kein standesgemäßer Ehegatte für Dich! Anna, wie kannst Du Dich nur so wegwerfen! Ich halte es nämlich zum einen für absolut ausgeschlossen, daß dieser arbeitsscheue Schöngeist es tatsächlich einmal zu dem reichen und berühmten Superstar bringen wird, den Du offenbar potentiell in ihm siehst. (Anders kann ich mir deine unvernünftige Schwärmerei für ihn nicht erklären.) Zum anderen bezweifle ich, daß Dich dieser notorische Weiberheld wirklich und wahrhaftig aus tiefstem Herzen verehrt und liebt, so wie ich Dich liebe, und zwar nur Dich!*

*Es steht mir zwar nicht zu, Dir Deine Gefühle vorzuschreiben, aber um eines möchte ich Dich bitten, liebste Anna: daß du keine übereilte Entscheidung triffst, die Dich ins Unglück stürzt, sondern daß Du Deine Vernunft gebrauchst und Dir reiflich überlegst, an wen du dein Herz verschenkst und mit welchem Mann Du eine Familie gründen und Dein zukünftiges Leben teilen möchtest. Um es ganz offen und deutlich auszusprechen: Es kann kein Zweifel daran bestehen, daß ich die weitaus bessere Partie für Dich wäre. Dafür gibt es zwei handfeste Gründe: Erstens habe ich als Staatsanwalt einen angesehenen, gut bezahlten und krisenfesten Beruf, und ich weiß, dass ich aufgrund meines Ehrgeizes und meines Fleißes noch weit auf der Karriereleiter hochsteigen werde. Ich bin noch nicht in der Position, die Du von Deinem Partner erwartest, aber die Betonung liegt auf ›noch nicht‹. Und zweitens könntest Du bei mir tausendprozentig sicher sein, daß ich Dir in ewiger Treue zugetan wäre, und daß ich alles, aber auch ausnahmslos alles tun würde, damit wir beide zusammen glücklich werden.*

*Also, meine verehrte Anna, ich hoffe inständig, daß Du noch einmal in Dich gehst, daß Du auf Deine wahren Gefühle hörst, und daß es vielleicht doch bald eine gemeinsame Zukunft für uns beide geben wird. Ich warte auf Dich!*

*In glühender Liebe*

*Dein (nach Dir) hungriger Wolf«*

Ich faltete das Papier wieder zusammen.

»So viel romantischen und gefühlstriefenden Kitsch und Schmalz hätte ich einem so vernunftbetonten Staatsbeamten wie Ihnen gar nicht zugetraut, Andergast. Aber gut, damals waren Sie halt auch noch relativ jung und dumm, nicht wahr?«

Andergast antwortete nicht.

»Und da aller guten Dinge drei sind, habe ich in den schier unerschöpflichen Tiefen meiner Manteltasche noch ein drittes Dokument, das uns der Aufklärung der drei Morde näher bringt. Ich habe es in einer Schreibtischschublade in Waremmes Wohnung gefunden, in die ich nach dem Verlassen von Annas Haus noch einmal eingedrungen bin.«

Ich ließ Annas Brief in der Manteltasche verschwinden und zauberte das Waremmesche Mitbringsel hervor.

»Der Inhalt dieses Dokuments wird Sie nicht groß überraschen, Sie kennen ihn ja, zumindest teilweise.«

Ich blätterte die Papiere durch, die ich in der Hand hielt.

»Es ist ein Hefter mit Waremmes Kontoauszügen. Ich hatte ja erwähnt, dass Waremme irgendeine lukrative und sprudelnde Einnahmequelle haben musste, mit der er seinen gehobenen Lebensstandard finanzieren konnte. Nun, wie aus seinen Kontoauszügen hervor geht, hieß diese Quelle Wolf Andergast. Waremme erhielt jeden Monat von Ihnen den gleichen vierstelligen Betrag, und das zumindest so lange, wie die Kontoauszüge zurückreichen. Sie reichen etwa zehn Jahre zurück, aber ich könnte schwören, dass diese monatliche Zuwendung schon seit achtzehn Jahren von Ihrem Konto auf das von Waremme fließt.«

Ich schob die Auszüge zurück in die Manteltasche. Andergast schwieg.

»Ich bin ein hohes Risiko damit gegangen, dass ich, während die Polizei nach mir fahndete, in die Wohnungen von Anna und Waremme zurückgekehrt bin und sie durchsucht habe. Aber es hat sich gelohnt, dieses Risiko einzugehen, denn die gefundenen Dokumente sind Gold wert, und nur mit ihrer Hilfe ist es mir jetzt möglich, zu rekonstruieren, was sich im ›Fall Maurizius‹ damals wirklich abgespielt hat. Leonhart Maurizius wurde nämlich das Opfer einer ausgeklügelten Intrige, und diese Intrige wurde eingefädelt von … Ihnen! Ja, von Ihnen, Wolf Andergast, dem Oberstaatsanwalt – und dem Mörder von Elli Maurizius, Gregor Waremme und Anna Duvernon.«

Andergast starrte dumpf vor sich hin, mit zusammengepressten Lippen.

»Der Brief, den ich bei Anna gefunden habe, hat mir also offenbart, welches kleine Geheimnis sie meinte: dass nämlich damals derselbe Staatsanwalt, der entscheidenden Anteil hatte an der Verurteilung Leonharts als Mörder, ein heimlicher Verehrer von ihr war und ihr in glühenden Liebesbriefen seine unsterbliche Liebe gestanden hatte. Doch wie ebenfalls aus dem Brief hervorgeht, hatte die nur auf Reichtum und Ansehen fixierte Anna Leonhart Maurizius für den – karrieremäßig – aussichtsreicheren und ambitionierteren Bewerber um ihre Gunst gehalten und sich für ihn entschieden. Es braucht nach der Lektüre dieses Briefes und in Kenntnis der weiteren Ereignisse nur ein bisschen Phantasie und Kombinationsvermögen, um sich ausmalen zu können, was dann weiter passierte.«

Andergast schwieg weiterhin. Es hatte ihm offenbar die Sprache verschlagen, und er erweckte auch nicht den Anschein, als hätte er vor, meine Ausführungen in irgendeiner Weise zu kommentieren. Also musste ich meine Mutmaßungen darüber, was sich im ›Fall Maurizius‹ in Wirklichkeit ereignet hatte, als Monolog präsentieren – ganz so wie ein Oberstaatsanwalt sein Plädoyer vor Gericht. Um die Bedeutung meines Vortrags zu unterstreichen und ihm die nötige Aufmerksamkeit zu sichern, erhob ich mich.

»Die in dem Brief geäußerte Hoffnung auf einen Gesinnungswandel von Anna Jahn erfüllte sich nicht. Sie war fest entschlossen, mit ihrem Schwager Leonhart anzubandeln – vorausgesetzt, er erfüllte ihre Forderung und brach mit Elli, was er aber ja dann auch vorhatte. Sie, Andergast, waren allerdings ebenfalls fest entschlossen, das wahr zu machen, was Sie in Ihrem Brief angekündigt hatten: nämlich dass Sie alles, aber auch wirklich alles tun würden, um sich Anna zu angeln. Blind vor Liebe und rasend vor Eifersucht auf Leonhart Maurizius, wollten Sie das Glück mit ihr notfalls mit Gewalt erzwingen und schmiedeten dazu einen perfiden Plan. Einen ziemlich verrückten Plan, und eigentlich ist es völlig unglaubwürdig, dass ihn ausgerechnet ein Staatsanwalt ausgeheckt haben soll. Aber da sieht man mal wieder, in welche

Abgründe Ehrgeiz, Eifersucht und Liebe einen Menschen treiben können, wenn sie degenerieren und krankhaft werden und wie bösartige Tumore wuchern und dabei jedes Maß verlieren – so wie das bei Ihnen der Fall war, Andergast.

Grob gesagt, lautete dieser unglaubliche Plan, Leonharts Ehegattin zu ermorden und dann in einem Prozess mit Ihnen als Staatsanwalt den Mord Leonhart in die Schuhe zu schieben. Ein risikoreiches und wenig aussichtsreiches Unterfangen, aber im Erfolgsfall hätten Sie gleich zwei Fliegen mit einer Klappe geschlagen: Bei einer Verurteilung von Maurizius hätten Sie nicht nur diesen als Konkurrent ausgeschaltet, sondern gleichzeitig Ihre eigene Karriere im Justizwesen entscheidend vorangebracht und so Ihre Attraktivität für Anna nachhaltig gesteigert.«

Ich ging ein paar Schritte durch das Zimmer und blieb an dem Stehpult stehen, auf dem die Patientenakte lag.

»Dass Sie Ihren Plan tatsächlich erfolgreich umsetzen konnten, lag an drei genialen Komponenten, die er beinhaltete.

Zunächst einmal Ihr Job als Staatsanwalt: In dieser Position konnten Sie den Prozess gegen Leonhart ideal in die gewünschte Richtung steuern.

Dann das Wissen um den Charakter und die prekäre familiäre Situation von Annas Auserwähltem: Aus Leonharts Vorliebe für Ellis Geld und Annas Sex konnten Sie natürlich ein perfektes Tatmotiv für einen Mord aus Habgier und Wollust konstruieren.

Und schließlich der Schachzug, Leonharts gewissen- und skrupellosen Kumpel Waremme mit ins Boot zu holen und sich mit Geld seine Spitzeldienste und später seine falsche Zeugenaussage vor Gericht zu erkaufen – was im Übrigen wahrscheinlich nicht besonders schwer war, denn für Geld hätte dieser Mann nicht nur einen Zechkumpan, sondern auch die eigene Mutter verraten und verkauft.«

Ich warf einen flüchtigen Blick auf die Patientenakte. Neben Andergasts Personalien waren Blutdruck-, Puls- und sonstige Werte sowie die Namen und Dosierungen von Medikamenten, die er erhalten hatte, eingetragen. Er hatte eine Menge Medikamente erhalten.

»Ich vermute, dass Waremme am Tattag tatsächlich von Leonhart aus Frankfurt angerufen wurde. Allerdings war das, was Waremme später vor Gericht über dieses Telefonat ausgesagt hat, mit Sicherheit erstunken und erlogen.

Vielmehr glaube ich, dass Leonhart die Wahrheit gesagt hat und dass er seinem vermeintlich besten Freund Waremme dasselbe erzählt hatte wie tags zuvor seinem Vater: dass er unsterblich in Anna verliebt und bereit sei, das gemachte Nest bei Elli für sie aufzugeben, dass er von nun an zielstrebig an seiner Karriere arbeiten und Geld verdienen werde, dass er am Abend nach Fürth fahren und Elli eröffnen werde, dass er sich von ihr trenne, und dass er danach Anna abholen und mit ihr zurück nach Frankfurt fahren werde.

Waremme, den Sie zu diesem Zeitpunkt vermutlich bereits dafür engagiert hatten, Sie über alle Aktivitäten Leonharts zu unterrichten, hat Sie dann sicherlich sofort über Leonharts Aussagen informiert, und bei Ihnen haben die Alarmglocken geschrillt. Sie sahen Ihre Felle davonschwimmen, und Ihnen war klar, dass Ihr Kampf um Anna verloren sein würde, wenn Leonhart sein Vorhaben wahrmachte. Sie mussten also schnell handeln. Immerhin bot Ihnen Leonharts geplanter Trennungsbesuch bei Elli eine ideale Gelegenheit zur Durchführung Ihrer Tat. Sie haben sich – sicherlich für einen schönen Batzen Geld – der Bereitschaft Waremmes versichert, später im Prozess als Zeuge aufzutreten und Leonhart als Mörder zu benennen.

Sie haben sich am Abend zum Maurizius'schen Anwesen begeben, haben im Garten auf Leonharts Ankunft gewartet – und haben dann, als er nach einem kurzen Gespräch mit seiner Frau gerade wieder weggehen wollte, den tödlichen Schuss auf Elli abgegeben. Dass Leonhart daraufhin völlig den Kopf verlor und sich mit seiner Flucht selbst zum Hauptverdächtigen kürte, war eine günstige Fügung und hat die weitere Umsetzung Ihres Plans zu einem Kinderspiel gemacht. Sie mussten dann nur noch vor Gericht die Show mit dem knallharten Kreuzverhör und der überraschenden Enttarnung Waremmes als Zeuge von Leonharts Mordtat inszenieren (dieses Verhör war natürlich von Ihnen und Waremme vorab bis ins kleinste Detail abgesprochen worden), um am Ende als strahlender Überführer des lügenden Mörders Leonhart dazustehen.«

Ich trat zum Waschbecken und wusch mir die Hände; keine Ahnung, warum. Wahrscheinlich fühlte ich mich schmutzig von dem ganzen

Dreck, den ich gerade erzählen musste und mit dem ich schon den ganzen Tag zu tun hatte.

»Zunächst hatte es also den Anschein, als sei Ihr Plan perfekt aufgegangen: Leonhart Maurizius wurde tatsächlich lebenslänglich hinter Schloss und Riegel gesteckt, womit seine Karriere und damit auch seine Chancen bei Anna – zumal als Mörder ihrer Schwester – ein für allemal ruiniert waren, und Sie ernteten den Ruhm, ihn überführt zu haben.

Aber nach einer gewissen Zeit erwies sich der Plan dann doch als Rohrkrepierer: Anna wollte nämlich trotzdem nichts von Ihnen wissen, sondern entschied sich, nachdem sie das von der Schwester geerbte Geld auf Luxusreisen verjubelt hatte, für einen stinkreichen Fabrikanten als Ehegatten. Und Waremme nutzte seine entscheidende Rolle in der Geschichte aus, um sich nicht nur mit einer Einmalzahlung zufrieden zu geben, sondern um Sie zu erpressen und weitere Zuwendungen zu fordern. Ich nehme an, Sie haben sich dann irgendwann mit Ihrem Schicksal abgefunden: nämlich dass Sie Anna niemals bekommen würden und dass Sie Waremme immer ein monatliches Schweigegeld zukommen lassen mussten. Sie haben sich auf Ihren beruflichen Aufstieg konzentriert und es schließlich bis ganz nach oben geschafft.«

Ich betrachtete den Desinfektionsmittelspender. Das Desinfektionsmittel enthielt vermutlich Alkohol. Ich überlegte, dass ich ein Schlückchen Hochprozentiges momentan eigentlich ganz gut gebrauchen konnte, aber die Furcht, dass es mir dabei die gesamte Speiseröhre wegätzen konnte, hielt mich davon ab, mich unter den Spender zu klemmen und mir einen Drink zu genehmigen.

»Und ausgerechnet jetzt, als sich doch noch alles für Sie zum Guten gewendet zu haben schien, als Sie als hochangesehener und bestsituierter Oberstaatsanwalt im Zenit Ihrer Karriere standen und mit Viola, einer jungen und attraktiven Frau und als solche nicht unähnlich der Anna Jahn vor achtzehn Jahren, endlich auch das große private Glück gefunden hatten, taucht plötzlich ein mieser kleiner Schnüffler auf und beginnt, die alte Geschichte wieder auszubuddeln, über die doch längst genügend Gras gewachsen zu sein schien, dass sie Ihnen nie wieder gefährlich werden konnte.

Da Sie befürchteten, dass nun nach achtzehn Jahren vielleicht doch noch die Sünde der Vergangenheit ans Licht kommen und Ihr junges Glück dadurch jäh zerstört werden könnte, haben Sie sich nach meinem Besuch bei Ihnen an meine Fersen geheftet. Mein Gefühl, beschattet zu werden, hatte mich also nicht getrogen, doch fälschlicherweise hielt ich zunächst die Polizei und dann Maurizius senior für den Verfolger.

Sie waren mir also mit dem Auto zunächst zum alten Maurizius hinterhergefahren und dann zu Waremme. Der alte Maurizius stellte keine Gefahr für Sie dar, denn er hatte es in achtzehn Jahren nicht geschafft, die Wahrheit herauszufinden. Waremme hingegen schon, schließlich war er als gekaufter falscher Zeuge die Schlüsselfigur im Prozess, und wenn er auspacken würde, wäre es um Sie geschehen. Sie sind mir zu Waremmes

Wohnung gefolgt, und da seine Haustür nicht abgeschlossen war, konnten Sie – wie ich auch – seine Wohnung ungehindert betreten. Sie haben dann das Gespräch zwischen mir und Waremme belauscht und mich grade noch rechtzeitig vor Waremmes vollem Geständnis bewusstlos geschlagen.

Achtzehn Jahre lang hatte sich Waremme mit monatlichen Zahlungen zur Verschwiegenheit verpflichten lassen, aber jetzt, als er sich unter Druck als wankelmütig erwiesen und sogar schon zugegeben hatte, einen Meineid geschworen zu haben, musste er mit anderen Mitteln zum Schweigen gebracht werden, und zwar für immer. Sie haben dann nochmal dasselbe Spielchen wie damals versucht, nämlich einen Menschen zu ermorden und den Mord dann jemand anderem anzuhängen. Sie haben Waremme mit meiner Pistole erschossen und haben dann anonym die Polizei verständigt, damit sie mich am Tatort mit Tatwaffe und Leiche erwischen und als Mörder verhaften würden. Sie haben sich danach wahrscheinlich in der Nähe von Waremmes Haus aufgehalten und beobachtet, was passiert, und mussten zu Ihrem großen Missfallen mit ansehen, wie ich der Polizei ganz knapp entwischte.

Schließlich sind Sie mir zu Fuß bis zu Annas Haus gefolgt. Auch dort haben Sie sicherlich in der Nähe gewartet und meine erneute Flucht vor der Polizei mitbekommen. Ich nehme mal stark an, dass Sie, nachdem ich und die Polizei in Richtung Ronhof davongerast waren, Anna besucht und über unser Gespräch ausgefragt haben. Anna war bei meiner Frage, ob Waremme damals scharf auf sie war, eingefallen, dass nicht Waremme, aber dafür jemand anders damals scharf auf sie war: nämlich der Staatsanwalt, der später für Leonharts Verurteilung gesorgt hatte. Und sie begriff die ungeheure Bedeutung dieses Umstandes angesichts der neuen Erkenntnis, dass Leonhart unschuldig war. Ich vermute mal, dass sie Ihnen mitgeteilt hat, dass sie mir dieses Geheimnis noch nicht offenbaren konnte, dass sie aber, wenn die Polizei sie befragen würde, auspacken würde, was sie wisse. Und ich vermute außerdem, dass Sie sie daraufhin mit Ihrer Waffe erschossen haben, um damit auch die letzte Person, die Sie noch entlarven konnte, endgültig mundtot zu machen.«

Ich ging weiter zu einem der Monitore und studierte, was er anzeigte, als könnte ich auf ihm lesen wie in einem Buch. Ich konnte es natürlich nicht, glaubte aber zumindest, eine wellige und zackige Linie als EKG identifizieren zu können.

»Und als Sie von Ihrer Mordtour nach Hause zurückgekommen sind, haben Sie dann den Infarkt erlitten, denn so ein Doppelmord geht aufs Herz, wenn man das Morden nicht gewohnt ist. Da haben Sie sich wohl doch ein bisschen übernommen, Andergast: In Ihrem Alter noch eine Doppelkarriere als zweifacher Mörder und als Liebhaber einer jungen liebeshungrigen Frau – dafür hat die Kondition dann doch nicht gereicht, und die Pumpe hat rebelliert.«

Ich wandte mich vom Monitor ab und Andergast zu: »Und – stimmt meine Geschichte?«

Andergast hatte meinen gesamten Vortrag völlig reglos verfolgt. Jetzt zeigte er zum ersten Mal so etwas wie eine Reaktion. Er schloss die Augen und sagte: »Im Wesentlichen.«

Ich zuckte zusammen, als hätte mich ein Stromschlag getroffen. Ich war zwar davon ausgegangen, dass meine Geschichte einigermaßen stimmte, aber dieses eiskalte, gefühllose, mit zwei banalen Worten hingeworfene Geständnis, mit dem der Oberstaatsanwalt zugab, drei Menschen brutal ermordet zu haben, schockierte mich doch.

»Die Morde an Waremme und Anna waren völlig sinnlos, denn die Wahrheit ist ja trotzdem ans Licht gekommen.«

Andergast öffnete die Augen wieder. »Früher wäre es mir wahrscheinlich egal gewesen, enttarnt zu werden. Ich habe zwar immer gehofft, dass mich meine Vergangenheit nicht einholt, aber wenn es denn passiert wäre, hätte ich wohl auch nichts dagegen unternommen. Jetzt aber, wo ich mit Viola endlich meine Traumfrau gefunden habe, war das etwas anderes. Ich habe jahrzehntelang nur für meinen Beruf gelebt, ich habe mir das Recht auf ein privates Glück redlich verdient und wollte es mir nicht einfach wegnehmen lassen.«

»Mein Gott, was reden Sie da für eine Scheiße, Andergast! Sie fordern Ihr Recht auf Glück ein? Das ist ja wohl blanker Hohn angesichts der Tatsache, dass Sie das Recht auf Glück mehrerer anderer Menschen, vor allem das der Familie Maurizius, brutal und gewaltsam zerstört haben!«

»Man muss sich dieses Recht verdienen, und ich habe es mir verdient – im Gegensatz zu den

Personen, die ich bedauerlicherweise töten musste!

Was Leonhart Maurizius für ein missratener Charakter war, habe ich Ihnen ja schon bei unserem ersten Treffen ausführlich dargelegt. Er war es letztendlich, der alle Beteiligten mit seiner Triebhaftigkeit ins Unglück gestürzt hat. Hätte er sein Eheversprechen Elli gegenüber ernst genommen und eingehalten, wäre alles andere nie passiert. Leonhart Maurizius war ein lupenreiner Egoist, ein oberflächlicher Konsum- und Genussmensch ohne Pflichtbewusstsein und ohne Moral. Und dazu noch ein naiver und blauäugiger Dummkopf: Er ist in den ganzen achtzehn Jahren nicht auf den Trichter gekommen, wie Waremme und ich ihn damals abserviert haben! Er hat nie auch nur annähernd gecheckt, was damals eigentlich abgelaufen ist.

Und Waremme? Der war zwar nicht so doof wie Leonhart, sondern tatsächlich hochintelligent, dafür aber moralisch noch zehnmal verkommener und verrotteter als dieser. Obwohl er angeblich so dicke mit Leonhart befreundet war, hat er, als ich ihn angesprochen habe, keinen Moment gezögert, seinen Freund zu bespitzeln, zu verraten, in eine Falle laufen zu lassen und mit einem klassischen Meineid lebenslänglich unschuldig hinter Gittern zu schicken. Er war ein idealer Handlanger für meine Pläne, da ihm Schuldgefühle oder ethische Bedenken komplett fremd waren. Leider führte das dann auch dazu, dass er mich nach Leonharts Verurteilung mit seinem Wissen ebenso bedenkenlos lebenslang erpresste und sich von mir den erwähnten monatlichen Betrag zahlen ließ, von dem er bequem seinen Lebensunterhalt bestreiten konnte und der es ihm ermöglichte, nicht wirklich arbeiten zu müssen und stattdessen den Tag überwiegend mit Herumphilosophiererei verbringen zu können. Wenn man ehrlich ist, muss man konstatieren, dass Gregor Waremme ganz übler Abschaum war und dass ich der Welt einen Gefallen damit getan habe, dass ich sie von diesem Schmarotzer befreit habe.

Und wenn wir schon beim Ehrlichsein sind: Auch Annas Tod ist kein großer Verlust für die Menschheit. Sie haben tatsächlich sehr richtig analysiert, dass ich damals blind war vor Liebe und in Anna etwas gesehen habe, das sie gar nicht war. Rückblickend muss ich mir eingestehen, dass sie nicht im geringsten das wert war, was ich um ihretwillen getan habe, und Sie können mir glauben, dass das eine ganz, ganz bittere Erkenntnis ist. Anna Jahn war nämlich in Wirklichkeit nur …«

Ich fuhr ihm in die Parade: »Sie können es sich sparen, Ihr Mordmotiv schön zu reden, Andergast. Dass Anna nur eine gefühllose berechnende Schlange, eine schöne, aber inhaltslose Hülle und ein rein materiell orientiertes bösartiges Flittchen war, habe ich mir heute schon sowohl von Maurizius junior als auch von Maurizius senior anhören müssen. Und verdammt nochmal, ich lese momentan sogar einen Roman über diese Frau. Darin heißt sie zwar nicht Anna, sondern Helena, und der Schauplatz ist auch nicht Fürth, sondern Troja, aber sonst ist alles identisch: Eine schöne, aber völlig charakterlose

Frau verdreht zwei Männern gleichzeitig den Kopf und löst einen brutalen, rücksichtslosen, mit allen Bandagen geführten Kampf um sie aus, bei dem alle Beteiligten ins Unglück gestürzt werden und am Ende alle entweder tot oder todunglücklich sind.

Aber auch wenn Sie sich also als Mörder aus Leidenschaft in prominenter historischer Gesellschaft befinden – ein paar gut komponierte Titten und Hüften in Verbindung mit einem hübschen Puppengesichtchen rechtfertigen noch lange keinen Mord, und das gilt auch für Ihre aktuelle Helena-Variante Viola.«

Ich trat ans Fenster und starrte hinaus in die große Dunkelheit.

»Sie verunglimpfen hier Ihre Opfer und charakterisieren sie als gewissenlose Schweine. Aber wir wollen doch mal ganz klar festhalten, dass das einzige richtig große Schwein in dieser Geschichte Sie sind. Von wegen Kampf ›gut gegen böse‹ damals vor Gericht, von wegen Verantwortungsbewusstsein, Gewissen, Disziplin, Rechtschaffenheit und Gerechtigkeit, die Sie angeblich als Staatsanwalt repräsentiert haben – Sie haben all diese Prinzipien mit Füßen getreten und ad absurdum geführt. Und wenn es schon ein Kampf des Guten gegen den Bösen war, dann war es genau andersherum, als Sie es dargestellt haben: dann war Leonhart Maurizius der Gute und Sie der Böse.

Kommissar Diesterweg und Gregor Waremme wollten mir weismachen, dass Leonhart Maurizius diverse Todsünden begangen hat, aber Todsünden kann ich in erster Linie in Ihrem

Verhalten entdecken: Habgier und Wollust sowieso, und dazu noch ein paar andere, zum Beispiel den Neid – Neid auf Leonhart Maurizius, dem alles nur so zuflog, einschließlich Anna, und der, ohne viel dafür tun zu müssen, im Mittelpunkt der Gesellschaft stand, während Sie, der sich alles hart erarbeitete, von niemandem beachtet wurde, auch von Anna nicht; oder den Zorn, sprich: die Gewalttätigkeit. Leonhart war sicherlich kein Heiliger, aber soweit ich es beurteilen kann, hat er nie einem anderen Menschen auch nur ein Haar gekrümmt, während Sie sich zum Serienkiller entwickelt haben.«

Ich drehte mich wieder um, hin zum kalten künstlichen Neonlicht, zu den monoton surrenden und summenden Geräten, zu den hektisch tropfenden Infusionsflaschen – und zu dem armen, kranken, bösen Mann.

»Aber das Schlimmste an dieser Geschichte ist Ihre Position. Sie, der Staatsanwalt, der eigentlich das Verbrechen bekämpfen sollte, ist aus niedrigsten Beweggründen selbst zum Verbrecher und zum dreifachen Mörder geworden. Es gibt nichts Schlimmeres und nichts Tragischeres, als wenn Menschen ihre Bestimmung pervertieren: Ärzte, die ihre Patienten nur abzocken, statt ihnen zu helfen; Eltern, die ihre Kinder misshandeln, statt sie zu beschützen; Lehrer, die ihre Schüler tyrannisieren, statt ihnen etwas beizubringen; und eben Staatsanwälte, die Verbrechen begehen, statt sie zu bekämpfen.«

Ich ging zurück zum Bett.

»Vielleicht hatte Waremme ja doch Recht: Vielleicht gibt es keine Gerechtigkeit auf dieser Welt.

Vielleicht müssen wir uns eingestehen, dass wir zwar technokratische Riesen, aber ethische Zwerge sind, und dass wir zu schwach sind, die moralischen Ansprüche, die wir an uns selbst stellen, zu erfüllen. Vielleicht sollten wir wirklich alle Gesetzestexte, all diese kläglichen Versuche, uns eine Ordnung aufzuerlegen, verbrennen und allein das Recht des Stärkeren regieren lassen. Ich für meinen Teil werde mich allerdings immer weigern, eine Welt als gerecht zu akzeptieren, in der jemand achtzehn Jahre lang eingesperrt wird für eine Tat, die er gar nicht begangen hat. Und wenn in dieser Welt schon der Staatsanwalt nicht für Gerechtigkeit kämpft, dann muss es eben ein schmieriger kleiner Schnüffler wie ich tun, auch wenn er dadurch zu einem lächerlichen Don Quijote mutiert, der gegen Windmühlen kämpft.«

Ich setzte mich wieder auf den Plastikstuhl neben dem Nachtkästchen.

»Bei unserem ersten Treffen hatten Sie uns beide großspurig als ›Brüder im Geiste‹ bezeichnet. Nein, Andergast, wir sind keine Brüder im Geiste, denn Sie sind das genaue Gegenteil eines Gerechtigkeitsfanatikers: Sie sind ein Egoist, ein Lügner, ein Mörder. Und Sie sind ein Teufel – denn der Teufel ist bekanntermaßen nichts anderes als ein gefallener Engel. Sie haben Leonhart Maurizius als Musterbeispiel eines gefallenen Engels bezeichnet – aber der gefallene Engel sind in Wirklichkeit *Sie*, der Mörderjäger, der selbst zum Mörder wurde. Und nicht Leonhart, sondern *Sie* fallen gerade den ganz tiefen Fall, und ich werde jetzt zur Polizei gehen und dafür sorgen, dass *Sie* ganz unten aufschlagen, nämlich in der Gefängniszelle, in der Leonhart achtzehn Jahre unschuldig saß.«

Andergast verzog das Gesicht und griff sich mit der linken Hand an die Brust. »Ich spüre die Symptome meines Infarktes wiederkommen. Ich muss sofort meinen Nitro-Spray inhalieren.«

Er sah wirklich verdammt schlecht aus, und deshalb nahm ich ihm die Nummer ab und ließ ihn mit der rechten Hand ungehindert in die Schublade seines Nachtkästchens greifen. Ein klassischer Stockfehler, amateurhaft, anfängerhaft. Denn natürlich zog er keinen Inhalationsspray heraus, sondern eine Pistole, die er auf mich richtete.

»Nehmen Sie die Hände hoch, Marlein, und zwar sofort und ohne Umwege.«

Ich nahm die Hände hoch. Eine Knarre ist immer ein Argument, das man schlecht widerlegen kann, und Andergast hatte ausreichend bewiesen, dass er nicht davor zurückschreckte, von diesem Argument auch handfest Gebrauch zu machen.

»Und jetzt greifen Sie langsam mit einer Hand in die Manteltasche, in der Sie die Briefe und die Kontoauszüge gesteckt haben, und geben sie mir.«

Ich senkte meine Hand langsam nach unten.

»Nicht doch, Marlein, nicht in diese Manteltasche, in der sich vermutlich Ihre Waffe befindet. Sie haben's wahrscheinlich schon wieder vergessen, aber Sie haben die Papiere in die andere Manteltasche gesteckt.«

Der Schweinehund hatte natürlich Recht – und

meine letzte Hoffnung zunichte gemacht, meine Artillerie ins Spiel bringen zu können. Ich zog mit der anderen Hand das Gewünschte aus der Tasche und legte es auf sein Nachtkästchen. Er nahm die Sachen und steckte sie in die Schublade, wobei er die Knarre weiter auf mich gerichtet hielt. Dann grinste er mich an. Es war ein hässliches Grinsen, so verzerrt wie das in den Gesichtern der Dämonen auf dem Kalenderblatt in meinem Büro.

»Die Fürther Polizei wird sich freuen, wenn sie erfährt, dass der wild gewordene flüchtige Schnüffler Philipp Marlein nach Gregor Waremme und Anna Duvernon nun sogar auch noch Oberstaatsanwalt Andergast auf der Intensivstation ermorden wollte, dieser aber glücklicherweise dem feigen Mordbuben zuvorkommen und ihn in Notwehr erschießen konnte. Die ganze Bevölkerung wird aufatmen, dass ich einen gemeingefährlichen Serienmörder unschädlich gemacht habe.«

Die dämonische Fratze, die Andergast jetzt zur Schau trug, machte mir klar, was ich vielleicht bisher noch verdrängt hatte: dass ich hier keinen Oberstaatsanwalt mehr vor mir hatte, sondern einen gewissenlosen Verbrecher, der den Pfad jeglicher Tugend längst verlassen hatte, der sich längst jenseits von gut und böse bewegte, und der zweifelsohne bereit war, einen weiteren Mord zu begehen – und zwar an mir.

Mir ging der Arsch auf Grundeis, aber ich versuchte, souverän und unbeeindruckt zu wirken und mit fester Stimme zu sprechen: »Damit kommen Sie doch nicht durch, Andergast. Ich habe, ganz im Gegensatz zu Ihnen, keinerlei Motiv für diese beiden Morde.«

Andergast nestelte mit der linken Hand an dem Flügelhemd herum, das man ihm angezogen hatte. »Das ist der bedauerliche Aspekt an der Sache, dass Sie das Motiv für Ihre Wahnsinnstaten nicht mehr erläutern werden können, da Sie ja tot sind. Darüber, dass ich mit meiner Version nicht durchkommen könnte, sollten Sie sich nun wirklich keine Sorgen machen. Wie gesagt, ich nehme an, dass man in Ihrer Manteltasche eine Waffe finden wird, ich nehme weiter an, dass man diese als die Waffe identifizieren wird, mit der Gregor Waremme getötet wurde, und damit ist ja dann eigentlich schon alles gegessen. Sie können ferner sicher sein, dass man das Nachtkästchen des schwerkranken Oberstaatsanwalts *nicht* durchsuchen wird, und Sie können ebenfalls sicher sein, dass ich die darin befindlichen letzten Dinge, die mir noch gefährlich werden könnten, nämlich den Brief an Anna und Waremmes Kontoauszüge, in Kürze vernichten werde.«

In der einen Hand die tödliche, auf mich gerichtete Waffe, legte er die andere Hand auf seine Glatze, als wollte er sich selbst tätscheln für seine Gerissenheit und Kaltblütigkeit.

»Wenn Sie tot sind, wird die Wahrheit nie mehr ans Licht kommen können. Und in wenigen Sekunden *werden* Sie tot sein. Aber Sie sind selbst Schuld daran. Das haben Sie dann davon, dass Sie Ihre Nase in Dinge gesteckt haben, die Sie nichts angehen. Nicht ich werde tief fallen, sondern Sie – und zwar ins Grab. Sie haben sich einfach zu sicher gefühlt. Aber wie heißt es doch so schön: Hochmut kommt vor dem Fall. Hochmut ist übrigens auch eine der sieben Todsünden – *Ihre* Todsünde, Marlein. Nun denn, leben Sie wohl – oh, entschuldigen Sie den Versprecher; ich meinte natürlich: Sterben Sie wohl!«

Ich sah das Flackern des Wahnsinns in seinen Augen und wusste, dass er tatsächlich in wenigen Sekunden abdrücken würde.

Ich saß nicht weit von ihm entfernt, aber nicht nah genug, um auf ihn zustürzen zu können, ohne mir vorher eine Kugel einzufangen. Meine Hände befanden sich in der Luft, und waren damit praktisch unbrauchbar: In der Zeit, die ich brauchen würde, um die Knarre aus der Manteltasche zu holen und ein Schießduell mit Andergast auszutragen, hätte mich Andergast schon durchlöchert wie ein Sieb. Blieben nur meine Füße übrig. Ich warf einen Blick auf die Umgebung meiner Füße. Ich wusste, dass dies mein letzter Blick auf diese Welt sein würde, wenn ich nicht irgendetwas sah, das mir dabei helfen konnte, Andergast am Schießen zu hindern.

Was ich sah, waren der Fußboden, meine Schuhe, der untere Teil des Nachtkästchens, die Bettkante sowie einige Kabel und Schläuche, die von irgendwelchen Monitoren, Messgeräten, Infusionen und Spritzen zu irgendwelchen Körperstellen Andergasts liefen und auf diesem Weg zwischen Nachtkästchen und Bett ein bisschen nach unten durchhingen, bis ungefähr dreißig Zentimeter über dem Boden.

Die Fangarme des Monsters – meine einzige Chance!

Ich hob meinen rechten Fuß über diese durchhängenden Verbindungen und trat sie mit voller Wucht zu Boden. Was zum Glück genau das bewirkte, was es bewirken sollte: Irgendwo riss irgendein Kontakt ab, und sofort löste der dazugehörige Monitor Alarm aus, und dieser Alarm war ganz im Gegensatz zu dem ständigen monotonen Gepiepse laut und durchdringend – so laut und durchdringend wie die Sirene des Polizeiwagens, der mich verfolgt hatte.

Andergast zuckte erschrocken zusammen – und das rettete mir das Leben. Andergasts Schrecksekunde war nämlich lange genug, dass ich mich auf ihn stürzen und ihm die Pistole wegschlagen konnte. Sie fiel zu Boden, und von dort sammelte ich sie in aller Ruhe auf.

Andergast brauchte einen Moment, bis er realisierte, was geschehen war. Er starrte mich mit blankem Entsetzen an. Das Alarmsignal plärrte weiter.

Ich öffnete die Schublade des Nachtkästchens, holte mir meine Unterlagen heraus und steckte sie in die Manteltasche zurück. Ich hielt Andergast seine Knarre vor die Nase.

»Vielen Dank für die Aufmerksamkeit! Ich hätte fast vergessen, nach diesem Ding zu fragen und es einzusacken; schließlich ist es die Kanone, mit der Sie Anna – und vermutlich auch Elli, damals vor achtzehn Jahren – erschossen haben. Ein extrem wichtiges Beweisstück in diesem Fall, nicht wahr?«

Andergasts Gesicht war zuvor schon blass gewesen, aber jetzt wurde es totenbleich. Auf seiner Stirn bildeten sich fette Schweißperlen, und seine Augen verdrehten sich, dass fast nur noch Weißes zu sehen war. Das Alarmsignal von vorhin plärrte immer noch, aber auf einen Schlag gingen noch mehrere andere Alarmtöne los und stimmten mit ein, sodass ein ohrenbetäubendes Sirenenkonzerte durch das Zimmer tobte. Auf den Monitoren sah ich, dass sich mehrere der Diagramme und Zahlen extrem verändert hatten; die EKG-Linie, die zuvor noch hohe und tiefe Wellen und Zacken aufgewiesen hatte, bestand jetzt nur noch aus einem flachen Strich. Ich ließ Andergasts Pistole, die ich immer noch in der Hand hielt, schnell in die Manteltasche gleiten, und eilte aus dem Raum. Auf dem Weg zum Ausgang sah ich noch, wie ein ganzer Trupp von Schwestern, Pflegern und Ärzten in Andergasts Zimmer stürmte.

Mein letzter Gedanken, als ich die Intensivstation verließ, war, dass mich mein Eindruck von der Szenerie in dem Intensivzimmer getäuscht hatte. Nicht die Geräte, Apparaturen, Maschinen, Monitore, Infusionen, Spritzen, Kabel und Schläuche waren das Monster gewesen, das unschuldige Menschen tötete.

Das Monster war vielmehr im Bett gelegen.

## X.

Es war immer noch November, es war immer noch trostlos und deprimierend, es wurde immer noch nicht richtig hell, und es war noch nicht lange her, dass ich bis zum Hals in der Scheiße gesteckt hatte.

Es war ein paar Tage, nachdem Leonhart Maurizius in meinem Büro aufgetaucht war und die ganze unselige Geschichte ihren Lauf genommen hatte. Ich saß in meinem Büro, immer noch hinter einer schäbigen Tür, immer noch am Ende eines schmutzigen Korridors, immer noch über einer schmuddeligen Spelunke, und grübelte über die zurückliegenden Ereignisse.

Wolf Andergast hatte auf der Intensivstation einen erneuten Herzinfarkt erlitten, den er nicht überlebte. Er starb keine Stunde, nachdem ich von seinem Krankenbett weggegangen war.

Damit waren wir dann komplett, denn am Ende dieses Tages war keiner der Protagonisten dieses Falles mehr am Leben: Maurizius junior war tot, Maurizius senior war tot, Gregor Waremme war tot, Anna Duvernon war tot, Wolf Andergast war tot.

Und ich fühlte mich zumindest so.

Wolf Andergast hinterließ eine junge Witwe, die ich gerne getröstet hätte, aber angesichts der Tatsache, dass ich am Ableben ihres Mannes vielleicht nicht ganz unbeteiligt war, schien es mir nicht besonders schicklich, ihr meine Aufwartung zu machen.

Was Wolf Andergast leider nicht hinterließ, war

ein handschriftliches Geständnis seiner Machenschaften vor achtzehn Jahren und seiner Morde an Gregor Waremme und Anna Jahn, weshalb ich auch sofort verhaftet wurde, als ich, nachdem ich die Intensivstation verlassen hatte, direkt die Fürther Polizeidirektion angesteuert hatte. Doch nachdem ich die ganze Geschichte mehrfach erzählt hatte, die gefundenen Briefe und Kontoauszüge sowie Andergasts Waffe vorgelegt hatte, Zeugen gefunden wurden, die Andergast beim Betreten der Wohnungen von Waremme und Anna beobachtet hatten, und festgestellt wurde, dass Anna tatsächlich mit Andergasts Kanone erschossen worden war, musste Diesterweg mich schweren Herzens zwei Tage später wieder auf freien Fuß setzen.

Eine Familientragödie mit zwei Morden und zwei Selbstmorden an einem Tag, garniert mit einem Oberstaatsanwalt als Dreifachmörder, das war im sonst eher beschaulichen Fürth natürlich die Sensation schlechthin und für jeden Journalisten eine Story, für die er sich ein Bein hätte abhacken lassen. Und so wurde der ›Fall Maurizius‹ schon seit Tagen von allen lokalen und auch überregionalen Zeitungen und Boulevardblättern mit seitenlangen Artikeln weidlich ausgeschlachtet. Das gefiel mir nicht besonders, aber richtig und wichtig daran war, dass Andergast in der Presse als Mörder von Gregor Waremme, von Anna Duvernon und eben auch von Elli Maurizius genannt wurde.

Und damit war Leonhart Maurizius zumindest posthum rehabilitiert.

Ich sinnierte darüber, wie Leonhart Maurizius

reagiert hätte, wenn er diese Rehabilitation noch hätte erleben dürfen. Natürlich hätte es sein können, dass sie ihn angesichts der achtzehn verpassten Jahre noch mehr verbittert hätte, aber ich entschied, dass er sich trotzdem darüber gefreut hätte. Vielleicht freute er sich jetzt ja in einer anderen Welt darüber, aber bedauerlicherweise war ja nicht zweifelsfrei geklärt, ob es denn überhaupt eine andere Welt gab, und wenn es denn eine gab, dann war ich mir nicht sicher, ob Leonhart Maurizius nun im Himmel oder in der Hölle gelandet war. Höchstwahrscheinlich – als Ehebrecher und Selbstmörder – eher in der Hölle. Aber viel schlimmer als hier in dieser kranken Welt konnte es dort auch nicht sein.

Vom Honorar finanzierte ich die Beerdigung von Maurizius senior und Maurizius junior, die zusammen mit den bei dem Autounfall umgekommenen Familienmitgliedern in einem großen Familiengrab ihre letzte Ruhe fanden. Den Rest vermachte ich einer Gärtnerei mit der Auflage, mit dem Geld die Grabpflege der Familie Maurizius in den kommenden Jahren und Jahrzehnten durchzuführen. Ich war zwar prinzipiell der Ansicht, dass man Geld sinnvoller für bedürftige Lebende als für Tote einsetzen sollte, aber in diesem Fall handelte es sich um die Ausnahme, die die Regel bestätigte. Die Maurizius' waren zu Lebzeiten vom Schicksal so gebeutelt, gedemütigt und beschissen worden, dass ihnen wenigstens nach dem Tod ein bisschen Ehre widerfahren sollte. Philipp Marlein, der edle weiße Ritter von Fürth.

Nein, ein edler weißer Ritter war ich weiß Gott nicht. Ich hatte die Kohle durchaus ungern und zähneknirschend hergegeben. Es war nur schlicht und ergreifend so, dass ich, wenn ich es nicht getan hätte, ein genauso mieses Schwein wie die meisten Protagonisten im ›Fall Maurizius‹ gewesen wäre und morgens meinen Anblick im Spiegel nicht mehr ertragen hätte.

Jetzt gerade musste ich auch meinen Anblick ertragen; nämlich den, der sich auf der Whiskeyflasche spiegelte, die ich aus der Schreibtischschublade gezogen und als Berater bei meiner Reflexion engagiert hatte. Doch sie hatte als Berater versagt, denn momentan schmeckte mir nicht einmal der Fusel, und ich war nicht gerade als Verächter eines guten Tropfens bekannt.

Es wurde Zeit, dass ich dieses böse endende Anti-Märchen vom tiefen Fall eines Engels der Gerechtigkeit zu einem Teufel des Verbrechens endlich aus meinem Kopf bekam.

Um irgendwie auf andere Gedanken zu kommen, schaltete ich das Radio an, das auf meinem Schreibtisch stand, aber als wollte mich eine boshafte Gottheit ärgern, dudelte der eingestellte Sender gerade ›Jack & Diane‹ von John Cougar Mellencamp – der Song, der beim Besuch von Maurizius senior in meinem Kopf erklungen war.

Ich schloss die Augen und lauschte der Musik.

Ich hörte den alten John singen: »Oh yeah, life goes on – long after the thrill of living is gone.«

Das Leben geht weiter, auch wenn der Reiz des Lebens längst verlorengegangen ist.

Da hatte er verdammtnochmal Recht.

So wie der erste Philipp-Marlein-Krimi »Der Fall Urbas« auf der Novelle »Adam Urbas« des in Fürth geborenen Schriftstellers Jakob Wassermann (1873-1934) basierte, basiert »Der tiefe Fall« auf seinem 1928 erschienenen Roman »Der Fall Maurizius« (der wiederum auf einer wahren Begebenheit beruht). Wassermann war in der Zeit der Weimarer Republik der neben Thomas Mann beliebteste und erfolgreichste Romancier, und »Der Fall Maurizius« ist sein bekanntestes Werk, das auch immer noch verlegt wird. Einige Interpreten sehen heute in diesem Werk einen der ersten (und anspruchsvollsten) deutschsprachigen Kriminalromane überhaupt; die meisten jedoch sprechen ihm diesen Status ab mit der Begründung, dass die kriminelle Handlung und die Verbrechensaufklärung (das Hauptmerkmal des Kriminalromans) in »Der Fall Maurizius« nur eine untergeordnete Rolle spielen. In »Der tiefe Fall« habe ich nun versucht, sozusagen eine »reine« Krimi-Version von »Der Fall Maurizius« zu schreiben (indem ein klassischer Krimiprotagonist, ein hartgesottener Privatdetektiv, mit Charakteren und Motiven aus dem Original konfrontiert wird) und damit eine moderne Hommage an Wassermanns heutzutage etwas in Vergessenheit geratenen (aber immer noch lesenswerten!) Klassiker zu schaffen.

*Josef Rauch*